Les éditions H&O reçoivent le soutien
de la Région Languedoc-Roussillon

Pour être tenu informé de nos publications,
consultez notre site web : www.ho-editions.com

Les bâtards de l'empire

1 - L'ombre de la Terreur

Du même auteur

Dolce Roma, roman, Grasset
Le bal des soupirs, roman, La Table Ronde
Le désir du cannibale, roman, Robert Laffont
Le fils de Jean, roman, Gallimard
Un goûter d'anniversaire, roman, Stanké
Putain de Roche Écrite !, nouvelle, Orphie
Prix littéraire de l'Océan Indien 2001
L'arbre du voyageur, roman, Orphie
Le cirque de la solitude, roman, H&O
Dix petits phoques, roman, H&O
Le garçon qui voulait être juif, roman, H&O
Un goût de cendres, roman, H&O
Le chasseur d'antilopes, roman, H&O
Dolko - 1/ L'odyssée de l'esclave, roman, H&O poche
Dolko - 2/ Le triomphe du pirate, roman, H&O poche
Dolko - 3/ L'empire du barbare, roman, H&O poche
Dolko - 4/ Le dernier combat, roman, H&O poche
La couverture pays, roman, Orphie
Amaury ou Les chemins de Paris, roman, H&O
Bertrand ou Les chemins de la Terre Sainte, roman, H&O
Tobias ou La croisée des chemins, roman, H&O
Les cendres vagabondes, roman, Orphie
D'une pierre deux coups, roman, Orphie
Ils m'appelaient Fanchette, roman, H&O poche
L'homme qui lisait Henry Miller, roman, H&O
Schlomo, roman, H&O ebook
De l'autre côté de la frontière, roman, H&O
L'effroyable actualité, roman, H&O

Pour contacter l'auteur :
tapiejp@orange.fr ou www.jeanpaul-tapie.com

ISBN 9782845472983

Jean-Paul Tapie

Les bâtards de l'Empire

1 - L'ombre de la Terreur

roman

H&O

CHAPITRE UN

La fête interrompue

1

Ce devait être le plus beau jour de sa vie.

Et jusqu'à présent, ça l'était.

Midi venait de sonner au clocher de Beaulieu-le-Vif et, dans une minute, il sonnerait, avec le décalage habituel, au clocher de Mareuil-Saint-François. On allait bientôt passer à table.

Charlotte de Beaulieu-Mareuil regardait autour d'elle et ne voyait que des raisons de se réjouir. Où qu'ils se posent, ses yeux tombaient sur ceux qu'elle aimait le plus. Et, au milieu d'eux, sur celui qu'elle aimait encore plus que les autres.

Celui auquel elle serait déclarée fiancée à l'issue du déjeuner. Déjà, les serviteurs finissaient de dresser les tables au fond du parc, à l'ombre des immenses châtaigniers, tout près du ruisseau qui tempérait la chaleur du jour de son souffle bienvenu.

Madame de Beaulieu-Mareuil aurait préféré un déjeuner plus traditionnel, la famille et les invités de prestige dans la grande salle à manger, la parentèle et les proches dans les salons voisins. Mais la journée était si belle… Charlotte avait réussi à fléchir sa mère après avoir circonvenu son père, qui ne lui avait jamais rien refusé, pas même le beau garçon auquel on allait la fiancer.

Alexis de La Bréauté était sans conteste le plus beau garçon à marier de toute la province, à défaut d'être le mieux titré ou le plus riche. À dire vrai, il n'était pas le premier choix des parents de Charlotte. Ils avaient depuis longtemps jeté leur dévolu sur un cousin, le jeune marquis Antoine de Chasseloup de Lauze, dont la famille résidait à Versailles depuis trois générations. Mais les récents événements en avaient décidé autrement. La poigne de fer de la Révolution s'était abattue sur nombre de familles nobles, à commencer par celles qui avaient fréquenté la Cour, et avait tranché bien des têtes. Les Chasseloup de Lauze avaient été arrêtés ; le père et la mère, après un simulacre de procès, avaient été guillotinés : la fuite de leurs trois fils, dont le jeune Antoine, en direction de l'Est, afin de rejoindre les troupes royales et les exilés de Coblence, avait attiré sur ce nom la vindicte du Tribunal révolutionnaire.

Charlotte, en apprenant la fuite de son cousin Antoine, s'était réjouie en secret. Bien sûr, elle n'aurait jamais osé manifester son soulagement devant sa mère, qui était effondrée devant le destin fatal de leurs proches parents. D'ailleurs, elle éprouvait elle-même un chagrin sincère devant un sort aussi funeste et une fin aussi dramatique. Mais une fois Antoine hors du tableau, Alexis avait retrouvé toutes ses chances. Dans le désordre social et le désarroi affectif qui avaient plongé ses parents dans l'affliction, il n'avait pas été difficile à la jeune fille de plaider la cause de celui dont elle n'avait cessé d'être amoureuse depuis qu'elle l'avait aperçu aux États généraux de la noblesse, à Angers, trois ans plus tôt. Les temps étaient trop abominables pour s'obnubiler sur des problèmes de quartiers de noblesse et de premier ou deuxième ban. En cette période bouleversée, un mari était un mari, et Alexis de La Bréauté n'était certainement pas un parti à négliger. On avait connu des pis-aller moins séduisants.

Charlotte aurait dix-huit ans dans quelques semaines. Elle était la troisième fille et le quatrième enfant de Monsieur et Madame de Beaulieu-Mareuil. Après elle étaient encore nés une fille, Marie-Constance, et deux garçons, Philippe et Nicolas. Le plus jeune, Nicolas, était âgé de quatorze ans. L'aîné, Pierre, marié et déjà père de trois enfants, en avait douze de plus. Comme tous ses frères et sœurs, il était présent pour les fiançailles de Charlotte, qui avait toujours été considérée comme le bébé de la famille, même par ceux qui étaient nés après elle.

Madame de Beaulieu-Mareuil avait rêvé d'une grande réception, où l'on aurait accueilli le ban et l'arrière-ban de la noblesse de la province. Mais depuis quelques mois, plus d'un an même, c'en était fini des réceptions et des cérémonies familiales trop éblouissantes. L'époque était au profil bas. Seuls les parents les plus proches des Beaulieu-Mareuil et des La Bréauté avaient été conviés aux fiançailles de Charlotte et d'Alexis. Il n'avait pas été nécessaire de faire comprendre aux autres qu'ils feraient mieux de rester chez eux. D'eux-mêmes, ils s'étaient contentés de faire parvenir un modeste cadeau et un mot de félicitations. Nul ne recherchait plus les fêtes et les bals. L'envie de les fréquenter n'avait pas diminué, mais l'on savait trop le risque que l'on courait à se réunir entre soi d'une manière un peu trop retentissante.

Donc, au lieu des trois ou quatre cents invités que l'on aurait pu s'attendre à voir assister à la cérémonie, ils étaient tout au plus une centaine à s'être déplacés jusqu'au château des Beaulieu-Mareuil. Aucun n'habitait à plus de dix lieues et la plupart d'entre eux entendaient bien ne pas s'attarder après le déjeuner qui conclurait l'échange des promesses. À peine la dernière coupe de champagne avalée, l'on ameuterait les équipages et l'on rentrerait chez soi. Il ne faisait pas bon parcourir les routes de la province après le coucher du soleil. L'obscurité enhardissait les vauriens. Sans même parler des bandits de grand chemin — leur nombre n'avait pas diminué, loin de là, malgré cette prétendue révolution qui prônait la morale et le bien public — on courait toujours le risque de tomber sur une assemblée de métayers en colère ou de journaliers lourds de doléances. Des hordes de manants brutaux, en rupture du domaine auquel ils étaient attachés depuis leur naissance, hantaient chemins creux et bois touffus, terrorisant tous ceux qu'ils croisaient. Les troupes fidèles à la Convention étaient invisibles, c'était à croire qu'elles n'existaient que dans les discours des envoyés qui péroraient à longueur de journée dans les maisons communes, voire les cabarets de chaque hameau. La campagne était devenue un coupe-gorge et, parmi les invités, un couple avait dû se délester de quelques louis pour assurer son passage du côté de Saint-Lambert.

Parvenues au château, les dames récupéraient, dans les cachettes où elles avaient pris la précaution de les dissimuler, les cassettes de bijoux qu'elles entendaient porter lors de la cérémonie. Elles les ouvraient et en tiraient avec un rire de soulagement des colliers et des bracelets qui figuraient au patrimoine de leur famille depuis des générations. Elles ôtaient les bagues de pierres semi-précieuses qui ornaient leurs doigts pour y glisser des solitaires ou des émeraudes serties de diamants. Elles s'entraidaient l'une l'autre pour fixer le fermoir d'un collier, l'aiguille d'une broche ou le nœud d'un camée. Elles se montraient maladroites, car d'ordinaire, c'était une tâche dévolue à leurs femmes de chambre. Mais elles ne faisaient même plus confiance à ces servantes pourtant dévouées ; elles se méfiaient de tous et toutes. Elles pouffaient de rire pour dissimuler la légère honte qu'elles éprouvaient à devoir se comporter ainsi à cause de ces jacquards et de ces tire-laine.

Pendant quelques minutes encore, elles évoquaient la pénible époque qu'ils vivaient tous. Elles échangeaient des nouvelles de leurs proches ou de vagues connaissances, se confiaient à voix basse la mort sur l'échafaud ou en prison de tel baron ou de telle comtesse qu'elles ne connaissaient que de noms, mais qu'elles pleuraient comme s'il s'agissait d'amis proches. Puis lentement elles se calmaient et finissaient par se livrer à ce qui composait l'essentiel de leurs journées, des ragots de voisinages, des annonces de mariage et des rumeurs d'adultères ou de mésalliances.

Pendant ce temps, autour du baron de Beaulieu-Mareuil, leurs maris et leurs fils discutaient des dernières décisions insensées du Comité de salut public. Ils le faisaient à mi-voix, de peur qu'un domestique trop bavard n'aille répéter à l'extérieur ce qui se disait au château. On avait vu des gens de bien dénoncés pour moins que ça ! Et souvent par un domestique à leur service depuis plus de vingt ans ! L'ingratitude de ces gens !

L'un de ces aristocrates apeurés se prenait à formuler des vœux pour qu'une nouvelle coalition rétablisse la monarchie tandis qu'un autre égrenait le nom de quelques amis et relations sur la nuque desquels était tombée la lame glacée d'une justice expéditive. Un troisième assurait qu'il tenait de bonne source l'information selon laquelle les royaumes voisins s'étaient enfin entendus pour lever en masse une armée destinée à mettre fin à cette mascarade. Puis un quatrième avouait à mi-voix qu'il avait entendu dire que le projet avait échoué. Finalement, à bout d'espoir, ils en venaient à discuter de ce qui avait toujours composé l'essentiel de leurs journées, les récoltes à venir, les ventes de chevaux et de bétail, les chasses qui se tenaient encore ici ou là en toute discrétion.

Bientôt, les nuages qui avaient assombri l'ambiance des premières heures de la cérémonie se dissipèrent. Il n'y en eut plus que pour les jeunes fiancés, chacun louant la beauté précieuse de la jeune Charlotte ou la séduisante virilité d'Alexis.

2

À dire vrai, parler de beauté précieuse ou de séduction virile au sujet des jeunes fiancés était excessif. Le mot fraîcheur eut été mieux inspiré. Charlotte avait dix-huit ans, Alexis vingt et un. Leur jeunesse était leur principal atout. Un observateur attentif n'aurait pas manqué de remarquer le teint légèrement chlorotique de la jeune fille, qui était un trait de famille chez les femmes Beaulieu-Mareuil. Peu importait qu'elles mangeassent à satiété ou passassent l'essentiel de la journée dehors, elles semblaient toutes être demeurées alitées jusqu'au moment de se lever pour satisfaire aux exigences sociales de leur rang. Ce teint trop pâle, assorti aux yeux d'un bleu presque délavé, pouvait donner l'impression qu'aucune de ces femmes ne vivrait assez vieille pour voir ses propres enfants se marier un jour. Mais quand on jetait un regard à l'arbre de la famille, on se rendait compte que plus d'une avait atteint l'âge respectable de soixante-dix ans. C'était un détail qui rassurait les familles désireuses de s'allier avec les Beaulieu-Mareuil. Détail auquel s'ajoutait la réputation d'une fertilité sans faille : chaque femme de la maison donnait le jour à au moins une demi-douzaine de rejetons, dont la plupart fêtaient leur dixième anniversaire. Cette longévité et cette fertilité donnaient aux femmes Beaulieu-Mareuil, malgré leur apparente anémie, une assurance et une joie de vivre qui impressionnaient tous ceux et celles qui les approchaient.

Ainsi donc, nul n'aurait pu dire, après l'avoir soigneusement observée, que Charlotte était sans conteste la plus jolie fille de la province. Mais il n'empêche qu'elle avait été la plus courtisée jusqu'à l'annonce de son mariage probable avec son cousin Chasseloup de Lauze. Dès lors, les prétendants s'étaient écartés, à la recherche d'une proie aussi prestigieuse, mais disponible, laissant ainsi le champ libre au jeune La Bréauté.

Alexis n'était pas non plus aussi beau garçon qu'il semblait au premier regard. Il était solidement bâti, à chaux et à sable, et sa haute stature lui tenait lieu de séduction. Il donnait l'impression d'un homme solide, indestructible, sur lequel une femme devait pouvoir compter et s'appuyer jusqu'à la fin de ses jours. Malheureusement, ce n'était pas le cas. La plupart des hommes La Bréauté ne dépassaient pas leur quarantième année. Après trente ans, une espèce de langueur de l'esprit et du corps, sans que l'on pût dire laquelle déclenchait l'autre, semblait s'emparer d'eux. Elle ne se devinait pas au premier regard, elle était semblable à ces maladies qui attaquent certains arbres, les corrompant de l'intérieur, sans rien révéler de leur œuvre funeste, jusqu'au jour où le tronc majestueux se fend en deux ou se rompt sous l'effet d'un vent un peu trop fort.

C'était ce détail qui avait rendu les parents de Charlotte réticents à autoriser cette union. Mais la situation politique avait hâté leur décision en emportant leurs hésitations. Leur fille avait dix-huit ans; d'autres étaient déjà mères depuis longtemps et le choix d'un prétendant se limitait désormais à leur province. Il n'était plus question de faire le voyage de Versailles pour fréquenter les bals de la Cour pendant quelques mois afin d'y dénicher un célibataire portant grand nom et montrant belle fortune. Il fallait à présent se contenter de ce que l'on trouvait près de chez soi. Mieux valait un garçon de petite noblesse, mais vivant à proximité, que l'héritier d'un grand nom exilé dans une principauté allemande.

Ce serait une façon bien injuste de parler d'Alexis en le qualifiant de pis-aller. Mais il est certain que les récents événements l'avaient avantagé. L'amour que lui portait Charlotte avait fait le reste.

Tous les frères et sœurs de Charlotte assistaient au mariage et il n'était pas difficile de les reconnaître dans la foule des invités. Tous, ils offraient ce teint pâle, qui pouvait devenir blafard chez l'un ou l'autre; tous, ils balayaient leur entourage de ce même regard las et désabusé auquel un pâle sourire tentait de donner un peu d'animation; tous, ils se tenaient debout, parfaitement droits, et pourtant donnaient l'impression de se voûter peu à peu.

Tous, sauf un: le plus jeune, Nicolas.

Nicolas a quatorze ans, mais personne n'a fêté son anniversaire. Car Nicolas est né un 21 janvier. Depuis l'année précédente, c'est devenu une date maudite: ce jour-là, le roi a été guillotiné en place de Grève. Il n'est donc plus question de célébrer une quelconque fête en un tel jour de deuil. À peine ses parents, quelques mois plus tôt, se sont-ils autorisés à l'embrasser sur la joue tout en lui souhaitant une bonne santé. Le lendemain, au nom de tous, sa mère lui a offert son cadeau d'anniversaire, qui ne saurait plus être frivole ou distrayant. Il a eu droit à une *Vie de Louis le Quatorzième* par le Révérend père La Vigénie.

Nicolas est un garçon accommodant et de bonne composition ; il n'en a pas pris ombrage et l'ambiance de deuil qui s'est prolongée tout au long de la journée n'a altéré en rien sa joie de vivre.

Qui, le voyant, pourrait croire qu'il appartient à la lignée des Beaulieu-Mareuil ? Là où leurs cheveux sont blonds ou châtain clair, les siens sont bruns, presque noirs. Là où leur peau est pâle, presque translucide, la sienne est mate, presque hâlée. Là où leur silhouette est gracile, presque chétive, la sienne est vigoureuse, presque massive. Il a la charpente d'un garçon de ferme, l'éclatante santé d'un petit paysan qui passerait ses journées à grimper aux arbres et à sauter par-dessus les ruisseaux.

D'ailleurs, c'est ce qu'il fait. Il est l'ami de tous les garnements de Beaulieu-le-Vif et de tous les chenapans de Mareuil-Saint-François. L'ami et le chef.

Le seul détail physique qui le rattache à sa tribu, ce sont ses yeux bleus. Mais moins délavés que ceux de ses frères et sœurs. Les siens sont d'un bleu franc, le bleu d'un jour d'été, le bleu de ce jour de fiançailles. Et son sourire est d'un blanc éclatant là où celui du reste de la fratrie laisse à désirer.

À le voir, on pourrait croire qu'il n'appartient pas à cette famille. Qu'il est un orphelin recueilli par mansuétude. Ou encore un bâtard reconnu pour étouffer le scandale. Mais qui oserait douter de la vertu de Madame de Beaulieu-Mareuil ? Elle est la dévotion même. Sans être confite en religion, elle ne manque pas la messe un seul jour et se confesse une fois la semaine. D'ailleurs, quand aurait-elle trouvé le temps de tromper le baron ? Le plus souvent, il s'est écoulé entre ses relevailles et la grossesse suivante une petite année, une année et demie à la rigueur.

Pourtant, quand le regard de Madame de Beaulieu-Mareuil aperçoit le visage souriant de son plus jeune fils, il s'assombrit, comme si elle contemplait un secret bien gardé.

Et c'en est un. Son mari lui-même ne le connaît pas.

Constance de Beaulieu-Mareuil n'est pas native de cette province. Sa famille, les Hennequin de La Morandais, est originaire du Limousin, où elle compte au premier ban de la noblesse, portant titre de comte pour le fils aîné, de vicomte pour le cadet. Un Hennequin de La Morandais a été gouverneur de la province et un autre responsable des chasses royales. Mais Madame de Beaulieu-Mareuil n'est pas non plus native du Limousin. De fait, elle a vu le jour très loin de là. Aux Antilles. À la Martinique, exactement. Dans le village de Trois-Ilets, pour être encore plus précis. Là, son père, cadet de famille parti tenter sa chance dans les colonies, a géré une exploitation agricole pour le compte d'un riche propriétaire local. Là, il s'est marié. Il a épousé la ravissante Marie-Laurence de la Hosseraye. En apparence, une délicieuse jeune fille de l'aristocratie locale. Mais en vérité, une quarteronne. Car la grand-mère de Marie-Laurence était une descendante d'esclave, dont la beauté avait envoûté le vieux baron de la Hosseraye. À tel point qu'à défaut de pouvoir l'épouser, il avait reconnu la fille qu'elle lui avait donnée. À savoir la grand-mère de Marie-Laurence.

Jean-François Hennequin de la Morandais aurait-il épousé la belle Marie-Laurence s'il avait connu la vérité de ses origines? Il n'avait jamais voulu répondre à cette question de sa fille. Elle en avait donc conclu qu'il ne l'aurait probablement pas fait, même s'il s'était tout à fait amouraché de la belle créole.

La mère de Constance de Beaulieu-Mareuil avait avoué la vérité à son mari et à sa fille sur son lit de mort, comme si le poids de ce secret lui paraissait trop lourd à emporter dans l'au-delà. Sur le coup, sa fille, qui n'avait pas dix ans, n'avait pas bien compris. Comment sa mère pouvait-elle descendre d'une ancienne esclave alors que son teint, sans atteindre la pureté du lys, avait cette blancheur dont les femmes vivant aux Îles sont férocement jalouses et qu'elles sont prêtes à défendre, quitte à ne jamais sortir de chez elles quand le soleil frappe encore trop fort?

Elle avait mieux compris lorsque, avec son père, elle avait pris le bateau pour rentrer au royaume de France. À bord, elle avait rencontré une dame de qualité qui l'avait approchée discrètement, mais avec l'intention bien arrêtée de lui parler. Elle avait gagné la confiance de la jeune fille puis, un soir, quand elle avait estimé que cette confiance lui était acquise, elle avait profité de la chaude pénombre qui enveloppait le bateau glissant sur les eaux exceptionnellement calmes pour lui demander:

— Avez-vous entendu parler de la goutte, mon enfant?

Constance Hennequin de la Morandais avait avoué son ignorance. La vieille dame n'avait pas poursuivi tout de suite, mais avait ôté ses gants puis retourné ses mains pour en montrer la paume à la jeune fille. Celle-ci en avait tout de suite remarqué la couleur particulière, d'un vieil ivoire, qui faisait apparaître en sombre les lignes de sa main.

— Mon arrière-grand-mère était la fille d'une esclave de mon trisaïeul. Mon arrière-grand-père l'a engrossée et, comme sa femme ne lui avait pas donné d'enfants, avec l'accord de celle-ci, il a adopté l'un après l'autre tous ceux que mon ancêtre lui a donnés. Dès lors, l'ascendance nègre, en chacun de nous, s'est manifestée d'une manière très différente selon les générations et les enfants. Ainsi, j'ai un frère que chacun reconnaît pour un mulâtre. Et une sœur plus blanche que la plus pure des héritières de Trois-Ilets. La goutte, comme on l'appelle, apparaît quand et où ça lui chante. Elle cause d'effroyables terreurs à la noblesse de nos îles. Chacun redoute de la voir se manifester sans prévenir dans la couleur de la peau d'un enfant, dans l'aspect de ses paumes de main, ou la forme de ses yeux, ou encore, je crois que c'est ce que l'on considère comme le pire, dans des cheveux crépus… Moi, vous le voyez, la goutte a touché mes mains.

Constance Hennequin de la Morandais avait écouté avec horreur, mais en silence, les propos de la vieille dame. Pourquoi, entre tous les passagers du vaisseau, l'avait-elle choisie pour confidente ? Avait-elle deviné son secret ? Ou, pis encore, avait-elle repéré en elle l'un de ces signes indubitables par lesquels se trahit cette ascendance redoutée ?

— Je vous dis cela, car j'ai connu votre mère. Elle était la meilleure amie d'une de mes filles au couvent des Visitandines de Fort-de-France. Elles ont fini un jour par partager leur secret. J'ai rencontré votre mère à cette époque, quand elle venait passer la journée chez nous, à Fort-de-France, n'ayant pas l'occasion de retourner chez elle le temps d'une fête religieuse. Puis je ne l'ai plus revue, mais j'ai su qu'elle avait épousé votre père. C'est ainsi que j'ai su que vous étiez sa fille.

Constance Hennequin de la Morandais avait senti sa terreur et sa colère fondre à mesure que la vieille dame parlait. Elle aurait eu mille questions à lui poser au sujet de cette mère qu'elle n'avait pas connue, et au sujet également de cette terrible malédiction qui s'abattait au hasard des branches d'un arbre généalogique. Mais elle était trop bouleversée pour le faire.

— La goutte vous a épargnée, ma chère petite, mais peut-être jouera-t-elle un tour à sa façon à l'un de vos enfants ? Ne vous en effrayez pas. Au royaume de France, nul ne sait lire ces signes invisibles que seuls nous autres créoles pouvons déchiffrer au premier regard. Là-bas, votre secret sera bien gardé.

Il l'avait été.

Après chacune des naissances de ses sept enfants, dans l'intimité de la pouponnière, elle avait procédé, dès qu'elle avait pu le faire tranquillement, à une étude minutieuse du corps de ses tout-petits. Pas un qui eût la peau sombre — ou moins claire que celle de ses frères et sœurs. Pas un, sauf le dernier, Nicolas. Mais cela n'était pas apparu tout de suite. En fait, il avait fallu attendre qu'il atteigne sa huitième année. Un été, en le voyant nager à côté d'autres enfants, parmi lesquels ses deux frères, elle avait cru remarquer une légère différence dans la blancheur de sa peau. En fait, il s'agissait, chez Nicolas, d'une capacité à voir sa peau brunir là où celle des autres rougeoyait. Mais seule une mère, surtout une mère sur le qui-vive depuis des années, pouvait noter cette différence et en tirer la conclusion qui s'imposait.

Bien sûr, avant cela, la couleur plus sombre des cheveux de son dernier-né avait été un sujet d'inquiétude. Tous ses frères et sœurs, sans exception, étaient blonds ou châtain clair. À côté des leurs, les cheveux de Nicolas semblaient aussi noirs que l'aile du freux. Mais cette noirceur avait eu tendance à s'atténuer avec les étés successifs. Aujourd'hui encore, elle sautait aux yeux, mais ne soulevait pas forcément de questions. Bientôt, il porterait la perruque en public et nul ne pourrait s'étonner de cette différence de teinte. De plus, Nicolas avait les yeux bleus, certes d'un bleu plus vif que celui des autres membres de la fratrie, mais caractéristiques des enfants Beaulieu-Mareuil.

Au fil des années, la mère en émoi avait cru remarquer d'autres infimes détails qui, pour elle, étaient autant de sceaux vengeurs de cette fameuse goutte. Par exemple, Nicolas avait des cils très drus dans lesquels ses yeux s'enchâssaient, ce qui faisait ressortir davantage la vivacité de leur bleu et la flamme de leur regard. Il avait aussi une peau plus douce et d'une pureté parfaite, à l'exception de quelques grains de beauté ici ou là, dont un sur la fesse gauche, ce qui avait toujours provoqué les éclats de rire des servantes chargées de le baigner. Du coup, tout ce que, de Nicolas, elle ne retrouvait pas chez ses frères et sœurs lui paraissait sujet à tourments. Par exemple, sa bouche, dont les lèvres ourlées et élégantes étaient d'un rouge plus incarnat, comme si on les avait peintes. Et plus tard, à l'aube de l'adolescence, il ne lui avait pas échappé que le corps de son plus jeune fils présentait une musculature plus spectaculaire que celui de ses frères. Même Pierre, qui était bâti à chaux et à sable, n'avait pas montré, au même âge, une carrure aussi impressionnante. Le sang d'un improbable ancêtre nègre, dont le corps avait été développé par des années d'esclavage, était-il responsable de cette apparence farouche, digne d'un petit paysan ?

Elle tremblait qu'un jour ou l'autre son mari ne s'en aperçoive et ne lui en fasse la réflexion. Mais il aimait Nicolas avec la même indifférence que chacun de ses autres enfants, à l'exception de l'aîné, Pierre, pour d'évidentes raisons de primogéniture. Seules quelques femmes de son entourage avaient noté ces presque imperceptibles différences, mais elles ne leur cherchaient pas d'explication embarrassante. De toute façon, il se trouvait toujours à proximité une aïeule pour suggérer que la couleur de ses cheveux lui venait sans doute de telle branche de la famille :

— Je me souviens que mes cousins Hautefort La Méhonaie avaient des cheveux de la même teinte. Mon père, qui avait toujours le mot pour rire, les avait baptisés « les noirauds » !

En fait, ce qui retenait chacun de se poser des questions et d'avancer des hypothèses, c'était que Nicolas était à l'évidence le plus bel enfant de cette portée. Il l'avait été très tôt, l'était encore plus aujourd'hui, et l'on devinait que sa beauté ne ferait que s'accroître au fil des ans. Très vite, les observations sur son physique, au lieu de s'appesantir sur ses différences, déviaient sur les prédictions flatteuses quant à sa vie de galant homme.

— Il eut fait les délices de la Cour, remarqua un jour une amie de Constance. Il aurait pu y nouer les relations les plus puissantes et envisager le mariage le plus flatteur. À Versailles, la beauté d'un garçon qui n'a pas la chance d'être né duc ou prince a longtemps été un atout aussi important que la perfection physique d'une fille !

À partir de là, les dames se lamentaient sur les beaux jours enfuis, sur la douceur de vivre de cette époque à jamais révolue, elles effleuraient brièvement le sujet de la mort du roi et de la reine, encore trop douloureux pour être discuté, évoquaient à demi-mot les ravages que la Terreur avait exercés autour d'elles, avant de se taire et de soupirer profondément.

3

Au même instant, l'objet des vaticinations de ces dames luttait désespérément contre le nœud de dentelle dont une de ses sœurs aînées lui avait enserré le cou. C'est peu dire que le garçon n'avait pas l'habitude d'être ainsi attifé. Jour après jour, il ressemblait davantage, à voir sa vêture, à un manant qu'à un fils de baron. Longtemps, sa mère avait tenté de le discipliner. Avec l'aide de ses deux filles aînées, Sophie et Louise, elle s'était donnée pour mission de l'obliger à s'habiller comme il seyait à son rang. Peine perdue. À peine la mère et les deux filles avaient-elles fini par lui faire enfiler de force les mêmes vêtements que ses frères, le benjamin de la famille s'enfuyait en courant, essaimant sur son passage culottes et bas de soie, chemise et gilet, pour finir en chausses dans le fond du parc où il disparaissait, à la rencontre de sa bande turbulente de jeunes vandales.

Rien n'y faisait, ni la menace, ni la promesse. Nicolas avait l'indépendance et la sauvagerie chevillées au corps. Devoir assister à une cérémonie familiale était une torture que rien ne semblait capable de lui faire endurer, pas même la récompense de pouvoir s'enfuir dès que l'on se lèverait de table.

Monsieur de Beaulieu-Mareuil avait voulu sévir quand sa femme, un soir, courbée de lassitude, s'était confiée à lui. La discipline qui avait réussi avec les autres garçons parviendrait bien à courber l'échine de celui-ci aussi. L'Église savait comme personne fournir des bataillons de prêtres et de frères aptes à mater les plus réticents. Monsieur de Beaulieu-Mareuil lui-même conservait le souvenir cuisant de frère Théoclème, un bernardin qui n'avait pas son pareil pour vous tailler une badine dans une branche de coudrier et pour l'appliquer avec ardeur sur toutes les fesses rebelles qui se découvraient devant lui. À tel point, d'ailleurs, que lorsque le moment était venu de choisir un précepteur pour Pierre, l'aîné, il avait veillé à écarter tous les candidats qui lui paraissaient le plus sévères. Il ne voulait pas, pour ses fils, d'une éducation aussi rude que celle qu'il avait reçue. Néanmoins, il était inacceptable que l'un des héritiers de Beaulieu-Mareuil — même si celui-ci était le moins susceptible d'hériter de quelque chose — se comportât comme un fils de manant ou de métayer.

Seulement, c'était compter sans l'énergumène lui-même. Qui avait jamais résisté au sourire radieux de ce garçon ? De mémoire de servante ou de laquais, personne. Il suffisait que Nicolas sourie à celui ou à celle qui voulait lui donner la leçon pour que ce dernier ou cette dernière sente sa colère fondre, couler hors de lui ou d'elle comme un fluide inutile. Et ce que son sourire ne parvenait pas à obtenir, son beau regard bleu, dense et réfléchi, y parvenait à merveille. Cet enfant était redoutablement armé pour plier chacun à sa guise.

Mais, ce jour-là, dans le parc du château de ses parents, sa belle figure et sa volonté étaient impuissantes à obtenir ce qu'il cherchait, à savoir la liberté d'aller vagabonder avec deux ou trois drôles de Mareuil-Saint-François, qui constituaient les lieutenants de la bande dont il était naturellement le chef. Il aurait pu tout aussi bien choisir ses complices parmi les vauriens de Beaulieu-le-Vif, mais la présence de Gauthier, le fils du Besson, le maréchal-ferrant, parmi ceux de Mareuil, avait déterminé son choix. Il éprouvait une dilection particulière pour Gauthier. Sans doute parce qu'ils étaient frères de lait. La Bessonne, mère de Gauthier, avait été choisie comme nourrice pour le dernier-né de la famille seigneuriale. Elle était dotée de deux formidables tétins et avait eu assez de lait pour nourrir son fils et celui du baron et en faire deux rudes gaillards.

Étrangement, il y avait un air de famille entre les deux garçons, alors qu'ils ne se ressemblaient nullement. Chacun semblait avoir eu une influence déterminante sur la nature de l'autre. Au contact de Gauthier, Nicolas était devenu un chenapan que nul n'aurait pu différencier de tous ces fils de manants ou d'artisans ; au contact de Nicolas, Gauthier avait acquis des attitudes policées et un langage retenu qui n'en finissaient pas de surprendre son entourage au point qu'il se faisait parfois traiter par son père de « petit monsieur ». C'était à croire que le fils de la Bessonne cherchait à imiter son aristocratique frère de lait, qui lui-même calquait son comportement sur celui du petit paysan.

Gauthier était loin d'être aussi beau que son meilleur ami, mais il lui avait emprunté quelques-unes de ses habitudes, à savoir se laver le corps et la figure avec une fréquence qui faisait frémir sa mère. « Tu vas t'arracher toutes les dents à les frotter ainsi ! » se lamentait-elle quand elle le voyait mordiller pendant de longues minutes un rameau de noisetier. « Et arrête de peigner ces cheveux ! Tu seras chauve avant tes vingt ans ! » Pourtant, elle pouvait constater qu'il n'en était rien : son fils avait les plus jolies dents du village, il ne lui en manquait que quelques-unes, et encore au fond de la bouche, et son sourire aurait pu rivaliser avec celui de Nicolas s'il avait eu aussi aimable figure.

Les soins que Gauthier attachait à sa personne lui auraient valu des quolibets, voire des insultes, forcément suivis de bagarres et de horions, si ses compagnons de vagabondage n'avaient redouté la force de ses bras. Le garçon n'était pas fils de maréchal-ferrant pour rien ; souvent il aidait son père à la forge ; le maniement du soufflet, plus rarement celui du marteau, l'avait considérablement développé à un âge où la plupart des autres vauriens du village étaient malingres et malformés. Il n'y avait que Nicolas pour rivaliser en force et en souplesse avec lui, mais il semblait que, de tout temps, les deux garçons eussent, d'un commun et tacite accord, décidé de ne jamais s'affronter, comme s'ils tenaient à ignorer lequel des deux était le plus fort.

Ce dimanche-là, donc, dans le parc du château de son père, Nicolas aurait bien donné les économies qu'il n'avait pas pour pouvoir rejoindre Gauthier et les autres au bord de la Vivonne, la rivière qui traversait Mareuil, ce qui justifiait que, depuis les récents événements survenus dans le royaume de France, certains bouffeurs de curés préférassent appeler le village Mareuil-sur-Vivonne plutôt que Mareuil-Saint-François.

Mais le père Vibert veillait sur son élève. Il avait reçu des consignes très strictes de Madame la baronne. C'était sa seule mission en ce jour de fête : s'assurer que le benjamin de la famille n'allait pas fausser compagnie aux siens pour aller baguenauder dans la campagne avec ses acolytes habituels avant l'échange formel des promesses.

Bien sûr, si Nicolas l'avait voulu, il aurait pu échapper à la vigilance du père Vibert, qui n'était guère alerte et qui était plus à son aise avec les verbes irréguliers latins qu'avec la surveillance rapprochée d'un jeune chenapan. Mais la colère de Nicolas n'était que superficielle. Il n'était un vaurien qu'en surface. Il aimait les siens, et parmi eux sa sœur Charlotte plus que tout autre. Moins sévère que ses deux aînées, Sophie et Louise, elle avait pour lui l'indulgence d'une mère et ne comprenait pas toujours comment sa propre mère pouvait manifester une attitude aussi intransigeante envers le dernier-né. Peut-être la baronne craignait-elle que la situation de benjamin n'en fasse un enfant gâté ? Charlotte lui pardonnait tout et, lorsqu'il revenait de ses expéditions de pendard, il était rare qu'il n'y eût pas une culotte à rapiécer ou une chemise à recoudre. Il se glissait alors dans la chambre de sa sœur et lui tendait, avec une expression feinte de honte et de remords, le vêtement à réparer.

Nicolas se réjouissait fort qu'elle épouse Alexis de La Bréauté, car elle lui avait confié depuis longtemps qu'elle en était secrètement amoureuse. Elle n'avait livré cette confidence à personne d'autre. Donc, Nicolas aimait Alexis puisque Charlotte l'aimait. Il n'était pas aveugle à certains de ses défauts, physiques ou autres, mais il lui suffisait de songer à celui que Charlotte aurait dû épouser, leur cousin Chasseloup de La Lauze, pour les oublier. Alexis et Charlotte seraient parfaitement heureux, leur avenir s'annonçait riant et, dès que ces jacqueries de paysans et ces émotions de bourgeois qui agitaient Paris et la province seraient terminées, ils pourraient s'en aller faire le tour de toute leur parentèle aux quatre coins du royaume.

Pour l'heure, les jeunes fiancés roucoulaient, tout en veillant à ne pas s'isoler. Il n'eut pas été séant qu'ils se tinssent à l'écart, en tête-à-tête, même si le regard de dizaines de chaperons était là pour veiller à la décence. L'un et l'autre s'employaient à accueillir leurs invités, à répondre aux compliments et à remercier pour les cadeaux.

Vint l'heure de passer à table.

4

Le repas de fiançailles avait commencé depuis moins d'une heure quand une vague rumeur se fit entendre du côté de Mareuil-Saint-François. Tout d'abord, elle se confondit avec l'écho des voix qui jaillissaient d'un bout à l'autre de la grande tablée. Un orchestre de quatre musiciens jouait pour accompagner les convives, mais leur musique ne parvenait que par intermittence aux oreilles des plus éloignés. Autorisés à quitter la table, les plus jeunes enfants jouaient à l'entour, criant de plus en plus fort à mesure que leur plaisir de jouer augmentait et que les remontrances diminuaient. Mais parfois, au cœur de cette cacophonie, quand se produisait un relatif silence, un autre bruit, sourd, lointain, se détachait, comme le roulement d'un distant tonnerre. Or le ciel était toujours d'un azur irréprochable, l'orage ne menaçait pas. D'où pouvait bien venir cette rumeur ?

Ils furent tout d'abord peu nombreux à l'entendre. L'un d'eux se figea, tendit l'oreille ; son visage se plissa sous l'effort d'en deviner l'origine et la nature, puis se détendit en concluant qu'il s'agissait d'une pure illusion sonore. Mais déjà un autre s'alarmait à son tour. Bientôt, ils furent dix, puis vingt à lever les yeux vers le ciel, comme si l'explication s'y trouvait. Certains intimaient à ceux qui les entouraient de faire un instant silence afin de mieux identifier ce bruit et son origine.

Nicolas avait l'ouïe fine. Il était capable de reconnaître plus d'une douzaine d'oiseaux à leur chant. Il possédait des talents naturels de chanteur et de musicien et l'indifférence avec laquelle il les considérait navrait le père Vibert qui eut voulu l'encourager à servir la messe chaque matin. Le premier, Nicolas comprit que ce qui constituait la base de cette rumeur, c'étaient des voix humaines. Des voix qui chantaient, ou qui criaient, ou qui chantaient en criant plus dans l'intention de faire du bruit que de produire des sons agréables à l'oreille. Ce ne pouvait donc être une procession. Quelle procession, d'ailleurs ? Les deux curés, celui de Beaulieu-le-Vif et celui de Mareuil-Saint-François, étaient assis à la grande table et ils avaient fait honneur à tous les mets et surtout à tous les vins.

Non, il s'agissait d'autre chose, et malgré son jeune âge, Nicolas eut la conviction qu'il s'agissait d'un chant de mauvais augure.

Bientôt, personne ne parla plus autour de la grande table, sauf ici et là, entre convives durs d'oreille ou étrangement distraits. Du coup, la rumeur parut plus proche. Mais ce n'était peut-être pas une illusion : en effet, elle semblait se rapprocher.

Bientôt, un chant se distingua au-dessus du chahut et des coups de gueule ; il ne fallut pas longtemps à tous ces gens pour l'identifier : c'était le fameux, le terrible, le terrifiant « Ah ça ira, ça ira… ! »

Une émeute s'approchait du château, qui en était probablement la cible.

Certains se levèrent de table, tandis que d'autres semblaient incapables de bouger, cloués sur leur chaise. Des mères affolées, saisies d'une réaction instinctive, rappelaient auprès d'elles leurs enfants. Une femme saisit la main de son mari ; un jeune homme empoigna l'épaule de son jeune frère ; un père serra contre lui une adolescente paniquée ; le fiancé et la fiancée s'enlacèrent au vu de tous, et personne n'en prit ombrage.

Brusquement, comme une marée un instant contenue par un barrage incapable de la retenir plus longtemps, une foule hétéroclite et hurlante envahit la cour et déferla dans le parc du château.

Combien étaient-ils ? Ils semblaient marcher sur une seule ligne, mais en fait ceux du premier rang cachaient ceux du deuxième, du troisième… Ils étaient bien plus de cent, sans doute deux cents, trois cents, cinq cents peut-être. Le premier rang semblait n'être composé que d'hommes, mais en regardant bien, on pouvait distinguer quelques femmes, quelques-unes des plus grandes gueules de Mareuil ou de Beaulieu, des maritornes qui avaient le mot gras et le geste obscène, toujours à provoquer des scènes au lavoir ou au marché, à s'insulter entre elles, surtout lorsqu'elles étaient ivres, le samedi soir, devant l'estaminet où elles prétendaient être venues récupérer leur fainéant de mari. Les autres femmes se faisaient plus discrètes, d'ailleurs il n'en était pas venu tant que ça. La foule était principalement composée d'hommes, de tous âges, les plus costauds devant, tous les braillards de la place de chacun des deux villages, des verbeux et des colériques qui haranguaient la foule sans même avoir besoin d'un verre de vin dans le nez. Nicolas reconnut le Besson à sa haute taille, mais il ne paraissait pas être le meneur. Il avait cédé le pas à quelques traîne-misère, quelques chauffe-galets, des meurt-la-faim, des sans-le-sou, des boit-sans-soif, des vide-poches, toute la lie de la contrée. Il y avait aussi, presque au centre, un homme tout de noir vêtu que Nicolas ne connaissait pas — et pour cause, personne ne le connaissait, personne ne l'avait jamais vu, du moins parmi les invités. C'était sans doute un représentant en mission du Comité de sûreté générale ou du Tribunal révolutionnaire. Il n'était dans la région que depuis quelques jours. Il devait provenir d'Angers ou de Saumur, peut-être même de Paris. On devinait à le voir que c'était un beau parleur qui savait comme personne embraser une foule, la malaxer entre ses mots pour en faire une lourde boule d'argile qui devenait vite dure comme le silex et qu'il balançait alors contre les cibles qu'il avait choisies. C'était un de ces révolutionnaires professionnels qui sillonnaient le pays depuis quelques années, qui se prétendaient envoyés par tel ou tel groupe d'agitateurs parisiens, les Feuillants, ou les Cordeliers, ou les Montagnards, ou les Hébertistes, ou les Girondins, des groupes de discoureurs, de coupeurs de tête, de régicides, des malfaisants qui savaient attiser la colère de la foule et lui trouver un exutoire.

Les derniers invités se levèrent en criant ou en gémissant. Les femmes se glissèrent derrière les hommes, qui leur firent un rempart de leurs corps. D'une main nerveuse, chacun chercha son épée et ne la trouva pas. Il n'était pas d'usage de s'asseoir armé à la table d'une fête. Tous, ils avaient laissé leur épée dans les salons, où elles s'amoncelaient, inutiles, dans un coffre fermé à clef, pour éviter que les enfants ne s'en saisissent pour jouer.

Mais la morgue de tous ces hommes était telle qu'ils ne s'arrêtèrent pas à ce détail. Ils étaient certains de détenir l'autorité et la force de ceux qui sont les maîtres depuis des temps immémoriaux. Il leur suffirait probablement de faire front à cette racaille pour qu'elle se débande ou se soumette.

Mais seuls les plus vaniteux continuèrent à le penser quand la foule s'approcha au contact. Car ce qui frappait dans cette horde d'hommes, c'étaient les visages déterminés, l'absence d'embarras et de peur, la conviction d'être dans leur droit le plus strict. Les temps avaient changé. Quelques-uns étaient ivres, sans doute, on le devinait à leurs cris rauques et à leurs propos décousus, mais pour la plupart, ils n'avaient pas bu plus que de raison. Ce n'était pas le mauvais vin qui les avait poussés sur le chemin menant de Mareuil ou de Beaulieu jusqu'au château ; c'était la certitude qu'ils n'étaient plus des animaux de servage et que les hommes qui leur faisaient face, aussi élégamment vêtus fussent-ils, ne leur étaient en rien supérieurs.

Ces hommes élégants et emperruqués, eux, ne voyaient que les tronches avinées des soiffards et le faciès vulgaire des maritornes. Ils ne voyaient pas, au deuxième, au troisième rang, ces femmes torturées par la faim, le manque, la misère, ces hommes ployés par la honte de ne pouvoir subvenir aux besoins les plus élémentaires de leur famille. Ils étaient encore égarés dans leur monde de privilégiés qui n'avait plus aucun lien commun avec le monde qui leur faisait face, et qui désormais était le plus fort.

— Citoyens ! gueula l'homme en noir au-dessus du brouhaha de voix et de chants. Citoyens ! Écoutons vos justes doléances !

Il se tourna vers un homme grand et carré d'épaules, un charron de Beaulieu, Le Thibaudet. C'était une force de la nature, capable, disait-on, de soulever seul une charrette pendant que deux ou trois apprentis glissaient une roue dans l'essieu. Pourtant, il avait la réputation d'être un homme bon. Il buvait peu, fréquentait l'église, était admiré de tous. C'était sans doute pourquoi il avait été choisi pour délivrer un message à ces messieurs et ces dames bien habillés et poudrés de frais. Sans doute aussi parce qu'il était l'un des rares, au premier rang, à être capable de lire un texte.

En dépit de son impressionnante carrure, il avait une voix qui portait peu. Il était sans doute impressionné de prendre la parole en public devant une telle assistance. Les plus proches ne perçurent qu'un mot sur deux, la quasi-totalité de la foule n'en entendit aucun. Mais il n'était pas nécessaire de tout saisir pour comprendre le sens de son discours. Les citoyens de Beaulieu et de Mareuil réclamaient leurs droits et exigeaient que leurs seigneurs acquiescent à leurs doléances.

La première réaction, spontanée et naturelle, de ces seigneurs fut de tout refuser en bloc. Le baron de Beaulieu-Mareuil, moins sot et intransigeant que ses pairs, leva la main pour calmer les esprits et entamer la discussion. Mais déjà les dénégations et les expressions de mépris de la plupart des gens de qualité présents ce jour-là exaspéraient la foule chauffée à blanc. Des poings se fermèrent, puis furent tendus. On agita, au-dessus des têtes, des fourches, des faux, un marteau, une hache, un fléau, une masse. Des centaines de gorges vociférèrent leur colère, et l'affaire fut pliée en moins d'une minute. Les premiers rangs vinrent au contact et, à ce jeu, les seigneurs n'étaient pas de force. Ils durent reculer pour ne pas être bousculés et piétinés. Cette première victoire enflamma la foule. Des mains se tendirent, saisirent des étoffes. On se débattit, on resserra les prises, on chercha à s'en arracher, la mêlée fut totale en un instant. Bientôt, autour de chaque seigneur, deux ou trois manants, souvent épaulés par leurs femmes, ceinturèrent les uns et les autres. Derrière le front des invités, les femmes se trouvaient mal, se lamentaient en lançant les bras au ciel, se précipitaient sur leurs enfants. Les plus jeunes hommes, qui étaient jusqu'alors restés en retrait de leurs pères et de leurs frères aînés, s'avancèrent. Nicolas le premier. Mais ils furent repoussés par les manants et tirés en arrière par les mères folles d'inquiétude.

— Cessez ! hurla l'homme en noir. Cessez !

Il sortit un rouleau de papier de sa longue veste sale et le déplia. Sa voix à lui portait bien, d'autant que le silence se faisait autour de lui.

— Sur ordre du Comité des citoyens des communes de Beaulieu-le-Vif et de Mareuil-Saint-François…

— Sur-Vivonne ! tonnèrent quelques hommes. Sur-Vivonne !

— …et de Mareuil-sur-Vivonne, j'ai ordre de présenter devant le tribunal révolutionnaire les ci-devant baron et baronne Beaulieu-Mareuil, leurs fils Pierre et Philippe Beaulieu-Mareuil, les ci-devant vicomte et vicomtesse La Bréauté, leurs fils Alexis, Enguerrand et Paul-Louis La Bréauté, les ci-devant…

En tout, une quinzaine de noms furent égrenés devant les foules médusées. La foule des manants l'était autant que la foule des seigneurs, mais pour des raisons différentes. Ainsi, pensait plus d'un homme ou d'une femme du peuple, il n'y a rien de plus facile que d'arrêter un baron ou un vicomte ! Il suffit de prononcer son nom à la criée !

C'était tout un nouveau monde qui s'ouvrait devant leurs yeux.

Les invités du baron de Beaulieu-Mareuil étaient trop interdits pour prononcer une seule parole, émettre une seule objection, exprimer le premier mot d'une quelconque défense. Jamais ils n'auraient pu imaginer une pareille scène. Elle se déroulait devant leurs yeux, mais ils n'y croyaient pourtant pas. Comment leurs gens pouvaient-ils se croire autorisés à les empoigner et à les traîner devant un tribunal de pacotille ?

Quand ils virent les membres de cette foule en colère encadrer un à un les prisonniers, ils comprirent enfin ce qui se passait, ce que tout cela signifiait. Un profond sentiment de révolte les souleva un à un. Malheureusement, ils n'avaient personne pour les unir et les mener. Ils exprimèrent à haute voix leur colère; quelques-uns tentèrent bien, maladroitement, d'arracher les prisonniers à leurs gardiens; mais c'était peine perdue: ces hommes du commun étaient physiquement plus forts qu'eux; de plus, ils agissaient individuellement, dans le désordre, là où il eut fallu une réaction collective, concertée. Toutes les tentatives de libérer l'un des leurs échouèrent. D'une voix désespérée, le baron de Beaulieu-Mareuil s'écria:

— Laissez, mes amis! J'ai confiance en la justice de Dieu, elle triomphera!

La justice de Dieu, peut-être... Mais celle des hommes? Celle de ces hommes qui ne connaissaient qu'une issue à un procès contre un ci-devant: la mort. Que pourrait le malheureux baron contre cette justice-là?

C'est un mauvais rêve, pensèrent quelques-uns.

Et pourtant, ils savaient qu'ils ne rêvaient pas. C'était un cauchemar éveillé, et il n'était rien moins que réel.

5

La scène semblait n'avoir duré que quelques minutes. Il ne s'était en fait pas écoulé tout à fait une heure entre l'irruption de cette populace tonitruante et l'arrestation d'une quinzaine d'invités. Tandis que les plus motivés parmi les hommes quittaient le parc et le château, encadrant leurs prisonniers, pour les emmener Dieu sait où, il se produisit quelque chose d'inattendu et de surprenant: invités et manants se mêlèrent sans s'en rendre compte. Ils ne se parlèrent pas, ils se contentèrent de se côtoyer. On pouvait, par exemple, voir Madame de Chausseuil plantée à côté de La Bessonne et de La Marie-Canard, plus proches qu'elles n'avaient jamais été ; ou le chevalier de Léglise détailler la tenue d'un tisserand de Beaulieu qui le regardait en retour, comme deux étrangers que ne sépare aucune hostilité, mais une simple curiosité. Puis, lentement, comme appelés par une voix inaudible, tous les hommes et les femmes du peuple se séparèrent de la foule des invités et emboîtèrent le pas de l'homme en noir et de ses acolytes, serrant de près leurs prisonniers.

Entre-temps, les enfants des deux villages s'étaient lentement rapprochés des tables et, tandis que les adultes regardaient ailleurs, ils avaient commencé de les piller, s'empiffrant sans souci de l'ordre des plats, dévorant un pâté après un fromage, un pilon de poulet après un gâteau à la crème, avalant n'importe quel mets sans le mâcher et le faisant descendre en vidant les fonds de verre.

Profitant de ce désordre, Gauthier s'approcha de Nicolas et le tira par la manche. La première réaction de Nicolas fut de sourire à son compagnon de jeux, puis il se souvint avoir vu son père, sa mère et ses frères emmenés par Le Besson et ses complices. Son visage se figea avant de se fermer tout à fait. Gauthier tenta de lui arracher un sourire.

— Il ne va rien leur arriver, mon Nico. Ils vont juste les garder une heure ou deux, ils seront de retour avant la nuit…

Était-il convaincu de ses propos ou cherchait-il à le rassurer ? Nicolas n'aurait su se prononcer. Il ne se dérida pas.

— Faut qu'on parle, reprit Gauthier.

— On a quoi à se dire ? répliqua Nicolas avant de se reprendre : Nous n'avons rien à nous dire.

— Oh si, mon besson !

— Je ne suis pas ton besson ! Ni ton Nico !

— D'accord… Retrouve-moi au vieux moulin une heure avant le coucher du soleil. Je t'attendrai jusqu'à la nuit.

— Je ne peux pas. Je serai en train de fêter le retour des miens, à ce qu'il paraît !

— Nicolas, je t'en prie…

Jamais Nicolas n'avait vu Gauthier aussi suppliant. Brusquement, son armure de colère et de rancune se fendit. Il lâcha presque un sourire.

— Je viendrai, murmura-t-il, et il lui tourna aussitôt le dos.

Il eut néanmoins du mal à s'échapper. Une fois la populace partie, le château mit longtemps à s'apaiser. Pour commencer, nombre de femmes et de jeunes filles, qui s'étaient retenues jusque-là, éclatèrent en sanglots hystériques. Quelques jeunes hommes et des hommes plus mûrs bondirent à l'intérieur du château récupérer leur épée et s'exhortèrent à courir sus à la horde de manants pour leur reprendre les prisonniers. Mais cela prit un peu de temps, car on ne trouvait plus la clef du coffre ; le baron l'avait emportée avec lui ; on dut fouiller partout pour en trouver un double. Quand les armes eurent regagné leur fourreau, le duc de Bellefonds, l'homme le plus titré de la province, doyen de la noblesse, s'interposa.

— Ces hommes sont violents, armés et motivés. Leur nombre outrepasse le nôtre du triple, sinon du quadruple. Nous n'avons aucune chance de leur faire entendre raison. Si nous laissons parler la violence, elle se retournera contre nous. Non seulement nos amis seront exécutés sur-le-champ, non seulement la plupart d'entre nous perdront la vie, mais la province sera mise à feu et à sang dans les vingt-quatre heures. Demain, à cette heure, des dizaines de châteaux brûleront et leurs propriétaires seront conduits à l'échafaud. Est-ce cela que vous voulez ?

Bien entendu, personne ne voulait cela. Mais le discours du duc sonnait comme une reddition. Allaient-ils franchir encore un pas vers la déchéance totale de leurs droits et de leurs privilèges ? Parfois, se montrer raisonnable est grande folie.

Pendant ce temps, les femmes faisaient cercle autour de Charlotte. La jeune fiancée était effondrée. En quelques minutes, on lui avait pris ses parents, ses frères, sa belle-famille, et surtout son fiancé. Son univers venait de basculer dans le drame et rien ne pouvait la consoler, pas même Nicolas qui se glissa jusqu'à elle et lui prit la main.

— Courage, ma Lolotte, ils vont revenir. Ce soir même, tu dîneras avec ton promis, je te le jure !

Charlotte hocha la tête, mais sans se consoler pour autant. Le temps passant, ses sanglots perdirent de leur intensité. Bientôt, elle ne fut plus saisie que de brefs hoquets, qui se transformèrent en reniflements.

Pendant ce temps, la plupart des invités avaient décidé de regagner leur demeure, tandis que les domestiques desservaient les longues tables que les gamins avaient pillées, ne se contentant pas de faire disparaître la nourriture. Une grande partie de l'argenterie des Beaulieu-Mareuil avait terminé dans des poches profondes. Certains n'avaient pas perdu leur journée. Mais quand une servante en fit la remarque à Sophie, l'aînée désormais, celle-ci se contenta de hausser les épaules. L'argenterie de la famille était bien le cadet de ses soucis quand quatre de ses membres étaient retenus prisonniers aux mains de cette populace hideuse et cruelle.

Quand le clocher de Beaulieu-le-Vif sonna les vêpres — quelques éléments radicaux avaient exigé que l'on cessât de sonner l'heure des offices, mais la majorité des habitants s'y était opposée, car ces carillonnements les renseignaient sur le passage des heures — Nicolas se mit en chemin pour retrouver Gauthier.

Le vieux moulin sur la Vivonne, qui n'était plus en activité depuis des lustres, était leur point de ralliement habituel. Ils le partageaient avec d'autres chenapans, bien sûr, mais le plus souvent ils s'y retrouvaient seuls. L'année précédente, un gamin de Mareuil s'était noyé dans le bief et depuis lors les parents interdisaient à leur progéniture d'aller traîner par là. Gauthier et Nicolas ne redoutaient pas un sort identique, car ils nageaient l'un et l'autre comme des poissons. D'ailleurs, quand Nicolas parvint au moulin, Gauthier barbotait dans le bief, nu comme un ver et vif comme un gardon.

Il sortit de l'eau en voyant survenir son compère. Au spectacle de son corps ruisselant qui grimpait sur la berge, Nicolas fut une nouvelle fois sensible à son incroyable musculature. Le travail à la forge n'expliquait pas tout. Le frère aîné de Gauthier, qui secondait déjà son père depuis plusieurs années, n'avait jamais exhibé, au même âge, des biceps, des épaules et un torse aussi impressionnants. Gauthier, apparemment, transformait en volume musculaire le moindre effort avec le soufflet ou le marteau.

Non seulement son corps était musclé, mais il possédait la grâce de celui d'une garce. Il n'y avait rien de massif chez lui. Les épaules étaient deux fois plus larges que les hanches dont l'étroitesse donnait à l'ensemble une légèreté et une souplesse inouïes. C'était d'autant plus frappant que son visage était loin de présenter la même grâce. Sa paupière droite pendait vilainement sur son œil, lui donnant constamment un aspect endormi. Sa lèvre supérieure était fendue, souvenir d'une vieille rixe. Seules ses dents étaient belles. On pouvait certes le trouver laid, mais dès que l'on apercevait son corps, comme en ce moment, on l'oubliait et on avait l'impression de se trouver devant un faune dérangé dans sa débauche ou un jeune dieu des sources surgi des eaux.

Nicolas ne pouvait détacher son regard du corps de Gauthier. Il en avait chaque fois le souffle coupé, il ne comprenait pas pourquoi. Depuis deux ans, le corps de Gauthier lui faisait cet effet-là. Au début, il avait pensé que c'était l'impression de force brute dégagée par ce corps qui le bouleversait ainsi. Mais il ne ressentait nulle peur devant ces bras et ces cuisses musclés. Le corps de Gauthier semblait étranger à toute violence.

Cela leur était arrivé une fois, l'an passé. Après s'être baignés, ils étaient sortis de l'eau hilares, secoués par un fou rire inextinguible et, dans l'euphorie de l'instant, ils s'étaient empoignés, d'abord comme deux lutteurs, puis très vite comme deux danseurs, et ils s'étaient mis à gambader, à sauter, à virevolter dans les hautes herbes qui entouraient le vieux moulin. Très vite, leur peau avait séché et la chaleur du soleil les avait envahis, pénétrés. Pratiquement à leur insu, leur verge s'était mise à enfler, puis à durcir, jusqu'à devenir raide comme une bougie et, sans même qu'ils l'aient décidé, elle s'était mise à éjaculer de lourdes giclées de foutre sur les fleurs des champs et les fougères environnantes.

Leur plaisir avait été tellement puissant, et tellement inattendu, qu'ils n'en avaient éprouvé aucun embarras, aucune honte. D'abord, ce n'était pas la première fois qu'ils jutaient ensemble. Depuis qu'ils avaient découvert, séparément, ce qui arrivait quand ils branlaient leur verge, ils s'y étaient adonnés avec ardeur, seuls, puis en groupe. Souvent, avec les autres vauriens du voisinage, ils faisaient des concours pour savoir lequel éjaculerait le plus vite. Plus rarement, ils comparaient leur verge pour décider lequel avait la plus grosse. C'était Gauthier, sans conteste. Mais Nicolas n'avait pas grand-chose à lui envier. Jusqu'à ce qu'apparaisse ce gars de La Chataigneraie, dont l'ahurissante verge avait mis tout le monde d'accord et sonné la fin de tous les concours.

Souvent, après le bain, les deux garçons s'allongeaient dans les hautes herbes et se branlaient. Cela ne leur prenait que quelques minutes. C'était un rite d'après-baignade débarrassé de toute sensualité. Du moins, au début, cela avait été le cas. Mais, depuis plusieurs mois, quelque chose avait évolué dans leur branlette parallèle : désormais, ils prenaient tout leur temps ; juter le plus vite possible n'était plus le but de ce jeu ; ils se regardaient jouir. La première fois que Nicolas avait ouvert les yeux, peu de temps avant d'éjaculer, et qu'il avait aperçu le corps de Gauthier, dont tous les muscles étaient tendus sous l'effet du geste précipité de sa main, il avait ressenti un violent sentiment de joie et, quand son foutre avait éclaboussé les herbes, il n'avait pu retenir un cri de plaisir qui différait des gémissements habituels. L'entendant ainsi crier, Gauthier s'était alors tourné vers lui, il avait aperçu, comme si c'était la première fois, le corps alangui de son compère, il avait cru en découvrir pour la première fois les muscles longs et souples, la peau mate si douce au regard, et quelques détails, comme ce point de beauté sur la fesse, et sans plus se branler, il s'était mis à jouir, poussant des rugissements rauques qui lui avaient mis les larmes aux yeux.

La jouissance, pour chacun d'eux, avait été tellement plus vive que les fois précédentes, qu'ils avaient finalement adopté cette position : debout, face à face, le regard fixé sur le corps de l'autre, se détaillant, s'admirant, s'apprenant par cœur.

Nicolas avait rapidement remarqué que si son regard à lui était presque constamment dirigé vers le corps de Gauthier, le regard de ce dernier fixait fréquemment son visage, comme si c'était ce qui, chez lui, bouleversait le plus le jeune villageois.

Il y avait eu un peu de gêne au début et, à peine débarrassé de leur trop-plein de foutre, ils plongeaient de nouveau dans le bief, sous le prétexte de se nettoyer. Mais la vérité, c'est qu'ils ne supportaient plus de se regarder. Puis la gêne avait disparu. La honte aussi. Désormais, ils restaient face à face après avoir joui, détaillant les traînées de foutre qui souillaient leur propre corps. Ils se regardaient débander entre leurs doigts gluants et ce spectacle ne leur semblait ni immonde ni scandaleux. Souvent, même, ils se souriaient, comme d'un bon tour joué à ils ne savaient qui.

Un jour, tandis qu'ils descendaient dans le bief, Gauthier avait pris Nicolas par la taille, comme pour préserver son équilibre. La fois suivante, Nicolas avait posé sa main sur l'épaule de Gauthier, et plus tard, il lui avait même empoigné le biceps, dont le volume et la tonicité l'avaient longtemps bouleversé.

Cette évolution de leur relation avait été lente, presque imperceptible, chaque nouveau geste s'était imposé de lui-même, naturellement, et ils n'avaient pas eu l'occasion d'y voir une raison d'avoir honte, alors qu'ils l'auraient probablement ressentie si on leur avait montré, l'année précédente, ce qu'ils viendraient à faire ensemble un an plus tard.

En fait, à part soi, chacun pensait qu'il y avait une source de péché dans une telle source de plaisir : l'un était trop fort pour ne pas être inspiré par l'autre. Mais aucun ne s'en était ouvert à son compère. Ni au curé. Ni au père Vibert. Ils connaissaient très bien ce que le clergé avait à dire au sujet de telles pratiques, et ils avaient trop envie de les poursuivre pour les révéler à qui que ce fût.

Devant le corps nu superbe de Gauthier, Nicolas sentit sa colère fondre presque instantanément. Pouvait-il en vouloir à quelqu'un qui possédait une telle grâce ? Sans doute un autre y serait parvenu, mais lui, pour une raison qui lui échappait, n'en était pas capable.

— C'est bien que tu sois venu, dit Gauthier, sans songer un instant à enfiler sa culotte.

Il se tenait devant Nicolas comme s'il était tout habillé. Avait-il deviné l'effet particulier qu'il produisait sur son complice chaque fois qu'il se montrait nu ? C'était possible, car le bougre, sans avoir jamais fait d'études, était d'une malice naturelle à confondre un abbé.

Gauthier s'approcha encore, presque à toucher Nicolas, qui se sentit menacé. Mais il n'éprouva aucune envie d'échapper à cette menace. Il se campa solidement sur ses pieds, comme s'il lui disait : approche encore si tu l'oses…

— Qu'avez-vous fait de mes parents et des autres ? demanda-t-il d'une voix rogue, pour dissimuler son trouble.

— Certains ont été conduits au chef-lieu, d'autres ont été libérés. Ton frère Pierre est parmi eux, je crois.

— Et mes parents ?

— L'homme du Comité de sûreté a décidé de les garder un jour ou deux, avec quelques autres. Ils ont été transférés au chef-lieu. Ils ne risquent rien, ils vont juste être interrogés.

— On sait comment se terminent vos interrogatoires !

De tout ce que lui disait Nicolas, ce qui navrait le plus Gauthier, c'était ce « vous », ce « vos ». Il se sentait rejeté par celui qu'il avait toujours considéré comme l'être sur terre le plus proche de lui.

— Je ne suis pas avec eux, mon Nico... plaida-t-il.

Ce disant, il vint au contact de Nicolas. Celui-ci eut l'impression de sentir la dureté des muscles du torse de Gauthier contre le sien, à travers les habits. Ce fut comme une brûlure. Il réagit sans réfléchir. Des deux mains, il repoussa Gauthier loin de lui. Le garçon perdit l'équilibre et s'affala dans l'herbe. Il resta ainsi un instant, appuyé sur les avant-bras, le corps légèrement écartelé, ne cachant rien de ses membres, adoptant à son insu la pose lascive de certaines statues que l'Église condamnait. Nicolas fut pris d'un vertige.

— Des salauds! Vous êtes tous des salauds! Toi et ton père les premiers!

Il éprouvait un plaisir pervers à insulter ainsi son frère de lait. Sa joie fut redoublée quand il vit une grimace de colère tordre les traits du garçon à terre, qui d'ailleurs se releva aussitôt.

Gauthier admirait son père, qu'il trouvait un homme juste et bon. Il ne supportait pas qu'on lui manque de respect. Même à Nicolas, il ne pouvait pardonner pareille injure.

— Je t'interdis! s'écria-t-il quand il fut debout.

Devant la vivacité de son mouvement, sa verge fut saisie d'un léger balancement que Nicolas trouva attendrissant. Aussitôt, il chercha à lutter contre cette réaction de faiblesse.

— Des assassins, voilà ce que vous êtes! Des coupeurs de têtes! Celles du roi et de la reine ne vous ont pas suffi, il vous faut celles de tous les nobles du royaume!

Gauthier eut un mouvement de dénégation. Avec une joie mauvaise, Nicolas demanda :

— C'est toi qui me conduiras sur l'échafaud quand l'heure sera venue ?

— Non ! cria Gauthier. Je ne te veux aucun mal ! Je te le jure ! La preuve, je vais te dire quelque chose que j'ai juré de ne pas répéter : il faut t'enfuir, Nicolas ! Ils vont venir vous chercher. Tes parents et les autres vont être jugés, ils risquent leur tête, mais ça ne leur suffira pas ! Ils viendront te chercher toi aussi, alors va-t'en, Nicolas, va-t'en au plus vite, je t'en supplie !

Mais Nicolas n'avait pas entendu la mise en garde de son compagnon, il n'avait compris que ce qui concernait ses parents. Jugés ? Condamnés ? Mais cela voulait dire exécutés ! Le Tribunal révolutionnaire ne connaissait qu'une seule peine en cas de condamnation, et c'était la peine capitale, l'échafaud. Sauf lorsque le révolutionnaire local avait une imagination perverse, comme Carrier, à Nantes, quand il procédait à ses mariages républicains.

Bouleversé par cette nouvelle, Nicolas bondit sur Gauthier et chercha à l'étrangler. La surprise aidant, il y parvint. Mais sa supériorité ne dura pas. Il y avait un domaine où Gauthier le surpassait, c'était la bagarre. Il eut tôt fait de saisir les poignets de Nicolas et de desserrer la prise. Ébahi, celui-ci eut l'impression qu'il ne pouvait même pas résister à l'action des bras de Gauthier. Ce dernier le repoussa, comme s'il voulait en rester là. Mais Nicolas ne l'entendait pas de cette oreille ; il bondit de nouveau sur Gauthier et lui porta un méchant coup à la bouche. Du sang apparut entre ses lèvres, que Gauthier avala sans broncher. Puis il s'avança vers son adversaire et, d'un seul coup de poing, l'envoya au sol.

Nicolas en vit trente-six chandelles. Il voulut se relever, mais s'en sentit incapable. Quelque chose semblait le clouer à terre. La tête lui tournait, rendant la station debout impossible. Il pensa que Gauthier ne l'aurait pas mieux assommé s'il s'était servi d'une masse. Il porta la main à sa joue. Quelque chose coulait ; c'était du sang ; il fut impressionné.

Pendant ce temps, Gauthier se hâtait de se rhabiller. Il enfila sa culotte et son sarrau. Il s'écarta de quelques pas. Il fixait Nicolas, toujours allongé dans les herbes, avec inquiétude. L'avait-il assommé pour de bon ? Il n'avait pas économisé sa force. Pendant quelques secondes, il avait vu rouge et aurait pu le tuer sans le vouloir. À présent, c'était terminé. S'il s'était écouté, il l'aurait aidé à se remettre debout.

Mais Nicolas y parvint finalement tout seul. Il s'assit d'abord, puis se releva doucement. Il semblait apaisé, il avait eu son compte.

— Écoute mon conseil, Nicolas ! Va-t'en ! Fuis ! Va n'importe où ailleurs qu'ici ! À Paris, même, si tu peux. Mais ne reste pas ici. Demain, ils reviendront, c'est sûr ! Tout à l'heure, ils ont emporté une victoire si facile qu'ils n'en croyaient pas leurs yeux et ils n'ont pas demandé leur reste. Mais ils vont vouloir se servir de cette force qu'ils sentent en eux. Alors fuis, je t'en supplie !

Et sans rien ajouter, il lui tourna le dos et s'enfuit en courant.

6

De retour au château, Nicolas eut la joie de retrouver Pierre, son frère aîné. Mais il était le seul de la famille à être revenu ; ni ses parents, ni son puîné, Philippe, n'avaient été libérés. Alexis, le fiancé de Charlotte, était là, lui aussi, mais ni son père, ni ses frères. Sa mère, à demi évanouie dans un fauteuil, était entourée d'une demi-douzaine de dames et de servantes. Charlotte avait du mal à cacher sa joie et elle devait constamment se remettre en mémoire le sort inconnu de ses parents, de son frère et de tous les autres pour retenir un sourire radieux d'ourler ses jolies lèvres. Elle avait pris le bras d'Alexis, comme pour s'y appuyer, et ne le lâchait plus. En fait, elle le retenait. On ne viendrait plus le lui enlever. Elle saurait le défendre, cette fois. Plus tôt, elle s'était laissée surprendre ; on ne l'abuserait pas une seconde fois.

Un conseil de famille s'instaura tout naturellement, sous l'autorité de Pierre, désormais l'aîné des Beaulieu-Mareuil. Tandis que les cuisinières préparaient un semblant de souper avec les plats inentamés du dîner, Pierre, debout au milieu de sa fratrie et de quelques amis ou parents qui avaient choisi de rester et de passer la nuit au château, pour éviter un retour de nuit chez eux, Pierre fit connaître ses décisions. Nicolas fut impressionné par l'autorité de son aîné, qu'il avait toujours connu aux côtés de son père, silencieux et obéissant.

— Sophie et Louise, vous rejoindrez demain vos demeures en compagnie de vos maris… Charlotte, tu vas aller vivre dans la famille de ton futur époux. Leur contrée est plus calme que la nôtre à présent… Dès que vous le pourrez, vous vous marierez, même si toute la famille ne peut être réunie... Marie-Constance retournera chez les Visitandines de Laval dès demain matin... Moi-même, avec mon épouse, nous gagnerons notre propriété au sud de la Loire. De là, nous irons probablement du côté de Cholet, en pays chouan, où nous avons des amis très fidèles... Pour l'instant, personne ne demeurera à Beaulieu-Mareuil, en dehors des domestiques et des intendants.

Il hocha la tête d'un air satisfait.

— Et moi ? demanda Nicolas.

— Ah, tu es là ? remarqua son frère. Où étais-tu passé ? Tu t'es encore battu, dirait-on... Il serait temps que tu te mettes du plomb dans la tête, mon garçon...

Nicolas fut soufflé par le ton de son frère. Se prenait-il pour son père maintenant que celui-ci n'était plus là ?

— Toi, tu vas partir avec Clairette, qui s'en va rejoindre son promis en Bretagne. Elle t'accompagnera jusqu'à Senançay. Il y a là-bas une institution religieuse, recommandée par le père Vibert, où l'on t'enseignera utilement la discipline et l'obéissance, en même temps que le latin et les mathématiques, toutes matières que tu as bien besoin d'approfondir !

Nicolas ne broncha pas. Il s'habituait peu à peu au ton dont son frère usait désormais avec lui. Il avait l'impression que Pierre profitait de la situation pour régler un contentieux avec lui. Que lui reprochait-il ? Ses vagabondages, ses sottises, ses aventures avec la racaille de Beaulieu et de Mareuil ? N'avait-il pas eu quatorze ans, lui aussi ? Nicolas eut la conviction que le ton sévère, presque grondeur de son frère avait une autre cause. Mais l'heure n'était pas à analyser les arrière-pensées de chacun.

— Où que c'est, chez toi, ma Clairette ? demanda-t-il en se tournant vers la jeune servante.

Celle-ci n'eut pas le temps de répondre. Pierre intervint :

— Où est-ce, chez toi, Clairette ?... Ne peux-tu t'exprimer comme il sied à ton rang ? Est-il indispensable que tu adoptes le parler des vauriens avec lesquels tu passes ton temps ? Parleras-tu bientôt en patois ?

Nicolas sentit la colère bouillir en lui, mais il se contint. L'heure n'était pas non plus aux règlements de comptes familiaux.

— Vous partirez tous deux à l'aube. À pied, pour ne pas attirer l'attention. Est-ce compris ?

Nicolas prit soudain conscience qu'il allait être séparé de tout ce qui avait été son univers depuis sa naissance. Beaulieu-Mareuil... ses frères et sœurs... sa douce Charlotte... le parc, la campagne environnante, la Vivonne... et Gauthier. Gauthier avec qui il s'était séparé, brouillé à mort. Gauthier qu'il avait blessé et qui l'avait blessé en retour. À présent, Nicolas n'éprouvait plus le moindre ressentiment envers son compère. S'il avait pu, il aurait foncé jusqu'à Mareuil pour s'excuser auprès de lui. Mais Pierre avait disposé, tout autour du château, une garde d'une demi-douzaine de serviteurs, armés de piques, pour prévenir tout retour des assaillants.

Pour la première fois depuis très longtemps, Nicolas ne fit pas honneur au souper. Quelque chose ne passait pas. Il n'en finissait pas de regarder autour de lui, d'observer ces murs qui, depuis trois siècles, abritaient les Beaulieu-Mareuil. Ces murs auxquels étaient accrochés les portraits d'ancêtres qu'il eut pu nommer sans hésiter, tout en traçant les liens de parenté qui le reliaient à eux. Avant ce soir, il n'avait jamais mesuré à quel point il aimait cette demeure, ce parc, ces terres alentour. Autant que son prénom et son nom, ils le définissaient, le résumaient, le contenaient tout entier. C'était son berceau et un jour, si tout redevenait comme avant, ce lieu serait son tombeau. Son corps sans vie trouverait place au fond du parc, sur le tertre herbu où s'alignaient les tombes de plusieurs générations de Beaulieu-Mareuil. Peut-être, si les événements avaient été différents, n'aurait-il jamais quitté le château ? En tant que dernier-né et troisième fils, il n'avait rien à attendre de son héritage, sinon le droit de vivre là où il avait toujours vécu et de recevoir des siens le gîte et le couvert. Il se serait marié et, avec sa jeune épousée, s'il l'avait décidé ainsi, ils se seraient installés au château. Ni son père, ni Pierre après la mort de celui-ci n'auraient eu le droit, sans déroger à la tradition et scandaliser la province, de le chasser du nid familial.

Mais bien sûr, Nicolas savait qu'il n'aurait pas fait sa vie à Beaulieu-Mareuil. Dans quelques années, quand il en aurait terminé avec ses pénibles études, il rejoindrait l'armée du Roi. Sa famille possédait suffisamment de relations pour justifier d'un poste de commandement dans un quelconque bataillon. Certes, son père n'aurait pu lui payer un régiment, il n'était qu'un benjamin, mais son nom et ses alliances l'auraient autorisé à faire valoir quelques ambitions.

Seulement, qu'en était-il de l'armée du Roi, à présent ? On murmurait qu'elle campait dans les marches de l'Est, à mi-chemin entre le royaume de France et les principautés allemandes, prête à intervenir contre les nouveaux maîtres sanguinaires de Paris. Mais qui la dirigerait ? Le Dauphin était encore un enfant. Ses oncles, Artois ou Provence ?

De toute façon, Nicolas était encore trop jeune pour envisager de s'enrôler. Il serait bien temps, dans deux ou trois ans, d'évaluer ses possibilités. La situation changeait constamment. On verrait bien alors qui dirigeait la France et son armée.

Il se retourna dans son lit. Le sommeil lui échappait, lui qui d'ordinaire dormait avant même que sa tête ait touché l'oreiller — et aucun coq du voisinage n'était capable de le tirer du monde des rêves, il fallait le secouer comme un prunier pour le faire lever. La pensée de Gauthier était revenue le hanter. Il ne pouvait effacer de sa mémoire le souvenir de Gauthier nu devant lui, à la fois impressionnant à cause de ses muscles, et attendrissant à cause de sa verge que le moindre mouvement agitait comme un fruit sur un arbre. Ne le reverrait-il jamais ? Ou bien la vie s'arrangerait-elle pour qu'ils se retrouvent un jour ? La pensée de le quitter sur le souvenir de cette scène violente le rendait malade. Il aurait voulu s'en excuser, prendre Gauthier dans ses bras et… Comme chaque fois qu'il imaginait une telle scène, un trouble indéfinissable s'empara de lui. « C'est parce que je l'aime comme un frère », se disait-il d'ordinaire, ressentant le besoin de se disculper. « Après tout, il m'est plus proche que Philippe, que Marie-Constance, ou même que Charlotte. C'est mon frère de lait. » Pour une raison inconnue, un écho naquit en lui qui prolongea sa phrase par : c'est mon frère de lit.

Pourquoi avait-il pensé à cela ? Parce que lait et lit étaient, à une lettre près, le même mot ? Probable. Encore un de ces mystères inexplicables dont la vie était riche. Il imagina Gauthier couché en cet instant dans le lit, à côté de lui, sans le toucher, mais respirant, s'agitant par instants, ronflant peut-être, et sur cette idée plaisante, il s'endormit.

Ils partirent à la pointe du jour. Nicolas avait fini par trouver le sommeil et Clairette dut le secouer vivement avant qu'il n'ouvre les yeux. Mais une fois debout, il fut totalement réveillé. Bizarrement, il ne se sentait plus mélancolique ou nostalgique. Il envisageait cette nouvelle journée, et le début du voyage qui allait la marquer, comme une aventure formidable. Il fut prêt en un rien de temps.

Tandis qu'il terminait son déjeuner à la cuisine, Pierre fit son apparition. Très vite, Nicolas décela que ce n'était plus le nouveau chef de famille autoritaire et intransigeant de la veille. C'était Pierre, son frère aîné, qui avait toujours eu pour lui une indulgence contre laquelle il se défendait mal. L'animosité de la veille semblait oubliée. Il s'assit en face de lui et le regarda.

— Nous risquons de ne plus nous revoir avant longtemps, Nicolas. Peut-être pas avant une année. Quelques années, même.

Nicolas acquiesça ; il en était conscient.

— J'ignore ce que nous réservent les jours qui viennent. Je crains qu'ils ne soient sombres. Mais ils ne dureront pas. Le Roi est mort. Nombre de nos parents et amis ont été décapités. Nos droits, nos privilèges et nos titres ne valent plus rien. Bientôt, nous ne serons plus rien, alors le fléau cessera. Comme des blés couchés par l'orage, seuls les plus vivaces se relèveront. Nous serons de ceux-là, mon frère. Je t'en fais le serment.

Nicolas avait cessé de boire sa soupe. Il était impressionné par le discours de Pierre. Il n'avait jamais connu son frère aussi éloquent. Par son ton aussi. Il ne l'avait jamais connu aussi solennel.

— Nous ne serons plus rien, mais nous ne devons jamais oublier qui nous sommes. Nous sommes les barons de Beaulieu-Mareuil. Notre famille est une des trois ou quatre plus anciennes de cette province. Nous sommes alliés au sang le plus pur de ce royaume. Nous ne devons jamais l'oublier. Tu ne dois jamais l'oublier, Nicolas. Quoi qu'il arrive, quoi que la vie t'oblige à faire, ne l'oublie jamais. Les vicissitudes de l'existence ne doivent pas effacer de ton esprit les devoirs qui t'incombent. Je suis sûr que tu t'en sortiras. Tu es un garçon plein de ressources. Tu es bâti en force et je m'inquiète moins pour toi que pour notre frère Philippe. Le monde et l'avenir, quels qu'ils soient, attendent des garçons comme toi, et il est bon que certains de ces garçons soient issus de nos familles. J'ai confiance en toi, mon frère.

Nicolas repoussa son assiette. Il faillit s'essuyer les lèvres d'un revers de la main, mais il se reprit à temps. Il récupéra un chiffon et s'en tamponna la bouche. Mais son réflexe n'avait pas échappé à Pierre, qui sourit.

— Si tu peux conserver tes bonnes manières, c'est tant mieux. Mais là n'est pas l'essentiel. Être noble, ce n'est pas connaître les usages à table, les généalogies de la famille ou les contributions de nos ancêtres à l'histoire du royaume. Être noble, c'est savoir se tenir en toutes circonstances en fonction d'un code qui est inscrit en nous de tout temps. Quand tu ne sauras pas comment te comporter, fais ce qui te paraît le plus honnête, je suis sûr que ce sera la bonne attitude.

Pierre se leva. Il prit dans sa poche une bourse assez replète et la posa devant son frère.

— Sois économe de cet argent, il te servira à payer ta pension, tu n'en auras pas d'autre avant longtemps.

Puis il fit le tour de la table, se planta devant Nicolas, lui posa la main sur l'épaule et dit, la voix légèrement rauque :

— Que Dieu te garde, Nicolas, et n'oublie jamais la devise des Beaulieu-Mareuil : *Vertu passe orgueil.*

Puis, pour échapper à une émotion contre laquelle il ne parvenait pas à lutter, il fit demi-tour et sortit de la pièce.

Clairette était une jolie garce, tout le monde était d'accord là-dessus. Depuis qu'elle était entrée au service de Madame la baronne quand elle avait dix ans, les hommes lorgnaient en douce de son côté. Ils avaient à peine eu la patience d'attendre ses treize ans avant de lui pincer la taille. Mais la mâtine avait su leur résister. Elle avait la gifle prompte et n'avait pas sa pareille pour transformer en arme n'importe quel instrument de cuisine. Bon, ce n'était pas non plus un parangon de vertu. À quinze ans, un palefrenier large d'épaules et aux yeux effrontés avait su trouver les arguments pour la culbuter dans la paille de ses écuries. D'autres, à leur tour, avaient su trouver les mots ou les gestes pour obtenir ses bonnes grâces. Clairette n'avait pas froid aux yeux, mais ce n'était pas non plus une Marie-couche-toi-là. Elle savait repousser l'importun. Mais n'avait jamais su dire non à un grand gaillard, hardi et beau parleur.

Depuis ses dix-sept ans, elle était au service exclusif de Madame la baronne, qui appréciait son goût des anecdotes et son talent pour les raconter. Il s'était murmuré un temps que sa maîtresse l'avait chargée de déniaiser son cadet, qui avait bien besoin qu'on l'aide. C'était du moins ce que Nicolas avait entendu dire — il n'aurait jamais osé poser directement la question à Philippe — et il en avait conclu que son tour viendrait bientôt, quand il aurait quinze ans. Sauf qu'il espérait bien, d'ici là, avoir résolu lui-même le problème sans recourir à une aide extérieure. Après tout, les cuisines et la lingerie du château abondaient en jeunes domestiques délurées et peu farouches, qui se feraient volontiers concurrence pour cueillir la fleur du plus jeune fils, qui était si beau, si gaillard et — murmurait-on entre cuisine et buanderie — si bellement couillu. Toutes, elles rêvaient un jour d'embrasser ce fameux point de beauté sur la fesse.

En attendant, Clairette et Nicolas ne s'étaient pas mis en route pour une partie de plaisir. Tandis que le jour se levait, Nicolas marchait devant la servante, lui ouvrant le chemin à travers les hautes herbes ployées sous la rosée. Suivant le conseil de Pierre, ils avaient choisi de contourner Mareuil-Saint-François afin de ne pas éveiller le courroux de quelque fort-en-gueule qui ne serait pas encore en train de cuver son vin. Ils avaient donc décidé de passer par l'ancien moulin, puis de là ils gagneraient le chemin qui conduisait à la grand-route menant vers Rennes et la lointaine Bretagne.

Tout en longeant le bief, Nicolas ne put s'empêcher de revoir Gauthier comme la veille, frétillant comme un goujon, plongeant et replongeant dans l'eau profonde, exhibant à chaque mouvement ses fesses blanches et musclées sur lesquelles les gouttes ruisselaient comme le serein sur la peau d'une pomme. S'il s'était écouté, il aurait forcé Clairette à faire un détour par le village afin de prendre congé de son plus cher compagnon de jeux. Mais Pierre avait été clair : pas question de s'approcher du village. Ils devaient se trouver le plus loin possible quand le clocher de l'église signalerait qu'il était temps de reprendre le travail.

Bientôt, le sentier qu'ils suivaient déboucha sur le chemin qui devait les conduire à la grand-route. Comme ils en surgissaient, une silhouette bondit sur Nicolas et manqua le renverser. Celui-ci se campa solidement sur ses jambes pour se défendre, mais au lieu de chercher à le frapper, son agresseur le serra de toutes ses forces entre ses bras, cherchant à l'embrasser tout en murmurant :

— Oh, Nicolas, mon Nicolas !

C'était Gauthier.

Quand son exaltation se calma, il expliqua à Nicolas qu'il avait deviné qu'il risquait de quitter le château dès le matin suivant, à la pointe du jour. Il avait également imaginé que son ami ne passerait pas par le village, mais le contournerait, et il s'était posté au débouché du sentier dans l'espoir de pouvoir prendre congé de lui.

Nicolas était radieux. Il devait se retenir pour ne pas prendre Gauthier dans ses bras et l'embrasser à bouche que veux-tu sur le front, les jours, le cou — les lèvres aussi. Mais il avait conscience de la présence de Clairette et se contint. Il se contenta de bourrer son complice de coups de coude dans les côtes et de coups du plat de la main dans le dos.

Clairette finit par mettre fin à ces effusions.

— Il faut partir, Monsieur Nicolas. Le village va se réveiller, les paysans vont s'en aller aux champs, on risque de nous surprendre…

— Tu as raison, Clairette. Laisse-moi embrasser une dernière fois le bel ami que voilà et nous nous mettrons en route.

Il enlaça Gauthier qui le serra à son tour dans ses bras de toutes ses forces. On eut dit deux lutteurs qui ne pouvaient plus se dégager d'un corps-à-corps.

— Je ne t'oublierai jamais, Nicolas, murmura Gauthier à l'oreille de son ami. J'ai quelque chose pour toi afin que tu te souviennes de moi.

Il lui glissa dans la paume de la main un petit objet, doux au toucher. Nicolas n'eut pas besoin de le regarder pour savoir de quoi il s'agissait : c'était une pierre aux couleurs étranges que Gauthier avait trouvée un jour dans le cours de la Vivonne. C'était son bien le plus précieux, son porte-bonheur, disait-il.

Nicolas ne protesta pas, n'argua pas que c'était trop, qu'il ne pouvait se dépouiller de quelque chose qui lui tenait tant à cœur. Il prit la pierre, la porta à ses lèvres, puis la glissa dans la poche de ses chausses.

— Je te promets de toujours la garder par-devers moi, et quand nous nous reverrons, je te la rendrai, je te le jure !

Alors Gauthier lui déposa un tendre et doux baiser à la base du cou, là où la peau est le plus tendre, et murmura :

— Adieu, mon frère !

Puis Nicolas se dégagea de son embrassement et rejoignit Clairette. Quand il se retourna, un peu plus loin, il vit que Gauthier avait déjà disparu.

CHAPITRE DEUX

Ménaches et Vertudets

1

Le neuvième jour, Clairette et Nicolas parvinrent au collège de Senançay.

Ils avaient bien marché depuis Beaulieu-Mareuil. Il faut reconnaître que, de temps à autre, ils avaient bénéficié d'une portion de chemin à bord d'une charrette de paysan ou d'un charroi de bûcheron. Un marchand les avait pris à bord de sa voiture sur une dizaine de lieues. Mais la plus grande partie du trajet, ils l'avaient faite à pied.

Le deuxième soir, dans une grange où ils avaient demandé l'autorisation de dormir, Clairette avait dépucelé Nicolas.

Cela s'était produit naturellement. Le premier soir, Nicolas était encore trop abattu par la séparation officielle avec les siens, et celle, plus secrète, avec Gauthier. Il avait traîné les pieds toute la journée, comme s'il avançait à contrecœur. À plusieurs reprises, Clairette l'avait tancé, lui enjoignant d'accélérer l'allure, gémissant qu'à ce pas ils n'arriveraient pas avant l'automne. Puis elle avait compris la raison profonde de cette lenteur et avait cessé de le morigéner. De temps à autre, elle l'encourageait à faire un effort supplémentaire. Un peu avant le coucher du soleil, ils étaient parvenus dans une bourgade relativement importante et elle avait décidé de dépenser un peu du viatique que lui avait remis Monsieur Pierre pour louer une chambre dans une auberge.

À peine allongé sur le lit, Nicolas s'était effondré comme une masse et Clairette avait eu, un peu plus tard, un mal de chien à le faire se lever pour aller souper. Si elle l'avait écouté, il se serait passé de manger mais, justement, elle ne l'avait pas écouté et l'avait pratiquement tiré par le col pour le faire descendre dans la salle commune.

La bonne humeur était revenue avec la bonne chère. À quatorze ans, aucun chagrin ne résiste à un bon fricot. Là-dessus, Nicolas avait dormi comme une souche et, le matin suivant, il était fin prêt à avaler sa ration de lieues — ou de kilomètres, comme on devait dire à présent, à ce qu'il paraissait, depuis qu'avait été imposé le système métrique — que chacun, bien sûr, s'évertuait à ignorer.

Depuis son arrivée au château, dix ans plus tôt, Clairette n'avait eu que peu d'occasions de s'occuper de Nicolas. C'était la Toinon qui élevait les mâles de la famille. Clairette, elle, avant d'être au service de Madame, avait servi les deux filles aînées, et le service de la mère avait été vécu comme une arrivée au paradis tant les deux donzelles étaient impossibles. Clairette avait vu Nicolas grandir de loin. Il ne lui avait pas échappé que le benjamin des Beaulieu-Mareuil n'avait que peu de points de ressemblance avec ses frères et sœurs, mais comme tout le monde au château, elle avait mis ces particularités sur le compte du hasard. Il ne serait venu à l'idée de personne, pas même de la plus méchante langue de vipère, de mettre en doute la vertu et la fidélité conjugale de Madame la baronne.

Pourtant, Clairette en était convaincue, il se cachait là un mystère que seul un secret de famille pouvait expliquer. Elle avait souvent remarqué le regard lourd de tristesse que la mère portait sur son dernier-né. Tristesse que rien ne justifiait. Après tout, Nicolas était le plus beau de la fratrie et, à vingt lieues à la ronde, pas un seul garçon bien né n'aurait pu rivaliser avec ses qualités physiques, tant la force que la beauté. D'ailleurs, toutes les pucelles de la province le dévoraient des yeux quand elles le voyaient passer. Mais, parfois, Madame de Beaulieu-Mareuil regardait son plus jeune fils comme s'il était le fruit d'un accouplement monstrueux, le châtiment du péché. Cela se traduisait, dans son comportement, par une alternance de phrases sévères, voire cruelles, et de brusques tendresses mouillées de sanglots — les unes et les autres laissant le garçon perplexe, mais guère perturbé.

Clairette n'avait jamais pu se convaincre de traiter Nicolas comme n'importe quel autre membre de la famille. Elle avait toujours eu pour lui des phrases et des attitudes particulières. Elle n'aurait su expliquer pourquoi. Elle ne l'avait jamais houspillé, taloché ou câliné comme elle avait pu le faire avec Philippe, quand l'occasion lui était donnée de s'occuper de lui. Elle ne lui avait jamais donné le bain. Elle chargeait chaque fois une autre fille de le faire, et les volontaires ne manquaient pas. Plus tard, à l'office, ça cancanait, ça ricanait et ça gloussait en évoquant les fesses dorées comme des pommes de l'enfant, ce point de beauté sur la droite, et surtout son petit robinet — qui, apparemment, n'était pas si petit que ça, mais surtout très sombre, presque noir. « Il a la queue du diable ! » avait proclamé l'une des filles, et Clairette l'avait aussitôt souffletée : « Que je te reprenne à traiter de diable le fils de nos maîtres ! »

Quand Monsieur Pierre, le soir des événements, l'avait prise à part pour lui demander de profiter de son retour chez elle pour accompagner Nicolas jusqu'au pensionnat de Senançay, puisque c'était sur son chemin, Clairette avait ressenti un élan de joie et de bonheur qu'elle aurait été bien en peine d'expliquer. La perspective d'accomplir seule ce voyage d'une semaine jusqu'au pays de son promis ne l'enchantait guère. Elle anticipait un trajet semé d'embûches et de désagréments, des gaillards ivres qui chercheraient à s'en prendre à sa vertu, ou des malandrins qui n'hésiteraient pas à la dépouiller du peu qu'elle avait sur elle — elle transportait quand même toutes ses économies, plus le cadeau de Madame pour son mariage, ainsi que son trousseau. C'était peu, mais ce n'était pas rien.

Pourtant, avait-elle songé un peu plus tard, Nicolas, aussi fort et courageux fût-il pour son âge, n'était pas le compagnon de voyage le plus apte à la protéger des vicissitudes de la grand-route. Il pourrait sans doute la défendre contre les avances d'un coquin ivre, mais guère plus. Fils de baron ou pas, des malfaiteurs ne tergiverseraient pas longtemps avant de le faire passer de vie à trépas pour mieux dépouiller la belle et accorte servante.

Non, ce n'était pas en vertu de ses qualités guerrières qu'elle s'enchantait de faire route avec le benjamin de la famille.

C'était tout simplement parce qu'il était son préféré. Elle avait fini par se l'avouer sans fard. Au moment où elle avait enfin admis la vérité, elle n'avait pas été troublée par la moindre arrière-pensée. Il était son préféré et elle l'aimait comme un enfant. Rien d'autre. Elle ne pensait nullement à lui comme à un petit homme. Par tous les saints! Il n'était encore qu'un gamin!

Sans doute, mais un gamin qu'elle avait surpris plusieurs fois, nu ou presque nu, dans le parc, ou sur les bords de la Vivonne, quand il se baignait, ou près des cuisines, quand il prenait son bain hebdomadaire au vu de tous et que l'apparition de son membre couleur de cannelle faisait ricaner ces sottes de lingères. Elle savait faire la différence entre un adolescent et un homme, et elle devait admettre que Nicolas était plus proche du second que du premier. D'ailleurs, depuis quelques mois, Madame la baronne avait interdit à Nicolas de prendre son bain en public ; il le prenait désormais dans la buanderie, en présence d'un laquais qui se bornait à lui passer le savon ou le linge pour s'essuyer.

Le premier soir, à l'auberge, quand elle l'avait vu, à demi endormi par la fatigue, se débarrasser de ses vêtements sans songer à les plier, sans songer non plus à garder au moins sur lui sa culotte, Clairette n'avait pu s'empêcher d'être troublée.

Et à présent, dans cette grange hospitalière, apercevant Nicolas torse nu en train de se laver à grandes eaux près de l'abreuvoir, en face d'elle, elle continuait à être troublée.

Elle le fut tout au long de la soirée et, quand enfin ils allèrent se coucher dans la paille, elle était encore émue. Elle songea qu'au fond rien ne l'empêchait d'attirer à elle ce beau drôle et de partager avec lui un moment de tendresse. Après tout, à quatorze ans, il avait peut-être — sans doute — déjà connu la femelle. Une de ces gamines délurées de Beaulieu avait dû le surprendre dans un coin désert et soulever son sarrau sans rougir, comme elles le faisaient toutes, lui montrant sa fente et l'invitant à la visiter. Il était d'usage, depuis des temps immémoriaux, que servantes et filles du peuple s'offrent pour le plaisir des seigneurs. Combien de fois avait-elle vu un homme noble désigner du doigt une fille accorte au lavoir ou au marché et l'entraîner avec lui dans un recoin sombre et propice ! Elle-même, elle avait dû subir le harcèlement de quelque maître, voire d'un serviteur placé au-dessus d'elle. Alors il était probable que Nicolas, avec sa jolie figure et son corps de jeune homme, avait probablement déjà goûté aux plaisirs de la chair.

Il n'y aurait pas grand péché à les lui faire connaître une fois de plus. D'autant que, dans son pensionnat religieux, il serait sans doute contraint à une abstinence douloureuse — à moins que ces coquins de prêtres ne tentent de le débaucher et de le détourner du con des femelles.

Elle se tourna vers lui dans la paille. Il ne dormait pas encore, il somnolait. Elle le prit dans ses bras et l'attira vers elle. Mais, à sa grande surprise, quelques secondes plus tard il éclata en sanglots.

Alors que le sommeil l'enveloppait doucement, l'odeur du foin coupé lui avait remis en mémoire les jeux auxquels il se livrait, avec Marie-Constance et Philippe, quand ils n'étaient pas l'objet d'une surveillance resserrée, dans les immenses granges de Beaulieu-Mareuil. Et brusquement, derrière ces images simples et en apparence inoffensives, c'était toute son enfance, mais aussi le château, les gens qui y vivaient, depuis ses parents jusqu'au dernier des palefreniers, qui s'étaient mis à danser autour de lui, comme pour le narguer, pour lui rappeler que cette réalité était désormais derrière lui et que chaque pas qu'il faisait l'en éloignait davantage. Comme il l'éloignait d'un être dont le souvenir emplissait son esprit, Gauthier, torse nu, le corps couvert de transpiration et de brins de paille, comme cela leur arrivait quand ils luttaient pour de rire derrière une meule de foin. Alors, lui qui ne pleurait pratiquement jamais, il avait été soulevé par un flot irrésistible de sanglots que la douce étreinte de Clairette avait brutalement déclenché.

Les larmes ne durèrent pas. Les lèvres de Nicolas, comme saisies d'une vie propre, se mirent à la recherche de celles de Clairette et les trouvèrent aussitôt. Pour la première fois de sa vie, il échangea un long baiser amoureux et trouva cela merveilleux. Puis, comme si ces gestes existaient déjà en lui, n'attendant que d'être provoqués par un événement fortuit, il chevaucha le corps tendu de la jeune servante et l'enlaça éperdument.

« C'était sa première fois », songea Clairette, avec une certaine émotion.

Elle l'avait deviné à la façon dont il s'était laissé conduire, comme un élève avide d'apprendre. Il avait surtout semblé motivé par la crainte de la blesser. Il s'était montré d'une douceur dont elle n'avait pas l'habitude. Il avait caressé ses bras, ses épaules, ses seins, son ventre avec une infinie tendresse. Bientôt, les lèvres avaient remplacé les mains et s'étaient posées un peu partout sur son corps, avant de retrouver ses lèvres. Puis il l'avait pénétrée. Ou plutôt, elle l'avait guidé afin qu'il la pénètre. Elle avait saisi sa verge dans sa main. Elle avait été surprise par le volume inattendu de ce membre chez un garçon aussi jeune. Par sa dureté aussi. Elle s'était aperçue qu'elle avait très envie de le prendre en elle et il n'avait eu aucun mal à la pénétrer. Il s'était enfoncé en elle en quelques mouvements de reins, chacun ponctué d'un profond soupir et prolongé d'un gémissement de plaisir. Puis il l'avait besogné, mais sans rudesse, en prenant appui sur ses avant-bras pour soulager son poids sur elle. Elle avait été éblouie par la douceur de sa peau, et par le jeu des muscles en dessous. Oui, il avait le corps d'un homme. Elle lui avait empoigné les fesses avec gourmandise. Elles étaient souples et dures alternativement, en fonction de ses déhanchements, et elle n'avait pu les lâcher. Elle avait cherché ainsi à le prendre en elle le plus profondément possible.

Il avait joui très vite, comme tous les hommes. Au moment même où il exhalait son dernier soupir, elle poussait son premier cri de plaisir et, au lieu de se retirer, il avait continué de bouger en elle. Elle avait éprouvé une onde de plénitude dont elle n'avait jamais fait l'expérience. Jusqu'alors, elle n'avait connu, avec ses amants, qu'un plaisir modéré, qui ne durait pas et ne laissait pas en elle de souvenir impérissable. Mais là, longtemps après avoir fini de crier, puis de gémir, elle avait continué d'être parcourue d'ondes de plaisir, qui la faisaient presque sursauter. Elle avait gardé Nicolas en elle jusqu'à ce que sa verge, en s'amollissant, glisse naturellement hors d'elle. Lui n'osait pas bouger. Il était prisonnier de ces mains qui lui malaxaient les fesses et était empli de reconnaissance et de gratitude.

Il avait commencé à s'endormir avant même d'être tout à fait descendu d'elle.

2

Désormais, chaque nuit les retrouvait enlacés dans un lieu quelconque, le plus souvent une grange, mais, un soir, dans la maison d'un bourgeois. Ce dernier avait deviné en Nicolas un rejeton de bonne famille. Quand Clairette lui avait appris qu'il s'agissait du fils du baron de Beaulieu-Mareuil, le brave homme, même s'il n'en avait jamais entendu parler, se fit un devoir de les héberger dans une chambre de sa maison. Clairette eut droit à un galetas jeté par terre, au pied du lit, dont elle fit semblant de se satisfaire mais, à peine la porte refermée, elle était montée dans le lit rejoindre son jeune amant.

Elle l'observait fréquemment, curieuse de voir si cette nouvelle expérience apportait en lui un changement subtil. C'était difficile à dire. Il ne fallait pas oublier non plus l'expérience douloureuse de la séparation brutale avec les siens, qui était venue perturber le cours de sa vie. D'une manière générale, Nicolas lui paraissait plus posé, plus retenu, plus sage. Mais de temps à autre, il redevenait un véritable chenapan. Qu'il s'agisse de grimper à un arbre pour y cueillir quelques fruits dont ils se régalaient, ou de plonger dans une rivière pour échapper à l'étouffante chaleur du chemin poussiéreux, il n'était plus qu'un garnement de son âge, qui faisait oublier le jeune amoureux sensuel qu'il devenait un peu plus chaque nuit. Clairette était frappée de l'évolution de cet aspect de Nicolas. D'une certaine manière, malgré ses nombreuses expériences, elle n'avait pas une science très approfondie de l'amour sensuel. Elle avait pris l'habitude de s'allonger et de laisser faire les hommes. Elle aurait pu compter sur les doigts d'une seule main ceux qui lui avaient apporté quelque chose de nouveau, un geste, une caresse, une attention. Ou ne serait-ce que du plaisir. Même un simple frémissement. Pour la plupart, ils s'étaient contentés de la culbuter, de lui écarter les cuisses et de la pénétrer sans préambule. Une fois là, ils s'agitaient pendant un nombre variable de minutes, puis ils se retiraient, leur affaire faite, après avoir rugi un bon coup.

Nicolas, lui, était attentif à son corps de femme. Il semblait passionné par ce qu'il en découvrait. Le quatrième jour, il la força à s'allonger avec lui dans l'herbe, près d'une fontaine dédiée à un saint local, et à se déshabiller entièrement. Là, il l'avait longuement observée sous toutes les coutures, la caressant parfois du bout des doigts, parfois à l'aide d'une longue herbe, puis il s'était glissé entre ses cuisses et l'avait pénétrée. Elle-même, elle avait paru découvrir, chez cet adolescent à peine formé, combien un corps d'homme peut être beau et émouvant. La peau onctueuse du garçon était pour elle un ravissement ; elle lui évoquait la crème fraîche dont elle se régalait parfois dans la laiterie du château ; elle était fascinée aussi par cette verge sombre et virile qui se dressait longuement sans faillir, tandis qu'il la détaillait, comme une arme prête à frapper. Un jour, elle avait pris l'initiative de tendre la main vers ce bâton de chair tendre, et elle en avait adoré le contact, au point de se redresser à demi et d'y porter les lèvres. Du bout de la langue, elle s'était amusée à dégager le gland du prépuce et elle avait eu envie de croquer dans cette fraise presque violette. Prise d'une inspiration subite, elle s'était mise à lécher la verge tendue au-dessus d'elle, pour la première fois de sa vie, et très rapidement, elle en avait fait éjaculer des flots de foutre chaud et gluant qui lui avaient éclaboussé le visage.

Du coup, à partir du quatrième jour, elle était devenue moins soucieuse de hâter le pas et de doubler les étapes. Elle se mit à traîner la jambe ; elle attirait l'attention de Nicolas sur un étang, à l'écart du chemin, où il ferait bon piquer une tête, ou sur une pinède sous laquelle il serait délicieux de faire la sieste alors que midi écrasait de sa chaleur la campagne environnante. Elle trouvait en lui un complice prêt à toutes les distractions et à tous les retards. Il n'était nullement pressé de se retrouver aux portes de Senançay, dont la proximité chaque jour plus sensible l'emplissait d'un sentiment de secrète terreur.

Mais ils eurent beau faire, au soir du huitième jour — alors qu'ils n'auraient dû en mettre que six — ils parvinrent devant les hauts murs de Senançay.

En réalité, les murs n'étaient pas si hauts. Mais dans l'esprit de Nicolas, ils l'étaient. Il s'agissait tout au plus d'un mur d'enceinte, qui n'aurait pas longtemps retenu un assaillant ou retardé un fuyard. Senançay faisait songer à une de ces anciennes fermes fortifiées au sein de laquelle on aurait bâti une chapelle surmontée d'un clocher. Une ferme qui aurait été opulente, mais d'où ne s'échappaient plus désormais de beuglements, de caquètements, d'aboiements ou de bêlements. À l'évidence, le pensionnat de Senançay avait connu de meilleurs jours. À la distance où il se tenait, Nicolas avait l'impression que l'immense bâtiment était désert, abandonné, plongé dans un silence qu'un aigre son de cloche brisa un court instant, histoire de lui prouver que des gens vivaient là et qu'ils l'attendaient.

L'après-midi touchait à sa fin. Le soleil plongeait déjà à l'ouest, dans un empilement de sombres nuages qui rendaient plus austères encore les murs du pensionnat. Ce n'est pas une heure pour se dire adieu, songea Clairette. Après tout, elle n'était pas censée présenter Nicolas à un jour dit, à une heure dite. Il pourrait aussi bien frapper à la porte de l'établissement le lendemain matin. Qui le lui reprocherait ?

Une demi-lieue en amont, ils avaient traversé un petit village qui portait le nom de Senançay. Clairette décida de revenir sur ses pas et d'y trouver un gîte pour la nuit. Nicolas ne prononça pas un mot de remerciement, mais il lui prit la main et la serra avec reconnaissance.

Il n'y avait plus d'auberge à Senançay, elle avait été transformée en débit de boisson et de tabac. Clairette en fut surprise. Où dormaient les parents qui rendaient visite à leur enfant ? Finalement, à l'estaminet, quelqu'un la dirigea vers une veuve qui louait une chambre à l'occasion, et qui se trouva libre. La veuve omit de proposer d'y ajouter un galetas pour la servante, mais Clairette ne lui fit aucune remarque. Avait-elle deviné le lien secret qui liait ces deux jeunes gens ? Si oui, elle n'en manifesta rien.

Ils passèrent la nuit à s'aimer, résumant en quelques heures toutes les caresses et tous les plaisirs qu'ils avaient appris l'un de l'autre au cours de ces quelques jours. Ce n'étaient plus une initiatrice et son élève ; c'était véritablement un couple d'amants. Désormais, Nicolas prenait toutes les initiatives, déclenchait tous les épisodes de leur orgasme, donnait le signal du plaisir. Si la vieille avait l'oreille collée à la porte, elle dut en rester abasourdie.

Au matin, tandis qu'elle leur servait la soupe, elle désigna Nicolas d'un mouvement de la tête :

— C'est-y que tu vas chez les curés ?

Il acquiesça. Il n'avait guère envie d'ouvrir la bouche.

La vieille se tourna vers Clairette :

— C'est du fils de ci-devant, ça, non ?

Clairette hocha imperceptiblement la tête. Elle n'était pas très sûre de savoir à qui elle avait à faire.

— Pauvre couillard ! Il va en vivre de drôles, là-dedans !

— Que veux-tu dire ? demanda Clairette à la vieille.

— Oh, il s'en dit des salées, sur ce qui se passe derrière ces murs ! On répète que les curés ont le fouet plus généreux que le fricot. On y jeûne plus souvent qu'à son tour ! Pas une semaine ne se passe sans qu'un de ces angelots ne cherche à s'enfuir ! On murmure que plus d'un y a laissé la peau de ses fesses… enfin, moi, ce que j'en dis…

Clairette se tourna vers Nicolas. Il n'avait pas bronché, son visage ne trahissait aucune inquiétude. Il était simplement attentif, comme s'il cherchait à démêler la vérité dans les propos de la vieille.

Un peu plus tard, ils s'approchèrent lentement des murs de l'institution. Un pâle soleil leur donnait une couleur moins décourageante que la veille au soir. Une large porte à double battant était ouverte dans le mur exposé au sud, découvrant une vaste cour pavée au milieu de laquelle se dressait un calvaire. Comme ils arrivaient à proximité de l'entrée, un religieux apparut. Il portait une soutane sale, comme si elle lui servait pour accomplir de pénibles tâches manuelles. Il donnait lui-même une forte impression de manque d'hygiène. Il dégageait un fumet déplaisant.

— N'avancez pas! Surtout toi, la fille!... Pas de femelle en cette maison!

Clairette et Nicolas se figèrent sur place. Clairette sortit de sa besace le mot que le père Vibert avait rédigé à l'intention du directeur de Senançay.

— Es-tu un nouveau pensionnaire? demanda l'homme en s'adressant à Nicolas.

— Oui, mon père.

— Oui, mon frère... Porte-moi ce billet.

Clairette tendit le billet à Nicolas, qui s'avança jusqu'à l'homme. Celui-ci prit le billet et le lut. Nicolas remarqua avec effroi que l'homme puait. Il empestait la merde ou la pourriture.

Il sembla avoir du mal à déchiffrer les quelques lignes. Puis il détailla Nicolas avant de demander:

— Ta famille t'a-t-elle doté d'une bourse pour payer tes études et ta pension?

Nicolas acquiesça, désignant sa veste sous laquelle était attachée la bourse que Pierre lui avait donnée.

— C'est bien, alors prends ton bagage et suis-moi… Et toi, la fille, va-t'en !

Nicolas se tourna vers Clairette. Prévoyant un pareil accueil, ils avaient pris, un peu plus tôt, un tendre congé. Il se contenta de la baiser sur les deux joues. Il constata que Clairette pleurait. Elle murmura :

— Oh, mon trésor… mon petit christ… ma douceur… Prends soin de toi, par ton saint protecteur !

Nicolas se laissa embrasser par Clairette jusqu'à ce que l'homme glapisse :

— Allez, ça suffit ! Lâche cette femelle, jeune pécheur !

Ils se séparèrent. Nicolas fit quelques pas en direction de l'homme, qui s'éloigna vers le fond de la cour sans plus s'occuper de lui. Clairette le regarda disparaître à l'intérieur d'un bâtiment. Elle vit la porte se refermer sur lui comme celle d'une prison dont on ne sortirait pas vivant.

Ce jour-là, elle pleura une bonne partie du chemin.

3

Tendu, attentif, sur ses gardes, Nicolas pénétra dans l'univers de Senançay.

Le frère tourier, à ses côtés, le guida à travers tout un dédale de couloirs obscurs et déserts, qui aboutit à un escalier de bois qui les mena jusqu'à un vaste grenier, directement sous le toit, dans lequel étaient entassées deux dizaines de lits. Aucun ne paraissait occupé pour l'heure. Le frère en désigna un.

— Laisse tes affaires sur celui-ci et suis-moi, dit-il en lui tournant immédiatement le dos.

Ils redescendirent l'escalier, empruntèrent les interminables couloirs jusqu'à atteindre une porte engoncée dans un mur épais. Le frère frappa trois fois, attendit quelques secondes, puis ouvrit la porte et fit signe à Nicolas d'entrer. Il referma la porte derrière lui.

Nicolas se retrouva dans une vaste pièce, aussi sombre que le reste de la demeure. Il y avait pourtant deux fenêtres donnant sur l'extérieur, mais elles étaient trop sales pour laisser passer la lumière à profusion. Dans la cheminée brûlait un maigre feu qui semblait sur le point de mourir. Près de l'une des fenêtres, Nicolas distingua un bureau derrière lequel était assis un homme en soutane. Lentement, comme à contrecœur, il s'approcha.

L'homme le regarda approcher sans rien dire, comme s'il attendait qu'il se trouve à une certaine distance de lui pour lui adresser enfin la parole.

Quand Nicolas fut à un mètre à peine de la table, l'homme lui demanda d'une voix feutrée, mais dénuée de douceur :

— Comment t'appelles-tu ?

— Je suis Nicolas, troisième fils du baron de Beaulieu-Mareuil.

— Il n'y a plus de baron en ce pays, il n'y a que des ci-devant ! tonna l'homme, puis il éclata de rire, comme s'il venait de plaisanter. Nicolas se demanda s'il était fou.

— Tu es donc Nicolas de Beaulieu-Mareuil, troisième de la lignée, autant dire rien. J'imagine que les tiens ont pensé que cette institution était largement suffisante pour quelqu'un qui n'est rien.

Nicolas se demanda quoi répondre ; dans le doute, il s'abstint.

— Comment expliques-tu, Beaulieu-Mareuil, que tu ne te sois présenté que ce matin devant nous, alors que tu es arrivé hier soir au village ?

Qui l'avait prévenu ? La vieille ? Un villageois ? Ou avait-il été aperçu à son insu par l'un des frères du pensionnat ?

— C'est Clairette... murmura-t-il.

— Parle plus fort, je ne t'entends pas !

— C'est Clairette, la servante qui m'a conduit jusqu'ici... Elle a pensé qu'il valait mieux que je me présente au matin plutôt qu'à l'heure du souper...

— À l'heure du souper ?... Ha ! Ha !... Crois-tu que nous avons ici quelque chose qui puisse être appelé *souper* ? Qui t'a raconté pareille sottise ?

— Je voulais dire : plutôt qu'hier soir...

— Depuis quand une servante décide-t-elle de l'heure à laquelle il convient qu'un pensionnaire se présente devant le père supérieur de Senançay ?

Nicolas ne répondit pas à ce qui n'était pas une question. À présent, malgré la pénombre humide qui baignait la pièce et la rendait sinistre, il commençait à mieux distinguer les traits de l'homme étrange qui se tenait assis devant lui.

Quel âge pouvait-il avoir ? La trentaine ? La quarantaine ? Il lui parut vieux, mais il devinait en même temps chez cet homme une énergie et une frénésie qui appartenaient d'ordinaire à la jeunesse. Il avait un physique banal, des cheveux assez clairsemés et ramenés en arrière du front, une peau très blanche, un visage ovale, mais qui semblait avoir été écrasé à la naissance entre deux mains puissantes. La bouche était presque invisible tant les lèvres se confondaient l'une avec l'autre ; le nez était long, droit, de la même longueur que la bouche avec laquelle il formait un T inversé ; les yeux étaient sombres, presque noirs. Il était imberbe et on ne voyait nulle trace de barbe sur sa mâchoire. Sur sa joue droite, un large nævus violâtre mettait la seule note de couleur dans ce visage blafard.

Brusquement il se leva, contourna son bureau et s'approcha de Nicolas. Mais au tout dernier moment, comme s'il venait d'être assailli par une odeur pestilentielle ou par le souvenir de la conduite à tenir, il recula de deux pas. Il se tint là, les mains derrière le dos, très droit, le visage impassible.

— Quel âge as-tu, Beaulieu-Mareuil ?

— Quatorze ans, mon père.

— Tu es bâti comme un paysan. Tu n'as pas dû consacrer beaucoup de temps à étudier. Parles-tu le latin ?

— Je le lis et le comprends, mon père. Quant à le parler...

— Sais-tu au moins écrire et compter ?

— Oui, mon père.

— Que sais-tu d'autre ?

— Jouer du clavecin et chanter...

— Ha ! Haha ! s'écria le père supérieur. Du clavecin !... Et que chantes-tu ? Des fadaises pour émouvoir les pucelles ? Où te crois-tu ? À la cour du bon roi Louis le seizième ? Ici, pas de clavecin ! Et la seule chose que l'on chante, c'est la messe ! Et moi je te chanterai pouilles à la moindre incartade !

Il eut un bref sourire ravi, comme s'il était lui-même surpris par sa plaisanterie. Puis il se détourna, comme si la présence de ce garçon, pour une raison inexplicable, lui était devenue insupportable, et regagna son siège.

— Donne-moi l'argent que ta famille t'a confié ! Pose-le sur cette table !

Nicolas dénoua la bourse attachée à sa ceinture et la posa comme à regret sur la table. Le père la ramassa prestement, la soupesa et la fit aussitôt disparaître dans la profondeur d'une poche.

— Allez, va-t'en, va-t'en, je t'ai assez vu!… File à la chapelle! Tu sortiras dans la cour quand la cloche sonnera… Allez, file!

Nicolas marcha à reculons jusqu'à la porte, qu'il ouvrit et referma derrière lui.

Où était-il tombé?

Il regarda autour de lui. Il n'avait aucune notion de l'endroit où il se trouvait. Ni de l'endroit où se trouvait la chapelle. Il ne songea qu'à une chose: s'éloigner de la porte de ce fou.

Il se mit à errer de couloir en couloir. D'ordinaire, il avait un sens assez aigu de l'orientation, mais là, il ne comprenait rien à la topographie des lieux. Il faut dire qu'il n'avait pas fait très attention quand le frère tourier l'avait conduit au dortoir, puis au bureau du père supérieur. Il n'avait pas songé à prendre des repères. D'ailleurs, il n'y en avait pas. Il ne se souvenait que de couloirs sombres et d'escaliers aveugles. Pas un meuble, pas un bibelot, pas un tableau accroché au mur. Pas même un crucifix ou la statue d'un saint.

Il marcha encore un peu, passa devant des portes. Par dépit, il décida d'en ouvrir une, au hasard. Il se retrouva dans une petite pièce qu'éclairait une fenêtre donnant sur l'extérieur. Il aperçut des chaises, des tables; il soupira: il était dans une salle de classe.

— Que fais-tu là, petit scorpion!

Il n'eut pas le temps de réagir. Une petite créature ramassée sur elle-même bondit sur lui et il sentit, plus qu'il ne la vit, une main minuscule mais agile s'emparer de son lobe d'oreille et le tordre cruellement. Il poussa un cri. Il eut l'impression qu'un petit animal, colérique et agressif comme un singe, venait de s'accrocher à lui.

Avant qu'il ne lui vienne à l'idée de se débattre, l'autre le lâcha. C'était un petit homme en soutane, plus petit que lui, tout rond, avec le crâne à peu près chauve, aussi large que haut. Il était très laid et sentait aussi mauvais que le frère tourier.

— Hein? Que fais-tu là, misérable? Qui espionnes-tu, et pour le compte de qui?

Nicolas ne comprenait rien à la colère du petit frère. Il se frotta l'oreille tout en répondant:

— C'est le père supérieur… Il m'a dit de me rendre à la chapelle et d'y attendre que la cloche sonne…

— Eh bien?

— Je ne sais pas où se trouve la chapelle, je viens d'arriver et n'ai aucune idée de l'endroit où je suis!

— Suis-moi! Et ne prends rien qui se trouve dans cette pièce!

Nicolas ne vit pas bien ce qu'il y avait à voler, mais n'insista pas. Il emboîta le pas du petit frère. Ils retournèrent dans le couloir, et bientôt ils obliquèrent dans un autre couloir. Tout au bout, le frère poussa une porte et, faisant signe à Nicolas d'entrer, lui dit:

— Reste ici et prie jusqu'à ce que la cloche sonne!

Nicolas entra et l'autre referma bruyamment la porte derrière lui.

La chapelle était aussi sombre que le reste de la maison. Quelques minces ouvertures diffusaient un jour obscurci par la saleté. Elle n'était pas grande. Il compta dix rangées de bancs de part et d'autre de l'allée centrale. Ce qui faisait vingt bancs. À cinq personnes par banc. Soit cent personnes en tout.

Cent? Ce n'était pas beaucoup pour une institution religieuse réputée. Nicolas, quand il l'avait imaginée, avait toujours visualisé une cour dans laquelle se pressaient au moins deux ou trois centaines d'écoliers.

Il s'avança vers l'autel. La chapelle donnait une impression d'abandon, comme si elle n'était plus fréquentée depuis longtemps. Mais c'était une impression commune à tout ce qu'il avait vu de cet établissement. Il ne bruissait pas de la vie souterraine, invisible mais audible, qu'y instillent des dizaines, des centaines d'écoliers bruyants et dissipés.

C'était davantage le silence confiné et pesant d'une prison. Même un couvent aurait probablement paru plus animé.

Il s'assit au deuxième rang, au bord de l'allée. Il fit automatiquement son signe de croix, mais ne pria pas. Il n'avait jamais été un fervent catholique. Une partie de sa famille, au siècle précédent, avait appartenu à la religion dite réformée, mais ceux qui étaient restés catholiques n'avaient jamais fait preuve d'un zèle opiniâtre. Même sa mère ou ses sœurs étaient d'une dévotion tiède. Chez les Beaulieu-Mareuil, on faisait ce que l'on devait : on remplissait ses devoirs de bons catholiques ; on ne se dévouait pas corps et âme au triomphe de la sainte religion.

Nicolas n'avait jamais songé à s'en plaindre car, les Beaulieu-Mareuil eussent-ils été des catholiques pratiquants, il eut lui-même été destiné à la prêtrise. C'était habituellement le sort des garçons nés en mauvaise position dans des familles nobles dont la fortune était limitée.

Dans quel genre d'établissement était-il donc tombé ? À ce que lui en avait brièvement dit Pierre, il avait imaginé un collège réputé, fréquenté par les fils de la noblesse provinciale, dispensant un enseignement de choix.

Les locaux de Senançay semblaient aussi peu conformes et avenants que les enseignants eux-mêmes. Il avait envisagé des pères et des frères stricts, sévères, à la tenue irréprochable, s'exprimant le plus souvent sur un ton contenu, presque inaudible. Des religieux donnant l'exemple de l'hygiène et de la rigueur. Certainement pas des frères sales et nerveux, un père supérieur qui éclatait de rire quelques secondes après avoir menacé son interlocuteur, changeant d'attitude au milieu d'une phrase, comme s'il était possédé du démon.

Il se demanda à quoi allaient ressembler les élèves.

4

Il en eut une première idée quand sonna enfin la cloche.

Il chercha une sortie par le fond de la chapelle et y dénicha une porte qu'il poussa pour se retrouver directement dans la cour. Des élèves y étaient déjà assemblés, qui le regardèrent approcher en silence. Ils n'étaient pas très nombreux, une douzaine tout au plus, mais d'autres arrivaient encore, seuls, ou par groupes de deux ou trois. Quand le flot sembla s'apaiser, ils n'étaient guère plus d'une quarantaine dans cette cour. Nicolas était toujours le centre de tous les regards.

Finalement, un garçon s'approcha de lui. C'était un grand garçon, qui le dépassait d'une tête, taillé dans un bloc de granit. Il dégageait une impression de force redoutable. Il était laid. Quelqu'un avait dû le frapper méchamment quand il était enfant, ou le faire tomber, ou il avait eu un accident, il avait dégringolé d'un arbre, d'un mur, car son visage portait la cicatrice de coups violents. Il avait le nez cassé et de guingois; l'une de ses orbites semblait à demi refermée sur l'œil. La lèvre supérieure aussi était fendue et une dent manquait de ce côté-là ; pourtant sa bouche était ce qu'il avait de plus beau, grâce à des lèvres sensuelles remarquablement dessinées ; pour l'instant, elle souriait d'un sourire anodin que le reste du visage rendait inquiétant. Deux ou trois balafres marquaient son front, son menton, sa joue gauche. Peut-être était-il excessivement querelleur ?

Nicolas se tint sur ses gardes tandis que le jeune colosse venait presque à son contact.

— Comment t'appelles-tu ? demanda-t-il d'une voix de rogomme qui seyait parfaitement à son physique de brute maltraitée.

— Nicolas de Beaulieu-Mareuil.

— Ici, il n'y a pas de prénom. Pas de titre non plus. Tu es Beaulieu-Mareuil comme je suis La Vibraye. Je ne te souhaite pas la bienvenue, mais bonne chance, oui, car tu en auras besoin.

Là-dessus, il lui tourna le dos.

Bientôt, un autre garçon s'approcha. Il semblait l'exact contraire du premier, à un détail près : il était aussi grand. Mais mince, svelte. Une allure de cavalier. Un visage d'une beauté émouvante, qui respirait l'intelligence et l'amour de son prochain. Une élégance folle. Il avait la distinction d'un de ces courtisans dont on disait qu'ils devenaient la coqueluche de la Cour en une semaine. De jolis cheveux châtain clair légèrement bouclés, dont une mèche frisait avec effronterie sur son front blanc. De grands yeux noisette ourlés de cils drus, une bouche qui aurait paru féminine si elle n'avait été aussi large et un nez droit, très aristocratique.

— Comment t'appelles-tu ? demanda-t-il à Nicolas d'une voix bien timbrée qui laissait transparaître une sympathie spontanée.

— Beaulieu-Mareuil.

— Je suis Rocquencourt. Je suis l'aîné du dortoir des Ménaches. J'espère que la chance t'y attribuera une place.

— Je ne sais pas. J'ai laissé mon bagage dans un dortoir là-haut, précisa-t-il en désignant le toit d'un bâtiment dont il ignorait si c'était le bon.

— Alors tu es chez les Vertudets que commande d'une poigne de fer le délicat La Vibraye, dont tu viens de faire l'heureuse rencontre. Je te souhaite bonne chance, Beaulieu-Mareuil, car tu en auras besoin.

Là-dessus, il lui tourna le dos.

Ces présentations officielles une fois faites, Nicolas s'attendit à voir les autres élèves défiler à leur tour, les uns après les autres. Ils n'étaient pas si nombreux que les présentations prissent très longtemps. Mais ils restèrent à bonne distance de lui, jusqu'à ce qu'un frère apparaisse dans un coin de la cour et agite une clochette. Seuls ou en groupe, ils se dirigèrent tous vers lui. Nicolas suivit le mouvement.

Il se retrouva dans une salle de classe. Il fut surpris de constater qu'il n'y avait qu'une même classe pour tout le monde. Or, il pouvait le constater, tous les élèves n'avaient pas le même âge. Quelques-uns étaient plus âgés que lui, la plupart étaient plus jeunes. Apprenaient-ils tous les mêmes leçons, ou l'enseignant se partageait-il entre divers groupes ? Ce devait être cette deuxième possibilité, car Nicolas remarqua que les élèves semblaient se regrouper par catégorie d'âge dans les divers coins de la salle. Il devina d'instinct où il devrait s'asseoir, mais préféra attendre debout que le frère enseignant le lui précise.

— Qui es-tu ? lui demanda ce dernier.

Il avait un visage à l'expression excédée, comme si le seul fait de devoir ouvrir la bouche lui était une torture. Il promena sur Nicolas un regard plein de dédain. Il fronça le nez, comme si c'était l'odeur du nouveau venu qui était insupportable, alors que, visiblement, le frère professeur n'avait pas pris de bain depuis longtemps.

— Je m'appelle Beaulieu-Mareuil.

— Et quel âge as-tu ?

— Quatorze ans.

Autour d'eux, tous les élèves tendaient l'oreille, même ceux qui étaient le plus éloignés.

— Connais-tu le latin ? Es-tu familier avec son écriture, sa lecture, son parler ?

Nicolas précisa qu'il savait le lire et le comprenait, mais qu'il ne le parlait pas couramment.

— Alors, assieds-toi ici, décida le frère enseignant.

Il dégageait la même impression d'abandon et de désintérêt que les autres frères que Nicolas avait pu croiser, comme s'il avait renoncé lui aussi depuis longtemps à prendre soin de lui et de sa soutane, qui brillait de crasse par endroits. Elle aurait probablement pu tenir debout toute seule. Le frère avait aussi de vilaines dents, qui poussaient en tous sens et lui tordaient la bouche. Celle-ci dégageait une haleine fétide qu'il semblait trouver plaisir à souffler au visage de ses interlocuteurs.

Nicolas rejoignit le groupe qui lui avait été désigné. Il remarqua aussitôt que La Vibraye et Rocquencourt en faisaient partie. Il s'en réjouit, espérant trouver une place au plus près du plus beau des deux. Mais le hasard l'assit à égale distance de l'un et de l'autre.

Le cours était insipide. Le frère leur avait donné un long texte à lire et à traduire, sur lequel il les interrogerait plus tard, après s'être occupé d'un autre groupe. Il s'agissait d'un texte de droit, celui d'une loi concernant l'achat ou le rachat d'esclaves par les propriétaires romains. Nicolas n'en vit pas bien l'intérêt. Il avait appris le latin avec le père Vibert, dans les récits des Pères de l'Église. À l'occasion, quand le maître était satisfait de son élève, il lui donnait à étudier un épigramme de Martial ou un portrait de Suétone.

Il faisait assez sombre dans la salle de classe, alors que l'on approchait de midi. C'était à peine si on distinguait les traits de ceux assis de l'autre côté de la pièce. Nicolas s'abîma les yeux à déchiffrer le texte. Puis il fut frappé par le silence de ses condisciples et releva la tête. Tous, ils le regardaient, comme s'ils savaient à son sujet quelque chose de grave, d'embarrassant, dont il n'avait pas conscience.

— Ainsi, tu as laissé ton bagage dans mon dortoir, dit soudain La Vibraye de sa voix rauque.

Nicolas hocha la tête.

— À ce qu'il semble…

— Tu attendras que je te désigne un lit avant de t'installer n'importe où. Je te préviens, si tu es venu pour mettre la maroufle dans mon dortoir, je saurai t'enseigner la leçon. Et de la plus rude façon.

Nicolas se demanda ce que pouvait bien être une maroufle, mais se garda d'en demander l'explication. La Vibraye semblait capable de pouvoir le frapper à tout instant. Pourquoi le frère tourier ne l'avait-il pas conduit plutôt au dortoir des Ménaches ?

— Allons, La Vibraye, intervint Rocquencourt sur un ton ironique, ne commence pas à torturer ce garçon simplement parce qu'il a le malheur de te plaire !

Puis, se tournant vers Nicolas, il demanda :

— As-tu lu le Satiricon de Pétrone ?

Nicolas secoua la tête.

— Sache que La Vibraye tentera de faire de toi son Giton si tu n'y prends garde ! Ne te retrouve jamais seul avec lui quand il prend son bain !

— Ta gueule, Rocquencourt ! mugit La Vibraye, veillant cependant à ce que sa voix ne dépasse pas un certain niveau sonore. Je pourrais bien un de ces jours briser toutes ces jolies dents dont tu es si fier !

Malgré le ton sur laquelle elle avait été proférée, la menace ne parut pas effrayer Rocquencourt, qui l'accueillit avec un sourire. Nicolas eut l'impression qu'entre les deux chefs de groupe, il s'agissait d'un jeu auquel ils jouaient depuis longtemps. Il s'exhorta à ne prendre parti ni pour l'un ni pour l'autre, même si son cœur l'incitait à faire confiance au plus séduisant des deux.

La querelle cessa aussi abruptement qu'elle avait commencé. L'un des autres élèves, qui tous s'étaient tus jusqu'alors, demanda :

— L'un d'entre vous sait-il comment traduire *vis jurat ad nominem* ?

Les cours s'enchaînèrent, toujours dans la même salle, jusqu'en milieu d'après-midi. À intervalles plus ou moins réguliers, un nouveau frère faisait son apparition et celui qui avait fini son cours s'en allait par la même porte sans saluer personne. Chaque fois, le nouveau venu s'approchait de Nicolas, lui posait les mêmes questions et, selon ses réponses, le dirigeait vers tel ou tel groupe.

Nicolas se réjouit quand, pour le cours de géométrie et de trigonométrie, le frère lui désigna un petit groupe de quatre élèves où se trouvait Rocquencourt, mais pas La Vibraye. Il chercha à s'asseoir près du grand et beau garçon, mais les places étaient déjà prises, comme celles qui lui faisaient face.

Il dut s'asseoir sur le côté. L'avantage, c'était qu'il pouvait l'observer à son gré, même si, régulièrement, Rocquencourt regardait dans sa direction et le forçait à détourner ou à baisser les yeux. Mais il avait la conviction que son insistance et son admiration n'étaient pas de nature à importuner le beau garçon. À l'évidence, être le centre de tous les regards était chez lui une habitude — et qui ne lui déplaisait pas.

Rocquencourt était non seulement beau, mais il y avait quelque chose de pur dans sa beauté. Le vice n'y avait pas sa place. Il ne devait être ni cruel, ni égoïste, ni méprisant. Il semblait s'intéresser spontanément à autrui. À quelques regards qu'ils échangèrent, Nicolas eut la certitude que déjà Rocquencourt l'aimait bien.

Bientôt, la faim tenailla Nicolas et il finit par s'en ouvrir à l'un de ses voisins.

— Quand mange-t-on ?

— Avant vêpres, juste après none.

Nicolas ignorait quelle heure il était, mais none lui parut encore très éloignée dans le temps. Il n'avait rien mangé depuis le matin.

— Je meurs de faim, confia-t-il à son voisin.

— Apprends à jeûner, c'est l'enseignement le plus utile à Senançay !

Quand none survint enfin, Nicolas était au bord de l'évanouissement.

Sa première journée tirait à sa fin et, d'une certaine manière, il se sentait soulagé. Il avait anticipé des cours difficiles et des maîtres exigeants, sévères, recourant volontiers à des châtiments physiques douloureux. Il avait entendu mille récits horrifiques sur les institutions religieuses, sur la discipline qui y régnait, mais aussi sur l'excellence de l'enseignement qui y était dispensé. Senançay, si l'on tenait compte de l'indigence de sa nourriture, de l'état lamentable de ses locaux et du niveau déplorable de son corps enseignant, ne leur ressemblait en rien. Les frères accomplissaient leur tâche sans ardeur, sans application, comme s'ils étaient pressés de s'en débarrasser, sans se soucier de ce qu'en pouvaient retenir leurs élèves. Aucune erreur ou ignorance n'était sanctionnée par un coup de règle, une gifle ou un pinçon. Le frère haussait les épaules et passait à un autre élève.

Ses compagnons de misère non plus ne lui parurent pas aussi effrayants qu'il avait pu l'imaginer. Il s'était attendu à découvrir un monde brutal, vicieux, fourbe, où chacun profitait que l'autre avait le dos tourné pour l'attaquer lâchement. Mais tout au long de la journée, il n'assista à aucune bagarre. Pas même à une algarade. Ces garçons semblaient s'être faits une raison, et de l'endroit où ils étaient tombés, et de ceux avec lesquels ils le partageaient.

Cela changea quand survint l'heure du coucher.

En entrant dans le dortoir, La Vibraye lui avait désigné un lit sans un mot avant de disparaître. Nicolas y avait installé son bagage. Se présenta alors un garçon, sans doute un peu plus âgé que lui, mais de carrure identique, qui l'apostropha d'un ton sec :

— Débarrasse mon lit de ce sac !

Nicolas se tourna vers lui et dit :

— C'est La Vibraye qui m'a dit de m'installer ici…

— Impossible, c'est mon lit. Parce que je suis son lieutenant, je dors dans le lit voisin du sien, pour le protéger au cas où. Alors dégage !

Nicolas ne voulut pas déclencher une rixe, aussi prit-il immédiatement son sac pour le poser ailleurs. Mais cette facile victoire encouragea le garçon, qui le suivit à travers le dortoir, jetant à terre son sac chaque fois que Nicolas le posait sur un nouveau lit.

— Non, pas ici, c'est la place de Maubert!... Et là, c'est Vincendon!... Là, c'est Tinguy du Pouët!... Tu vois, il n'y a pas de place pour toi!

Agacé par le harcèlement du garçon, Nicolas fit brusquement demi-tour, le bouscula au passage et retourna vers le lit que lui avait désigné La Vibraye, sur lequel il lança son bagage d'un geste de défi.

L'autre n'attendait que cela et lui bondit dessus. Mais s'ils étaient de carrure identique, ils n'étaient pas de force égale. Après s'être laissé surprendre, Nicolas eut rapidement le dessus, il retourna une paire de gifles à son agresseur, la deuxième ayant pour résultat de renverser celui-ci entre deux lits voisins. Le garçon se releva en se frottant la joue. Son agressivité semblait avoir déjà perdu de son ardeur. Mais il ne pouvait en rester là. L'honneur exigeait qu'il retourne au combat. Nicolas le prit par le collet et le força à reculer jusqu'au fond de la pièce.

— Bravo, Beaulieu-Mareuil! tonna la voix de La Vibraye.

Tout le monde se retourna vers lui. Il souriait, ce qui ne le rendait pas moins laid, ni moins menaçant. Il était torse nu. Il était puissamment musclé, comme Nicolas avait pu le deviner un peu plus tôt. Il n'avait pas une once de graisse sur le corps — remarquez, vu le peu qu'il y avait à manger dans cette pension, c'eut été un miracle de prendre du poids. Il avait de puissants biceps et ses pectoraux poilus étaient bombés comme la cuirasse d'un légionnaire romain. Nicolas le trouva brusquement moins laid. Il y avait dans ce corps d'homme une beauté animale qui donnait le vertige.

Il s'avança dans le dortoir au milieu d'un silence respectueux. Il marcha jusqu'à Nicolas et lui désigna le même lit qu'un peu plus tôt.

— C'est désormais ton lit. Que celui qui voudrait te le prendre te l'arrache à la loyale!

Il devait prendre plaisir à encourager ses subordonnés à se battre entre eux. Nicolas pensa que conserver ce lit n'allait pas forcément être une partie de plaisir.

Il prépara néanmoins calmement son coucher.

5

Il fut réveillé en pleine nuit par une main qui le secouait sans ménagement. Le dortoir était plongé dans l'obscurité, mais il eut l'intuition, sans doute à cause de la poigne qui lui serrait l'épaule, que c'était La Vibraye qui était penché au-dessus de lui.

— Suis-moi, Beaulieu-Mareuil, et pas de bruit!

C'était bien lui. Nicolas se leva. Il ne portait que sa camisole de nuit, mais il ne faisait pas froid. Il ne trouva pas ses galoches dans l'obscurité. La Vibraye le houspilla pour qu'il se presse. Nicolas le suivit donc pieds nus.

Ils sortirent du dortoir. Dans le couloir, La Vibraye battit un briquet et alluma une bougie. Lui aussi, il était en camisole, lui aussi, il était pieds nus.

— Suis-moi, répéta-t-il.

Nicolas le suivit dans un enchevêtrement de couloirs et un lacis d'escaliers. Il eut été incapable de retrouver seul le chemin du dortoir. Finalement, La Vibraye poussa une nouvelle porte. À l'odeur et au reflet d'un feu mourant dans l'âtre, Nicolas comprit qu'ils avaient atteint les cuisines.

— Pour commencer, la récompense, dit La Vibraye.

Il semblait familier des lieux. Sans hésiter, il ouvrit une panière, en sortit un morceau de pain et récupéra une tranche de pâté dans un garde-manger. Il la coupa en deux avec un couteau qui traînait sur l'immense table. Il veilla à en garder les deux tiers pour lui et poussa le reste vers Nicolas.

Ils mangèrent en silence. Nicolas comprenait mieux, à présent, comment La Vibraye pouvait entretenir ce corps de colosse en dépit des chiches menus du pensionnat. Il devait s'offrir, chaque nuit ou presque, un médianoche aux frais de l'école.

Quand ils eurent terminé leurs agapes, La Vibraye reprit la bougie et s'éloigna vers le fond des cuisines.

— Suis-moi, dit-il de nouveau.

Nicolas le suivit jusque dans une autre pièce, à peine moins grande, dans laquelle il reconnut une buanderie. Sur un côté, il y avait deux grands bassins en pierre. L'un était vide, l'autre à demi plein d'eau. La Vibraye y plongea la main. Il parut satisfait de sa température. Sans plus attendre, il ôta sa camisole et apparut nu devant Nicolas. La flamme de la bougie allumait sur son corps des lueurs et des ombres qui rendaient hommage à son anatomie. Il avait un dos incroyablement large, qui dessinait un large V au-dessus des hanches étroites sous lesquelles s'arrondissait une paire de fesses rebondies et musclées. Avec une souplesse que l'on n'aurait pas attendue chez un tel colosse, il enjamba le rebord en pierre et se laissa couler dans le bassin d'eau tiède. Il lâcha un profond gémissement de plaisir.

Il barbota un instant les yeux fermés, les mains et les avant-bras reposant sur les bords du bassin. Le haut de son torse émergeait de l'eau grise, qui avait vraisemblablement servi à laver du linge. On pouvait encore apercevoir quelques bulles de savon.

Puis La Vibraye ouvrit les yeux et dit à Nicolas :

— Tu vois ce linge là-bas ? Prends-le et frotte-moi !

Nicolas se demanda s'il avait bien entendu. La Vibraye n'avait-il pas plutôt dit : « Lance-le moi… » ? Prudemment, il s'empara du linge humide et s'approcha du bassin.

— Commence par le torse et les épaules, commanda La Vibraye sans le moindre embarras.

Nicolas hésita un bref instant. Il se demanda si ce que lui demandait La Vibraye était décent, digne d'un gentilhomme. Il soupçonna que ça ne l'était pas mais, d'un autre côté, il voyait mal ce qu'un tel acte avait d'indécent ou d'indigne. Il s'agissait simplement d'aider un condisciple à se maintenir propre. Bien sûr, La Vibraye aurait pu se laver lui-même mais, si on s'y arrêtait un instant… Brusquement, Nicolas découvrit qu'il avait très envie de faire ce que lui demandait La Vibraye. Depuis qu'il l'avait découvert torse nu, il rêvait d'entrer en contact avec ce corps colossal digne d'un Hercule ou d'un Milon de Crotone.

Il commença par tremper le linge dans l'eau, puis le passa sur les larges épaules du baigneur. Il le fit ensuite descendre au niveau de la poitrine et entreprit de frotter doucement les puissants pectoraux. Il en avait rarement vu d'aussi impressionnants. Même ceux de Gauthier n'auraient pu leur être comparés. D'autant que les pectoraux de La Vibraye étaient légèrement poilus. Le tissu leur arrachait un crissement plaisant quand Nicolas les lavait à rebrousse-poil. La Vibraye poussa un gémissement ravi quand le tissu effleura la pointe de ses tétons, à tel point qu'il demanda à Nicolas de recommencer. Encore. Et encore. Il semblait ne devoir jamais s'en lasser.

Nicolas hésita avant de plonger le linge sous la surface de l'eau. À cet instant, La Vibraye lui dit :

— Les jambes d'abord, et il tendit la droite hors de l'eau.

Pour plus d'efficacité, Nicolas la prit par le talon, puis la lava jusqu'en haut de la cuisse. Il fit de même avec la jambe gauche. À plusieurs reprises, il avait eu l'impression de heurter doucement une masse au passage. Il n'était pas naïf au point de n'avoir pas deviné qu'il s'agissait de la verge de La Vibraye. Mais, pour l'heure, celle-ci restait sagement sous la surface.

Elle en jaillit un peu plus tard quand La Vibraye se dressa tout soudainement dans son bassin. L'eau dégoulina de son corps avec un bruit de cataracte. Nicolas aperçut devant lui les fesses rondes et poilues, qu'il lava comme il avait lavé les pectoraux, avec soin et lenteur. La Vibraye les écarta lui-même de ses mains pour que le tissu puisse s'insinuer entre elles. Puis il se retourna.

Nicolas eut le souffle coupé quand il se retrouva face à face, si l'on peut dire, avec la verge de La Vibraye. Bien entendu, elle n'était plus dans un état de repos absolu. La tiédeur de l'eau, l'heure indue, le bienfait du lavage aussi l'avaient épanouie. Elle avait atteint une semi-érection, mais déjà elle était plus impressionnante qu'aucune verge que Nicolas avait pu voir. Quand il comparait la sienne avec celle de ses compères, à Beaulieu ou à Mareuil, et quand il jouait à qui jouirait le plus vite, il avait pu constater que, sur ce plan, comme sur tant d'autres, il n'avait guère à se plaindre. Seul Gauthier pouvait rivaliser avec quelque chance de succès. Mais la taille et le volume de la verge de La Vibraye le classaient hors catégorie.

Nicolas leva les yeux vers le garçon debout dans le bassin, qui le dominait de sa haute stature. Il aperçut un large sourire sur le visage ingrat, un sourire qui trahissait un plaisir vaniteux qui le rendait presque attachant. Sa verge était pour lui une source de satisfactions multiples, tant physiques que sensuelles, il n'était point de doute là-dessus.

— Je te présente La Conquérante ! Comment la trouves-tu ? demanda-t-il sur un ton plein d'orgueil.

— Phénoménale ! répondit de tout cœur Nicolas, qui en éprouvait de la joie pour son chef de dortoir.

— Et tu n'as pas encore tout vu !

Dans une gerbe de gouttelettes, La Vibraye se rallongea dans l'eau du bassin. Il reposa ses avant-bras sur les bords et dit à Nicolas, en lui désignant d'un mouvement de la tête la direction approximative de sa verge :

— Vas-y, nettoie-la !

Nicolas hésita. Avait-il bien entendu ? Avait-il bien compris ? Mais il savait que la réponse était deux fois oui. La Vibraye attendait qu'il lui lave la verge, et pourquoi pas, qu'il le branle. Et en y réfléchissant, Nicolas ne vit pas ce qu'une telle attente avait de scandaleux. Il devait bien s'avouer qu'il éprouvait une curiosité anticipée à l'idée de voir à quoi ressemblait ce braquemart une fois érigé vers le ciel. Il plongea son linge dans l'eau tiède, l'essora, puis le plongea de nouveau au dernier endroit où il avait aperçu La Conquérante avant qu'elle soit engloutie. Il la trouva aisément sous l'eau. Il s'en saisit avec le linge, la redressa pour qu'elle refasse surface. Elle avait encore rallongé et durci. Déjà un large bouton rosâtre tentait de percer sous la peau fripée du prépuce. Il ne fallut guère d'efforts à Nicolas pour le faire apparaître. Il lui parut énorme, comparé au sien. On eut dit le casque de quelque guerrier géant. L'orifice béait comme un poisson hors de l'eau. Nicolas continua de passer le linge sur toute la longueur de la verge, provoquant l'assentiment de plus en plus bruyant de La Vibraye. Bientôt son acquiescement se mua en une longue plainte prolongée. Puis brusquement le garçon éclata en injures, comme s'il s'était produit quelque événement navrant.

— Ah, la salope ! Ah, la garce ! Ah, la putain ! pesta-t-il. Ah, ma cochonne ! Ah, ma traînée ! Ah, ma ribaude !

Il continua encore un peu sur ce ton, puis brusquement il se tut, il eut un hoquet, comme s'il venait d'expirer, et se produisit alors une éruption de foutre comme Nicolas n'en avait jamais vue, qui aurait pu rivaliser avec celle du Vésuve en l'an 79 après Jésus-Christ, ou encore avec les grandes eaux de Monsieur Lenôtre dans les jardins de Versailles, dont il avait entendu parler par des voyageurs. La Vibraye sembla déverser des litres de foutre dans l'eau du bassin, où il commença à flotter, en longs filaments blanchâtres. Il y avait là au moins de quoi engrosser cent vierges les unes à la suite des autres !

La Vibraye mit un certain temps à se calmer. Il le fit par paliers successifs, jusqu'à ce que son ultime gémissement se transforme en soupir. Puis, après un long silence, il laissa échapper :

— Par la mordieu ! que c'est bon !

Il porta sur Nicolas un regard plein de tendresse, comme s'il le considérait seul responsable du plaisir qui venait de le déchirer, et murmura :

— Un jour, mon Beaulieu, mon Mareuil, nous nous baignerons ensemble !

6

Dès lors, le rituel s'instaura, une ou deux fois par semaine. Aucun mot n'était plus nécessaire désormais. La Vibraye réveillait Nicolas et celui-ci le suivait en silence jusqu'à la buanderie, après avoir fait une halte aux cuisines. Chaque fois, Nicolas s'attendait à ce que La Vibraye lui propose d'entrer avec lui dans le bassin. Il éprouvait, à cette perspective, autant d'envie que de terreur. Le souvenir de l'énorme verge gluante qu'il avait tenue dans sa main entourée d'un linge lui envoyait des frissons jusqu'au bas des reins. Mais il ne pouvait, en même temps, se défendre d'une envie brutale de retrouver ce contact merveilleux avec La Conquérante. Que lui ferait La Vibraye s'il se trouvait avec lui dans le bassin ? Déjà, il ne restait plus beaucoup de place une fois que le colosse y était installé. Nicolas songea que la seule façon qu'il aurait de s'y asseoir serait entre les cuisses de la Vibraye. Autrement dit, tout contre cette verge tumescente. Un frémissement l'enveloppa tout entier.

Peut-être pourrait-il s'asseoir face à La Vibraye en remontant très haut les genoux ? Chacun s'occuperait de sa propre verge. Nicolas rougissait déjà de la comparaison.

Non, finalement, il ne tenait pas à ce que La Vibraye mette sa promesse à exécution. Il préférait rester hors du bain, comme un serviteur dévoué, à la fois de La Conquérante et de son maître. La promiscuité dans le bassin risquait d'entraîner des débordements qui ne seraient pas qu'aquatiques. Nicolas savait très bien ce que faisaient parfois ces hommes que l'on appelait des bougres. Il avait eu l'occasion d'en voir à deux reprises, en compagnie de Gauthier, qui les avait repérés le premier et l'avait emmené les épier. La première fois, il s'agissait d'un couple de palefreniers d'une vingtaine d'années. Ils s'étaient contentés de laisser tomber leurs chausses sur leurs galoches, l'un d'eux s'était accroché à la barrière d'une stalle et l'autre l'avait proprement pénétré en le tenant par les hanches. Les deux hommes semblaient y avoir pris beaucoup de plaisir, celui qui se faisait pénétrer n'en finissait pas d'encourager son partenaire à le fourrer encore plus fort. La deuxième fois, il s'agissait d'un homme plus âgé, la trentaine, et d'un garçon de leur âge. L'homme avait fait mettre le garçon à genoux et lui avait fait avaler sa verge raidie. Il avait poussé un cri extatique, juste avant de se retirer de la bouche écartelée. Le garçon, lui, semblait n'avoir éprouvé aucun plaisir.

Nicolas redoutait aussi bien l'une que l'autre situation. Aussi laver la verge de La Vibraye jusqu'à ce qu'elle éclabousse de son foutre l'eau du bain — et parfois la Vibraye ou Nicolas lui-même — lui convenait parfaitement. Quand quelques gouttes de semence atteignaient le torse de La Vibraye ou le visage de Nicolas, chacun riait ensuite en se nettoyant.

Presque chaque fois, après la visite à la buanderie, quand il regagnait sa couche et qu'il ne se rendormait pas tout de suite, Nicolas pensait à ce qui venait de se passer et devenait dur à son tour. Il ne lui restait plus qu'à s'offrir le service qu'il offrait à La Vibraye. Il n'en dormait que mieux ensuite.

Il vivait depuis plus de trois mois à Senançay et commençait à s'y sentir à peu près chez lui. Dans le dortoir, un autre garçon avait eu la malencontreuse idée de le défier et Nicolas l'avait proprement rossé. Depuis, on le laissait tranquille, même si on ne l'aimait toujours pas. Sa beauté et sa popularité auprès de La Vibraye lui valaient bien des haines, à défaut de lui faire des ennemis. De toute façon, il n'y avait pas beaucoup d'amour perdu entre tous ces garçons. La force physique était l'aune à laquelle ils mesuraient la sincérité de leurs relations.

Tous les cours étaient professés avec la même indifférence. Pas un seul enseignant ne semblait prendre sa mission au sérieux. Le frère chargé du calcul et de la géométrie ayant décrété que, dans ce domaine, Beaulieu-Mareuil et Rocquencourt étaient largement au-dessus de la moyenne, il les avait autorisés à passer les heures de cours à leur guise. Au début, les deux garçons avaient continué de demeurer dans la salle de classe, mais bientôt Rocquencourt suggéra de sortir dans la cour, le frère enseignant n'y trouvant rien à redire. De la cour, ils finirent par quitter le pensionnat, et personne ne les en empêcha. Alors ils se mirent à battre les buissons, comme deux écoliers en rupture de ban.

Nicolas était fasciné par la beauté et l'élégance de Rocquencourt. Bien entendu, il ne s'agissait pas d'élégance vestimentaire. Rocquencourt en était réduit à la maigre garde-robe de tout un chacun. Mais il savait porter les hardes et les nippes comme personne. Il aurait impressionné les courtisans eux-mêmes s'il avait eu les moyens de se vêtir à sa guise. Il était grand, aussi grand que La Vibraye, mais devait lui rendre au moins vingt ou trente livres. Il n'aurait sans doute pas fait le poids dans un affrontement à mains nues avec le chef des Vertudets, mais s'il avait eu la possibilité de se défendre à l'épée, il l'aurait probablement embroché.

Il avait dix-sept ans et fréquentait Senançay depuis qu'il en avait dix. La malchance avait voulu qu'il soit, lui aussi, en troisième position dans la lignée des marquis de Rocquencourt de Valbreuse et, en dépit de l'adulation dont l'entouraient ses frères et sœurs, ainsi que ses oncles et tantes, pour ne rien dire de sa mère, son père s'était montré intransigeant : le troisième en ligne de succession serait pensionnaire à Senançay, un point c'est tout.

La seule excuse du marquis, c'était qu'à cette époque, en l'an 1787, Senançay était encore une école à la hauteur de sa réputation dans toute cette partie du royaume. Seuls les rejetons de la meilleure noblesse de l'Ouest et du Centre étaient accueillis en ses murs. Ceux dont l'ancienneté n'était pas suffisamment prouvée s'en voyaient refuser l'entrée. Mais la Révolution avait porté un coup fatal à l'institution. Dès la deuxième année, la grande majorité des enseignants qui avaient fait sa réputation avaient fui Senançay pour suivre en exil tous ceux qui y envoyaient leur progéniture mâle et avaient choisi, les premiers, de quitter le royaume. Très vite, il n'était plus resté que les moins doués des professeurs et une poignée de jeunes hommes de la noblesse dont la famille semblait se désintéresser. La déchéance de l'établissement en avait été précipitée. En l'espace de deux ou trois ans, le pensionnat était devenu aussi mal tenu qu'une prison, et à peine mieux fréquentée.

— Imagines-tu, Beaulieu-Mareuil, qu'il y a cinq ans encore, plus de trois cents rejetons parmi les plus grands noms de plusieurs provinces s'entassaient dans ces salles de cours ? Chaque année, le père supérieur — qui n'était pas celui que tu as pu croiser, qui n'a de supérieur que le titre — refusait plusieurs dizaines de garçons, sous prétexte que leurs quartiers de noblesse n'étaient pas suffisamment avérés. Il y a cinq ans, tu aurais pu croiser sur les bancs de cette misérable école un Rohan-Chabot, un d'Harcourt, un La Rochefoucauld, un Faucigny-Lucinge, le filleul de Madame de Polignac ou encore le plus jeune frère de Madame de Lamballe !

Le plus étrange, c'était qu'il ne semblait pas vraiment nourrir la nostalgie de cette splendeur. Il parlait de cette époque révolue comme d'un temps qu'il n'aurait pas forcément aimé revivre. Pour un peu, il aurait avoué apprécier ce que l'ancien Senançay était devenu. Timidement, Nicolas le lui fit remarquer. Rocquencourt éclata de rire.

— Tu as raison, ma foi ! Je ne suis pas de ces fils de famille obsédés par la pureté de leur sang et la munificence de leurs alliances. Je préfère un fils de bourgeois, voire de manant, s'il est à mon goût. Peu m'importe que tu sois fils de baron ou de vivandier ou d'armateur, Beaulieu-Mareuil, ce que j'aime chez toi, c'est ton audace, ton courage et le vif éclat de tes yeux et de tes dents !

Nicolas se sentit transporté de se voir ainsi célébrer dans les propos de Rocquencourt. L'autre aurait pu sur-le-champ lui demander n'importe quel sacrifice ou n'importe quelle preuve de dévotion, il les lui aurait accordés.

Tout en devisant, ils marchaient à travers les hautes herbes qui entouraient les bâtiments de l'école. On pouvait distinguer qu'avant d'être redevenues sauvages, ces terres avaient été cultivées.

— Ici même, des dizaines de jeunes novices travaillaient la terre et fournissaient la communauté en vivres de toutes sortes. Senançay se suffisait à soi-même. On y égorgeait le bœuf aussi bien que le veau, le porc ou la volaille. On y ferrait les chevaux et on y forgeait les outils. On y tissait même la laine et on y teignait le lin ! *O tempora, o mores!*

Il continua d'évoquer la gloire enfuie du lieu avec la même absence de regrets. Nicolas le trouvait épatant. Il débordait d'admiration et de respect pour son aîné.

— Maintenant, raconte-moi, Beaulieu-Mareuil : La Vibraye se contente-t-il toujours de t'éblouir la nuit avec ses éjaculations dignes de la mythologie ou t'a-t-il déjà fait goûter à son redoutable dard ?

Nicolas se figea sur place et eut l'impression de rougir, comme s'il s'était stupidement trahi ou comme s'il avait été pris en défaut.

— Quoi ?... Non ! Absolument pas ! Que nenni !

— Que signifie cette dénégation ? Que je n'ai qu'à moitié raison ? Tu en es encore à lui laver le membre jusqu'à l'explosion finale, mais sans la provoquer par l'industrieux travail de ta bouche ?... Ne désespère pas, mon jeune ami, cela viendra ! Un jour, tu connaîtras d'un peu plus près les ravages de La Conquérante !

Rocquencourt s'arrêta de marcher et fit face à Nicolas, qu'il dévisagea avec une ironie plus tendre que ne le sous-entendaient ses propos.

— Tu parais surpris que j'en sache autant ? C'est que tu n'es pas le premier, mon ami ! Tu es le dernier d'une longue liste. La Vibraye aime être servi par les plus affriolants de nos condisciples. Que trois mois après ton arrivée ici, il en soit encore à ne choisir que toi et à se contenter de ta main, cela prouve combien tu lui plais. Il te respecte. Il t'aime peut-être dans la mesure où un tel monstre est capable d'aimer. Il ne veut pas te violenter trop vite. Mais cela viendra. La Vibraye est de ces colosses qui, un jour ou l'autre, cassent leurs jouets. Maître Alcofribas Nasier aurait adoré le décrire et en faire le petit-fils de Gargantua s'il l'avait connu !

— Parles-tu d'expérience ? demanda brusquement Nicolas, se payant d'audace.

Rocquencourt ne prit pas la mouche devant pareille incorrection.

— Je crois que notre ami aurait bien aimé me faire partager l'extase de ses bains nocturnes, malheureusement pour lui, lorsqu'ils sont devenus l'une des principales attractions de Senançay, j'avais déjà été nommé chef des Ménaches. J'avoue cependant que le récit que l'on m'en a fait à moult reprises m'a souvent donné l'envie d'y assister au moins une fois!... Son dard est-il aussi vigoureux et massif qu'on le prétend?

— Le plus formidable qu'il m'ait été donné de voir! jura Nicolas avec un enthousiasme juvénile qui, à son insu, révélait chez lui une âme qui n'était point encore tout à fait dissolue.

— Eh bien, je te souhaite encore bien du plaisir, mon jeune ami, et je forme l'espoir que La Vibraye n'en viendra pas à déformer la jolie bouche que voilà et que je prendrais volontiers plaisir à baiser si tu m'y invitais!

Décontenancé par la proposition inattendue de son compagnon, Nicolas se figea et ne répondit pas. Rocquencourt fit mine d'en prendre ombrage. Il lâcha à mi-voix:

— Je constate avec chagrin que tu as déjà voué fidélité à ton maître et n'entend pas en servir un autre... Quel dommage!

Nicolas bondit vers Rocquencourt.

— Oh que non, l'ami! Ma bouche est toute à toi si tu la veux! Baise-moi, je t'en prie!

Il s'appuya contre Rocquencourt et se dressa sur la pointe des pieds pour lui offrir ses lèvres. Le beau garçon inclina légèrement la tête et les baisa, d'abord furtivement, à plusieurs reprises, puis longuement, mêlant sa langue à celle de son cadet en un sensuel combat. Puis il se dégagea légèrement vers l'arrière.

— Mmm, que ta bouche est douce à baiser, mon ami, et que tu embrasses bien!... Il faudra qu'un de ces jours, je te fasse découvrir d'autres extases, plus raffinées, que celles auxquelles le brave La Vibraye t'a initié… Oui, un jour… Bientôt !

Et sur cette promesse il repartit de l'avant.

7

Dès lors, Nicolas se sentit déchiré entre ses deux mentors. Certes, son goût naturel l'attirait spontanément du côté de Rocquencourt. Mais sa nature sensuelle l'attardait du côté de La Vibraye. Le colosse, avec son corps puissant et doux, sa musculature souple et volumineuse, sa virilité omniprésente, la gentillesse qu'il ne songeait même pas à dissimuler sous un abord rogue et un langage ordurier, le troublait au plus profond de lui-même. Quand il se retrouvait dans la buanderie avec lui, quand il lavait ce corps spectaculaire, quand il tenait dans sa main ce membre viril à nul autre pareil, quelque chose dans sa chair et son sang prenait le contrôle de ses sens. En cet instant, Rocquencourt, avec toute sa science du baiser et ses traits délicieux, aurait été impuissant à l'arracher à sa voluptueuse tâche.

Mais il ne s'agissait pas que d'une réaction de son corps au spectacle d'un autre corps. Quelque chose, qu'il n'analysait pas, l'attachait à La Vibraye. Au fil des jours, ou plutôt des nuits, il s'était amouraché de cette gueule imparfaite. Il était devenu sensible au sourire chaleureux, bien que rare, du chef des Vertudets. Il avait beau le travestir en un ricanement moqueur, il en émanait une force et une impression de sécurité qui rendaient sa compagnie confortable et rassurante. Nicolas n'était pas loin de considérer La Vibraye à l'égal d'un père — alors que Rocquencourt éveillait en lui une dévotion de cadet envers son aîné. Pourtant, ces deux garçons avaient le même âge, à quelques jours près.

Puis un jour, il se produisit dans l'établissement un événement en apparence banal, mais que beaucoup — en fait, la quasi-totalité des élèves les plus âgés — considérèrent comme aussi capital et bouleversant que la chute de Robespierre quelques mois plus tôt : le retour du frère Chanceaulme.

Nicolas en entendit parler pendant deux jours pleins avant d'avoir l'occasion de le rencontrer. Ce fut Rocquencourt qui, le premier, lui expliqua en détail qui était frère Chanceaulme.

Il était le bâtard, non d'un homme titré, mais d'une femme appartenant à la plus haute noblesse du royaume. Une princesse de sang, même, disait-on. Personne n'était d'accord sur son identité, mais tous s'accordaient à affirmer qu'elle était cousine du Roi au troisième ou quatrième degré. Une jeune femme très belle, tombée amoureuse d'un aventurier vénitien magnifique qui, après l'avoir séduite et abandonnée, s'en était allé combattre les Anglais sur les mers Il avait fini par rejoindre la révolte des colonies américaines et combattre à leurs côtés. Il avait trouvé la mort à Yorktown au moment où, à la tête de ses hommes, il forçait la victoire pour l'indépendance de la colonie. La Fayette en personne avait assisté à ses obsèques en terre américaine.

Tout de suite après sa naissance, frère Chanceaulme avait été ballotté de couvent en monastère, jusqu'à ce que se perde sa trace. Un jour, il était arrivé à Senançay, entouré de légendes plus abracadabrantesques les unes que les autres. Il en était aussitôt devenu l'idole, le favori, le souverain. Car, à une intelligence des plus vives et une culture des plus étendues, frère Chanceaulme ajoutait une beauté à faire s'évanouir les femmes.

À la façon dont Rocquencourt lui en parla, Nicolas devina que celui-ci en était épris, et en ressentit un léger pincement de jalousie. Il lui tardait à présent de découvrir cet être mythique, par lequel, il le sentait intimement, il serait probablement déçu.

Il ne le fut pas. Frère Chanceaulme était, en tous points, semblable au portrait que l'on faisait de lui et, quand Nicolas l'aperçut pour la première fois, le frère compta un disciple énamouré de plus.

Nicolas avait imaginé un bellâtre, un jeune homme probablement efféminé, dont la beauté est indiscutable, mais amollie par une absence de virilité manifeste. Tel n'était pas frère Chanceaulme. Il avait à peine trente ans, très blond, le cheveu court, presque ras, les yeux très bleus, d'une couleur assez proche de ceux de Nicolas. La bouche n'était pas large, mais la lèvre supérieure, légèrement plus ourlée que la lèvre inférieure, lui conférait une expression de sensualité à laquelle même un homme averti serait en danger de céder. Elle dissimulait des dents en parfait état, ce qui était rarissime, même chez les plus grands seigneurs. On murmurait qu'une telle dentition était née du refus de céder au goût quasi universel des sucreries et des douceurs. Depuis son plus jeune âge, le frère Chanceaulme menait une vie d'ascète. Il mangeait très peu de viande, seulement lorsqu'il devait fournir un effort physique supplémentaire, et faisait maigre plus souvent qu'à son tour. Il s'exerçait régulièrement. Rocquencourt affirmait l'avoir vu, certains matins, très tôt, quasiment à l'aube, en simples chausses, torse nu, faire des tractions sur une branche d'arbre, lancer au loin de pesantes pierres, quand il ne nageait pas à contre-courant dans la rivière voisine, là où elle était la plus sauvage. Le frère Chanceaulme avait la beauté d'un dieu et le corps d'un athlète olympique. Il aurait eu sa place dans le panthéon des Grecs et des Romains.

Plus prosaïquement, l'homme était un héros. Il avait combattu aux côtés des Vendéens. Il avait été l'ami de Charrette et de La Rochejaquelein, avait été blessé aux côtés de Cathelineau. Il avait participé à la fameuse « virée de galerne » avant d'être blessé à Savenay. Après avoir été soigné en un lieu tenu secret, il venait de regagner Senançay.

Bien qu'il rêvât de le rencontrer, Nicolas resta des semaines et des semaines sans approcher frère Chanceaulme. Celui-ci enseignait la philosophie et Nicolas était considéré comme encore trop jeune pour suivre ces humanités. Seuls les plus âgés, quatre ou cinq garçons tout au plus, étaient admis à approcher le demi-dieu. Mais quelques jours plus tard, alors qu'il vagabondait dans le voisinage avec Rocquencourt à l'heure du cours de trigonométrie, il vit arriver un homme dont il devina instantanément qu'il s'agissait du fameux frère Chanceaulme.

Rien d'étonnant à cela : l'homme était torse nu et transpirait abondamment, comme s'il venait de courir ou de produire un effort soutenu. Quand il croisa leur chemin, il s'arrêta et les regarda d'un air sévère.

— Ne devriez-vous pas être en cours ? demanda-t-il.

Même avec l'expression courroucée qui était la sienne, il demeurait d'une beauté stupéfiante. Nicolas se sentit fondre devant un tel spécimen de virilité.

— Nous sommes dispensés des cours de géométrie et de trigonométrie, expliqua Rocquencourt, car le frère Dilutien nous considère comme aussi savants que lui en la matière.

Le visage de frère Chanceaulme s'éclaira et se tourna vers Nicolas.

— Alors vous devez être ce fameux Beaulieu-Mareuil dont Rocquencourt me rebat les oreilles depuis mon retour !

Nicolas fut transporté d'aise en constatant que sa misérable personne avait l'heur d'être déjà connue par l'illustre frère.

— Pourquoi n'étudiez-vous pas la philosophie ? demanda le frère.

— J'ai quinze ans et demi, on me considère comme trop jeune.

— C'est moi qui décide à qui j'enseigne, et le garçon qui se tient en ce moment devant moi pourrait fort bien avoir seize ans. Vous en avez en tout cas la stature et la carrure. Joignez-vous à nous pour le prochain cours. Rocquencourt vous guidera.

Nicolas le dévorait des yeux. Le frère Chanceaulme s'intéressait à lui et voulait l'intégrer dans sa classe ! C'était un honneur fabuleux !

Son regard se perdit dans le torse transpirant du frère. Celui-ci était légèrement velu et les gouttes se frayaient un chemin dans sa toison comme un ruisselet à la recherche de la plus grande pente. Ses pectoraux étaient bombés comme la cuirasse d'un centurion romain et sur son ventre, autour de son nombril, les muscles ne cessaient de se dessiner sous l'effet de sa respiration légèrement haletante. La blessure de Savenay lui avait laissé sur le flanc une cicatrice d'une quinzaine de centimètres. Quant à ses biceps, ils auraient fait oublier à Nicolas ceux de La Vibraye. Il se sentit défaillir, chancela, mais se reprit avant que son malaise ne devienne évident.

— Allez en paix, mes garçons, et à bientôt, Beaulieu-Mareuil !

Frère Chanceaulme leur tourna le dos et s'éloigna à grands pas. Les deux garçons le regardèrent disparaître derrière un rideau de saules.

— Je crois que tu lui plais, annonça Rocquencourt. C'est une grande chance dont tu devras te montrer digne !

La semaine suivante, Nicolas assista à son premier cours de philosophie. Il n'y comprit goutte. Son incompréhension n'échappa pas à frère Chanceaulme qui, à l'issue du cours, le retint et lui dit : « Je comprends que cela puisse te paraître abscons. Il faudrait que tu rattrapes les cours que tu as manqués. Je pourrais désigner un de tes condisciples, Rocquencourt par exemple, qui semble t'aimer bien... À moins que... Je ne suis pas si surchargé de travail, je pourrais aussi bien m'en charger moi-même. Te conviendrait-il de me rejoindre de temps à autre dans ma cellule afin que nous parcourions ensemble tes premiers pas en philosophie ?

Nicolas ne sut que répondre. Frère Chanceaulme considéra ce silence comme un assentiment.

Dès lors, quand l'occasion s'en présentait, Nicolas rejoignait frère Chanceaulme dans sa cellule — qui n'avait rien de monacale ; elle ressemblait davantage à une grande chambre confortable, avec un large lit, une table de travail entourée de trois chaises et deux coffres de rangement. Là, pendant une ou deux heures, le frère et l'écolier se penchaient sur quelques ouvrages de Socrate, Platon, ou même Aristote, car le frère n'avait pas à l'égard du Stagirite la même prévention que nombre de religieux.

Le père supérieur, ayant appris par une rumeur colportée jusqu'à lui par quelques envieux que frère Chanceaulme s'enfermait dans sa cellule avec l'un de ses jeunes élèves, se présenta plusieurs fois à l'improviste. Deux fois, en fait. La première, le frère Chanceaulme ne commenta pas cette visite impromptue ; mais la deuxième, il suivit le père dans le couloir, et là, à portée d'oreille de Nicolas, il signifia à son supérieur que cet espionnage était ridicule et qu'il courait le risque de provoquer son départ précipité s'il venait à se répéter. Il ne se répéta pas.

L'ambiance de ces cours privés était souvent très détendue. Nicolas surprenait parfois son professeur sans sa soutane, vêtu d'une simple paire de chausses et d'un tricot à manches longues. Une fois, il le découvrit presque nu, car le frère était justement en train de se rhabiller. Mais cela ne l'avait pas empêché de crier à Nicolas d'entrer quand celui-ci avait frappé à sa porte.

Pendant le cours aussi, l'attitude du frère Chanceaulme évolua, notamment après la deuxième visite du père supérieur. Quand il était satisfait de son élève, il lui caressait par exemple les cheveux, ajoutant souvent un compliment comme : « Tu as des cheveux magnifiques, Beaulieu-Mareuil ! » Parfois, du revers d'un doigt, il lui frôlait la joue ou le menton, murmurant : « Quelle peau douce ! Combien de garces seraient envieuses de posséder la même ! »

Nicolas n'était pas vraiment embarrassé par les attouchements innocents de son professeur. Chaque fois que celui-ci le complimentait, il était exalté et se demandait aussitôt quel geste accompagnerait les mots. Quand frère Chanceaulme se contentait d'une phrase, sans l'appuyer d'un geste, Nicolas en éprouvait un furtif regret.

À la fin de chaque séance, le professeur interrogeait l'élève au sujet de ses études, de ses condisciples, des relations privilégiées qu'il avait avec tel ou tel. Il l'encourageait à épanouir sa camaraderie avec Rocquencourt, mais bientôt le mit en garde contre une trop grande familiarité avec La Vibraye.

Car, tandis que le frère Chanceaulme l'initiait à la philosophie, La Vibraye continuait à le familiariser avec les manifestations sensuelles du corps humain. Il lui arrivait parfois, après avoir joui dans l'eau du bain, de se redresser afin que Nicolas lui nettoie la verge, et quand cela était fait, il lui demandait de l'embrasser, comme on embrasse un enfant sur le front. La première fois, Nicolas avait été surpris, un peu dégoûté aussi, mais cela n'avait pas duré. Il s'était habitué au contact de cette chair tendre et dure à la fois sous ses lèvres et, à présent, il lui arrivait même de piquer plusieurs baisers sur La Conquérante en train de perdre lentement son érection. Il lui arrivait aussi ensuite de la caresser, de la sentir s'amollir et s'étrécir entre ses doigts. Il entretenait une relation de plus en plus intime et affectueuse avec le royal appendice.

Avec celui qui s'enorgueillissait de le posséder aussi. Sans beaucoup parler ni échanger, La Vibraye et Nicolas faisaient l'expérience d'une amitié basée sur le partage et la discrétion.

Bientôt, Nicolas devina que son affection pour le colosse à la voix de stentor n'avait pas l'heur de plaire au professeur de philosophie. Pourtant, La Vibraye lui aussi assistait aux cours. Mais il ne cachait pas son ennui et sa participation était des plus congrues. Si Nicolas tentait d'aborder avec lui ce sujet, La Vibraye haussait les épaules, ramenait la philosophie à une occupation pour dames, comme la poésie. Il ne portait pas le professeur dans son cœur et ne se donnait pas le mal de dissimuler sa rancœur à son égard.

— C'est un beau parleur, ce frère Chanceaulme, disait-il en ricanant. Pas étonnant que Rocquencourt en soit tout enamouré ! Pour une fois qu'il a trouvé plus beau que lui ! Mais si Rocquencourt, malgré sa vanité et sa suffisance, est droit, frère Chanceaulme est torve. On le dit courageux au combat, mais j'ai toute raison de croire que partie de sa réputation est usurpée. Il n'est pas le héros que l'on croit. Méfie-toi de lui. Il cherchera à te séduire, et quand il estimera que c'est fait, il te dédaignera, jusqu'à ce que tu te lamentes devant sa porte pour un seul mot gentil de sa part. Fais-moi confiance, il est coutumier du fait…

Nicolas avait confiance en La Vibraye, mais ne pouvait échapper à l'influence de son professeur. Quand des paroles sortent d'une jolie bouche, elles paraissent toujours justes et profondes. Qui, en dehors de La Vibraye, aurait pu soupçonner frère Chanceaulme d'être un faux jeton et un sournois ?

8

Bientôt, les cours particuliers de philosophie prirent fin, mais le professeur et l'élève ne cessèrent pas pour autant de se retrouver en tête-à-tête. Nicolas avait pris l'habitude de se rendre dans la chambre de son maître et continua de le faire tant que celui-ci ne le lui interdit pas. Un jour, Rocquencourt se joignit à eux et, désormais, ils se retrouvèrent tous les trois. Le printemps ayant enfin décidé à se montrer, ces conversations se déplacèrent de la chambre aux alentours du pensionnat. Frère Chanceaulme était un grand admirateur de la nature et passait beaucoup de son temps dehors, à courir les chemins, mais aussi à nager dans les rivières et les étangs. Bientôt, il entraîna derrière lui ses deux élèves.

Ils se baignaient nus. Alors qu'elle était une abomination pour l'ensemble des frères, la nudité était presque pour frère Chanceaulme une condition préalable à toute discussion philosophique en pleine nature.

« Il nous faut retrouver l'état de nature, déclarait-il. Allons, Nicolas, ôte-moi ces chausses ! Qu'as-tu peur de nous montrer ? Le sexe que Dieu t'a donné pour assurer la procréation de son peuple ? »

Nicolas songea que frère Chanceaulme ne se préoccupait guère, lui, de participer à cette procréation, alors qu'il disposait à l'évidence de tout ce qu'un homme peut souhaiter posséder afin de mener à bien cette mission. Mais il gardait ses réflexions pour lui ; il n'ouvrait pratiquement jamais la bouche lors de ces discussions au bord de l'eau. Le frère faisait l'essentiel de la conversation, Rocquencourt lui donnant de temps à autre la réplique.

— De quoi pourrions-nous avoir honte ? Regarde-moi, regarde Rocquencourt, regarde-toi : vois-tu chez l'un ou l'autre d'entre nous une raison d'avoir honte d'exhiber ce dont nous sommes faits ? Moi, je ne vois que trois hommes d'âges différents dont le corps proclame à la fois la virilité et la beauté. Je suis aussi fier de mon corps que du vôtre, c'est un spectacle dont je ne me lasse pas.

Au fond, songeait parfois Nicolas, il n'y a qu'une mince différence entre frère Chanceaulme et La Vibraye. Tous deux sont fiers de leur anatomie, même si, pour l'un, elle est source de sensualité et, pour l'autre, source de sérénité.

Une nuit qu'il essuyait amoureusement La Conquérante vidée de son foutre, La Vibraye lui demanda en ricanant :

— Frère Chanceaulme te demande-t-il d'accomplir la même tâche lors de vos jacasseries au bord de la rivière ?

— Frère Chanceaulme ne se livre pas aux mêmes exercices que toi ! répliqua Nicolas.

— Peut-être pas encore avec toi, mais avec Rocquencourt, qu'est-ce que tu crois ? Ne s'éloignent-ils pas parfois, te laissant seul, souvent un long moment ?

— Si fait.

— Que crois-tu qu'ils font, tous les deux, quand tu n'es pas là pour les regarder ?

— Je l'ignore.

— Eh bien, à mon avis, si tu te montrais un peu curieux, tu ne tarderais pas à le savoir !

Effectivement, de temps en temps, le frère et le plus âgé des deux écoliers s'écartaient — pour deviser de sujets trop graves pour quelqu'un de ton âge, prétendait le frère. Ils revenaient un long moment après, comme si de rien n'était.

— Suis-les un jour, et tu comprendras ! l'encouragea La Vibraye. Et maintenant, il est temps de souhaiter bonne nuit à cette beauté. Embrasse-la et cajole-la comme tu le fais si bien !

Nicolas respectait trop frère Chanceaulme et il était trop épris de Rocquencourt pour les soupçonner de se livrer à son insu aux activités que suggérait La Vibraye. Surtout, il était trop pétri d'obéissance pour les suivre en cachette. Mais La Vibraye avait éveillé sa curiosité. Après tout, il avait seize ans à présent et, à cet âge, on n'aime rien tant qu'ouvrir les portes fermées et forcer les serrures closes.

Quelques jours plus tard, alors qu'ils devisaient au bord de l'étang après s'être longuement baignés, frère Chanceaulme se leva, imité par Rocquencourt, et dit à Nicolas :

— Reste là, attends-nous, nous n'en avons pas pour longtemps…

Nicolas s'exhorta à rester allongé dans l'herbe et à prendre son mal en patience. Mais moins de trois minutes plus tard, il se releva et s'avança lentement dans la direction dans laquelle étaient partis ses deux compagnons.

Il n'eut pas à aller bien loin.

Il les retrouva près d'un arbre. Ils s'embrassaient. Exactement comme un homme et une femme. Rocquencourt était appuyé contre le tronc et le frère Chanceaulme semblait enlacer les deux à la fois. Ils s'embrassaient passionnément. Nicolas n'avait jamais vu personne s'embrasser ainsi. On aurait presque dit qu'ils luttaient. Leurs mains semblaient saisies d'une frénésie particulière. Elles se glissaient partout sur le corps de l'autre, empoignant les muscles, caressant les fesses, les tétons, les verges érigées ; leur passion sembla redoubler.

Nicolas les regardait, le souffle coupé. Ce qui le bouleversait plus que tout, ce n'était pas ce qu'ils faisaient, mais l'exaltation avec laquelle ils s'y livraient. Il y avait presque quelque chose de désespéré dans leur étreinte, comme s'ils redoutaient de voir l'autre s'en aller. Bientôt, Rocquencourt se laissa glisser à genoux. Tout d'abord, Nicolas crut qu'il avait reçu un mauvais coup, ou qu'il était victime d'un malaise. Mais non, il colla son visage au bas-ventre de frère Chanceaulme. Il tendit ses lèvres vers la verge dure du frère, sortit la langue et lécha le membre sur toute sa longueur, avant de jouer avec le gland dilaté. Frère Chanceaulme se laissait faire de bon gré. De la main droite, il caressait les boucles châtaines de Rocquencourt, comme pour le remercier et l'encourager à poursuivre.

Ils demeurèrent ainsi un long moment. Nicolas voyait très bien à présent ce que faisait Rocquencourt, qui y prenait un grand plaisir, aussi grand que celui qu'il donnait à frère Chanceaulme. Bientôt, celui-ci le força à se relever et de nouveau il l'embrassa goulûment. Puis il lui dit quelques mots et Rocquencourt se retourna, face contre tronc. Nicolas aperçut ses fesses et les trouva belles, bien rondes. Moins musclées et velues que celles de La Vibraye, mais fermes, sous des reins cambrés à l'extrême. Frère Chanceaulme s'agenouilla derrière Rocquencourt et plongea son visage entre elles, comme s'il cherchait à y arracher quelque chose qui y aurait été caché. Rocquencourt gémissait tout en tendant les reins vers la langue conquérante et Nicolas l'entendit dire : « Oui !... Oh oui ! » Alors frère Chanceaulme se releva, il prit son membre viril dans la main droite et le poussa entre les fesses de Rocquencourt, qui l'accueillit en faisant alterner des cris de surprise, quelques plaintes et des gémissements de plaisir. Puis il n'y eut plus que du plaisir. Le garçon s'accrochait au tronc comme s'il craignait d'en être arraché, mais bientôt il lâcha une main pour s'emparer de son propre membre et le branler. Très vite, il se remit à crier, mais de plaisir cette fois, et frère Chanceaulme cria lui aussi de plaisir, ils crièrent ensemble, en harmonie, et Nicolas sentit sa propre verge inonder ses chausses d'un liquide gluant.

Il s'exhorta à s'esbigner, mais il en était incapable. Son propre plaisir semblait l'avoir cloué sur place. Son foutre pesait d'un poids irrésistible dans ses chausses et le maintenait paralysé. Frère Chanceaulme et Rocquencourt, eux aussi, semblaient liés à l'arbre par une corde invisible. Le frère continuait de donner des coups de reins, à un rythme de plus en plus lent, et Rocquencourt, chaque fois, lâchait un faible gémissement, comme par habitude. Puis il détourna son visage du tronc et le tourna vers son compagnon, qui l'embrassa avec la même passion qu'un peu plus tôt. Frère Chanceaulme lui caressait les cheveux, tout en l'embrassant, et Rocquencourt, après avoir lancé ses bras derrière lui et saisi les hanches de son partenaire, sembla vouloir le retenir à jamais en lui et contre lui. Nicolas trouva la scène d'une intimité absolue et d'une profonde tendresse.

Enfin les deux corps se séparèrent et leur soudaine liberté de mouvement retrouvée sembla inspirer celle de Nicolas, qui recula sur quelques mètres avant de regagner en courant sa place près de l'étang. Il aperçut la large tache de foutre qui trahissait son plaisir spontané et, pour la dissimuler, il se laissa glisser dans l'eau.

Cette nuit-là, dans son dortoir, ne parvenant pas à dormir, il revit défiler devant ses yeux la scène de l'après-midi. De nouveaux détails, un par un, s'y ajoutaient à chaque vision. Étrangement, aucun de ces détails n'était obscène, ou même trivial; il s'agissait toujours d'un détail de tendresse. Par exemple, il revit ce baiser que frère Chanceaulme avait déposé sur la croupe de Rocquencourt avant que celui-ci ne remonte ses chausses; ou la façon dont Rocquencourt caressait les testicules de frère Chanceaulme tandis qu'il prenait son membre dans la bouche; ou encore le soin avec lequel frère Chanceaulme avait remis de l'ordre dans les cheveux de Rocquencourt, qu'il avait saisis à pleines poignées, sous l'effet du plaisir, un peu plus tôt.

Nicolas sentait béer en lui un besoin, un besoin urgent dont il n'avait jamais eu conscience. Non le besoin d'accomplir de tels actes avec un partenaire de son choix, mais le besoin de manifester à quelqu'un sa tendresse et sa gratitude après de tels actes. Il avait senti émaner du couple contre le tronc une puissance d'amour dont il ne connaissait aucun exemple. Un amour tellement véhément, tellement sublime, que rien de ce qu'avaient fait les deux hommes ne pouvait paraître laid, ou coupable. Ces deux hommes s'étaient simplement prouvé leur amour mutuel et Nicolas trouvait cela admirable. Il s'imagina appuyé contre le tronc, et quelqu'un avait pris la place de frère Chanceaulme pour lui écarter les cuisses et lui labourer les reins, mais malgré tout son désir, il ne parvint pas à distinguer son visage et s'endormit.

9

À quelques jours de là, il fut convoqué par le père supérieur.

Il ne l'avait revu que de loin en loin depuis son arrivée à Senançay. Le père ne l'avait pas salué ; il semblait même ne pas l'avoir reconnu. Il paraissait un peu fou ; il lui arrivait de parler seul et, quand on le croisait ainsi dans un couloir, mieux valait s'échapper. Il se colportait à son sujet cent anecdotes plus divertissantes les unes que les autres. Mais, malgré cela, Nicolas ne parvenait pas à le trouver distrayant et, ce jour-là, tandis qu'il se tenait debout devant lui, dans son bureau, il n'avait qu'une hâte : s'en aller.

— Qui va payer ta pension désormais, Beaulieu-Mareuil ? demanda le père supérieur tout à trac.

Nicolas ne comprit pas ; il se borna à murmurer :

— Pardon, mon père ?

— Oui, tes parents sont morts, alors je te demande qui va payer ta pension désormais ?

— Mes parents sont morts ? répéta Nicolas, incrédule.

Le père supérieur balaya sa remarque d'un geste agacé de la main.

— Oui, ils sont morts, ils ont été guillotinés, clac ! Mais ce n'est pas le problème. Le problème, c'est le règlement de ta pension. Pas de règlement, pas de pension !

— Mais, qui vous a dit qu'ils étaient morts ? Personne ne m'a... Vous avez reçu une lettre ? Qui vous a dit... ?

Le père supérieur leva les yeux au ciel comme si toutes ces questions étaient aussi inutiles qu'exaspérantes.

— Bien sûr que l'on m'a prévenu ! Ton frère Pierre m'a écrit. Parce que l'autre, il est mort lui aussi. Mais lui, il est mort en prison. De maladie, j'imagine.

Il plaisante, songea Nicolas, tout en sachant que le père supérieur ne plaisantait pas, on ne plaisantait pas avec ces choses-là. Mais alors pourquoi les lui apprenait-il sur ce ton, de cette manière ? Ses parents ? Son frère Philippe ?

— Pierre vous a écrit ?

Le père supérieur prit une lettre dépliée sur sa table et l'agita en l'air, comme un avocat agitant une preuve formelle devant un tribunal.

— Il aurait mieux fait de m'envoyer de l'argent plutôt que de m'écrire. Ou alors joindre une bourse à son envoi. Mais non ! Rien ! Pas un liard !

Il reposa la lettre sans voir que Nicolas tendait la main pour la saisir.

— Si personne ne paie pour toi, je ne peux pas te garder. Tu vas devoir t'en aller. Demain.

— Demain ? Mais je ne sais pas où aller ! Mon frère a-t-il dit... ?

— Ton frère ne dit que des choses qui ne m'intéressent pas. Non, il ne dit pas où il est. Tu vas devoir aller rejoindre les tiens, où qu'ils se trouvent. Demain. À la première heure. Allez, ouste !

D'une main énervée, il lui désigna la porte. Nicolas le regarda avec l'envie de le frapper. Mais il respectait trop l'autorité pour lever la main sur un père supérieur. Il se borna à une seule audace : il se précipita vers la table, s'empara de la lettre et sortit avant que le père supérieur n'ait eu le temps de tenter de la récupérer ou de le maudire.

Mon cher Nicolas, c'est une affreuse nouvelle qui m'incite à t'écrire. Nos parents, nos chers parents sont morts. Ils sont morts sur l'échafaud en même temps que certains de nos amis et que le beau-père de notre sœur Charlotte ainsi qu'un de ses beaux-frères, après un procès inique où ils n'ont même pas eu la possibilité de se défendre. De se défendre de quoi, d'ailleurs ? Encore aurait-il fallu savoir de quoi on les accusait ! D'être le baron et la baronne de Beaulieu-Mareuil ? Comme s'ils avaient décidé de le devenir !

Ils sont morts dignement, tu t'en doutes, notre père soutenant notre mère. Il a voulu qu'elle parte la première afin qu'elle n'assistât pas à sa fin à lui. Autant te le dire, depuis la mort de Philippe en prison — les conditions insalubres ont eu raison de sa santé délicate — notre mère n'avait plus toute sa raison. Je crois qu'elle n'a pas bien compris ce qui lui arrivait. Ces brutes sanguinaires n'auraient-elles pas pu lui laisser la vie sauve pour qu'elle termine ses jours entourée de l'affection des siens ?

Nous vivons une époque terrible, Nicolas. L'argent nous fait défaut. Ceux qui nous en doivent ne nous règlent pas et ceux qui auraient encore la décence de le faire n'en ont pas les moyens. Je ne peux donc verser le prochain terme de ta pension. Tente de voir avec le père supérieur — on me dit qu'il s'agit d'un homme d'exception, dont les qualités de cœur sont à la hauteur de ce qu'on peut espérer d'un Chrétien en période de grand besoin — s'il ne peut te garder à crédit, je le réglerai dès que j'en aurai de nouveau la possibilité.

Sache que le reste de la famille, nos sœurs principalement, se portent aussi bien qu'on peut le faire en des temps aussi troublés.

Que Dieu te garde, Nicolas, et n'oublie pas : Vertu passe orgueil.

Ton frère très aimant,
Pierre Amédée Charles Louis,
douzième baron de Beaulieu-Mareuil.

Nicolas était tellement abasourdi par cette avalanche de nouvelles qu'il relut la lettre à trois reprises avant de se rendre compte de ce qu'il faisait. Il la laissa tomber sur le sol et ses yeux, automatiquement, la fixèrent. Il ne pensait à rien. Une voix lui répétait « *nos chers parents sont morts… après la mort de Philippe en prison… notre mère n'avait plus toute sa raison…* », mais les mots ne semblaient pas signifier grand-chose. Il songea qu'il aurait dû pleurer. Il venait de perdre sa mère, son père, son frère. Mais les larmes ne venaient pas. La seule obsession qui occupait son esprit était : comment faire pour régler le prix de la pension ? Il y pensait comme à quelque chose de préoccupant, mais de pas vraiment urgent. Il avait l'impression qu'il existait quelque part une solution, même s'il ne savait pas où la chercher. Il espérait qu'elle lui apparaîtrait en temps et en heure.

La journée tira à sa fin. Il avala le maigre souper avec les autres. Au moment de verser la pitance dans son assiette, le frère cuisinier marmotta entre ses dents : « Qui ne paie pas ne dîne pas… » et en profita pour ne lui donner qu'une demi-ration. Nicolas ne broncha pas. Il avait l'estomac noué et ne ressentait aucun appétit.

Il alla se coucher, toujours sans réagir aux événements et, contrairement à ce qu'il avait redouté, il s'endormit presque aussitôt. Mais il se réveilla deux heures plus tard et là, sans comprendre pourquoi, il se mit à pleurer.

Au début, il pleura doucement, pour ne déranger personne, mais chaque sanglot semblait appeler un sanglot plus bruyant. Bientôt, son chagrin éveilla ses voisins, qui protestèrent. Jusqu'à ce qu'une ombre colossale apparaisse à la tête de son lit.

— Qu'y a-t-il, Beaulieu-Mareuil ? demanda la voix de rogomme de La Vibraye.

— Mes parents sont morts, hoqueta Nicolas. Mon frère Philippe aussi.

— Et moi, j'ai tué ma mère en naissant. M'entends-tu pleurer chaque soir ?

— Toi, tu es fort, dit Nicolas d'une voix plaintive qu'il ne reconnut pas.

— Toi aussi tu es fort, Beaulieu-Mareuil, seulement toi, tu ne le sais pas !

Nicolas sortit une main de sous le drap et chercha celle de La Vibraye, qu'il glissa sous sa joue mouillée de larmes. Jamais il n'avait eu autant besoin de tendresse et il était prêt à sauter sur le premier venu pour en trouver.

Quand il réalisa ce qu'il avait fait, il songea que La Vibraye allait retirer violemment sa main en le traitant de femmelette, mais celui-ci n'en fit rien. Il resta silencieux, puis se pencha et chuchota à son oreille :

— Viens avec moi, je sais ce qu'il te faut.

Docilement, Nicolas se leva et le suivit.

Ils gagnèrent la buanderie près des cuisines. L'un des bassins était plein d'une eau savonneuse. La Vibraye se dévêtit et enjamba le rebord pour se glisser dans l'eau tiède.

Nicolas chercha des yeux le linge avec lequel il le lavait d'ordinaire.

— Non, lui dit La Vibraye, laisse ça et viens me rejoindre !

Avec une pudeur de « Vierge au bain », Nicolas se dévêtit en tournant le dos à La Vibraye. Pour la première fois de sa vie, il avait presque honte de son corps et de sa verge face à ceux du colosse. Il aurait volontiers protégé sa nudité jusqu'au bout derrière sa main en coque, mais il avait besoin de ses deux mains pour prendre appui sur le bord du bassin et l'enjamber. Il se laissa glisser dans l'eau, face à La Vibraye. Ses jambes s'entremêlèrent aux puissantes cuisses de son vis-à-vis.

— Non, pas comme ça, dit La Vibraye. Viens là, entre mes bras !

Il ouvrit grands ses bras pour y accueillir Nicolas, qui fit volte-face pour s'asseoir, le dos contre le large poitrail de La Vibraye. Il sentit aussitôt les bras puissants se refermer sur lui. Il en éprouva un sentiment de bien-être tellement inespéré que pour un peu il se serait compissé.

Dans son dos, contre ses fesses, il sentit la verge de La Vibraye, puissante et raide. Un bref instant, il redouta que celui-ci lui fasse ce que frère Chanceaulme avait fait à Rocquencourt. Il sentit ses fesses se resserrer malgré lui. Bientôt, La Vibraye éclata de rire.

— Ah, mon mignon ! Tu as peur que je ne perfore ton bouton de rose ! N'aie crainte, mon pigeon, je ne partage pas le même goût que Rocquencourt et notre maître de philosophie pour la bougrerie !

— Comment sais-tu qu'ils…

— Rien ne m'est étranger de ce qui se passe dans cette maison ! J'ai des yeux et des oreilles partout ! J'ai aussi des mains… Les sens-tu ?

Au même instant, les mains de La Vibraye se posèrent sur le corps de Nicolas, une sur sa cuisse droite, l'autre sur son téton gauche. Elles se promenèrent sur lui avec une étonnante douceur.

— Tu as encore la peau d'une fille, mon petit Beaulieu ! Je n'aurais aucune difficulté à oublier que tu es un jeune mâle joliment couillu et à te transformer en donzelle le temps d'un violent coït, tu sais ! Il faut savoir se contenter de ce que l'on trouve. Je suis certain que nos amis sodomites aimeraient fort être à ma place en ce moment ! N'ont-ils donc jamais essayé de forcer ta vertu ?

— Jamais, mon maître.

— Aurais-tu aimé qu'ils le fassent ?

Nicolas ne répondit pas, ce qui valait réponse.

— Ne t'intéresses-tu pas aux garces aussi ?

— Si fait. Clairette, la servante qui m'a conduit jusqu'ici, m'a déniaisé en chemin.

— À la bonne heure ! Ah, la brave garce ! Ne te contente pas que du cerf, mon joli, goûte aussi à la biche !

Là-dessus, il se tut. Nicolas ne pouvait le voir et il eut le sentiment que La Vibraye s'était endormi. Mais brusquement celui-ci lui murmura au creux de l'oreille :

— Tu as du chagrin à cause de tes parents, je le sais, alors je vais t'apporter un peu de plaisir pour t'aider à le surmonter. Tourne la tête vers moi et baise-moi sur les lèvres pendant que je te caresse !

Ivre de bonheur, Nicolas écrasa ses lèvres sur la bouche vorace de La Vibraye. Il sentit aussitôt une langue épaisse bousculer la sienne, la repousser jusqu'au fond de la cavité buccale, avant de la laisser s'avancer de nouveau, pour la combattre encore. Nicolas gémit, il crut un instant qu'il était en train de se pisser dessus. Puis il sentit une main puissante s'emparer de sa verge, lui cueillir les testicules comme deux fruits voisins sur la même branche, avant de se glisser entre ses cuisses, jusqu'à se faufiler entre ses fesses où un doigt conquérant caressa son bouton de rose. Nicolas se mit à délirer, la bouche emplie de la bave que La Vibraye s'amusait à cracher dedans. Il eut le sentiment qu'il allait mourir, mais qu'avant cela il atteindrait une apothéose à laquelle il avait toujours cru sans jamais l'imaginer vraiment. D'un coup de reins, il opéra un demi-tour sur lui-même et se retrouva face à La Vibraye. Il s'agenouilla sur le fond du bassin, plongea ses deux mains sous l'eau et s'empara d'un même élan des deux verges bandées. Il ne rougissait plus de les comparer l'une à l'autre. D'ailleurs, à les voir ainsi côte à côte, elles ne lui parurent pas si scandaleusement différentes. Celle de La Vibraye était plus épaisse que la sienne, soit, mais pour la longueur, elles se valaient. À l'aide des deux mains, il les masturba, sous l'œil arrondi de surprise et de jubilation de La Vibraye. Il n'eut pas à les branler longtemps. En elles, le flux de semence monta d'un même élan, les deux orifices au bout de leur gland s'ouvrirent simultanément comme une vanne, et quelques secondes plus tard, un feu d'artifice de foutre gicla dans les airs, atteignant une hauteur insoupçonnée, leur arrachant à tous deux des cris de puissance égale, mais de tonalité différente. Ivre, délirant, fou, dément, Nicolas s'écria : « Ô mon amour ! mon amour ! mon amour ! » quand il fut au paroxysme de son éjaculation. « Oui, ma petite femme ! oui, ma mie ! oui, mon joli ! » répondit La Vibraye tout en léchant au coin de ses lèvres une giclée de foutre qui s'était déposée là. Puis il étreignit Nicolas de ses deux bras puissants, le colla contre sa poitrine et lui dévora la bouche.

Dès potron-minet, alors que tout dormait encore dans le dortoir, le père tourier s'approcha du lit du jeune Beaulieu-Mareuil. Il lui colla la main sur la bouche, puis le secoua pour le réveiller.

— Pas un bruit ! chuchota-t-il dans l'ombre. Pas un mot !

Quand il fut assuré d'être compris, il ôta sa main et murmura :

— Habille-toi. Prépare tes affaires. Le frère économe se rend au marché de La Ferté-sur-Vilaine, tu pars avec lui. Tu as cinq minutes.

Nicolas reprit ses esprits. Sa première pensée fut pour La Vibraye. Aurait-il le temps de prendre congé ? Mais le frère tourier ne s'esbigna pas, il resta debout près du lit tandis que Nicolas se levait et s'habillait, comme s'il craignait de le voir signaler son départ à quiconque. Quand le garçon fut prêt, il le poussa devant lui vers la sortie. Personne ne se rendit compte de rien.

Dans la cour, le frère économe était déjà assis sur sa charrette. Le frère tourier jeta le maigre bagage de Nicolas à l'arrière et le poussa, plus qu'il ne l'aida à monter, sur le banc. Le frère économe émit un claquement de la langue et la mule s'ébranla, péniblement, puis plus aisément. Ils passèrent sous la porte que Nicolas avait franchie près d'un an plus tôt. Il eut à peine le temps de se retourner, de voir s'éloigner la cour, le mur d'enceinte, les bâtiments, le toit de la chapelle. Il songea à Rocquencourt dans le dortoir des Ménaches, à frère Chanceaulme dans sa chambre, à La Vibraye effondré comme une masse sur son lit, il prit congé d'eux avec le sentiment qu'il ne les reverrait jamais, il sentit un profond déchirement dans lequel l'incertitude de son avenir n'entrait pour rien et il se laissa doucement bercer par les cahots du chemin.

CHAPITRE TROIS

Des garçons de sac et de corde

1

— Hé, Beaulieu-Mareuil ! Réveille-toi, mon gars ! T'es arrivé !

Nicolas sursauta. Pendant quelques secondes, il ne comprit pas où il se trouvait, ni avec qui. Il remarqua tout autour de lui l'agitation d'un marché. Puis il reconnut le frère économe, assis à côté de lui sur le banc de la charrette. Rien qu'à l'odeur, il aurait pu l'identifier.

— On est où, ici ? demanda-t-il.

— À La Ferté-sur-Vilaine. T'es arrivé. Allez, ouste, déguerpis !

Si le frère économe était désolé de se séparer de lui, il le cachait bien. Il fourra sa besace dans les bras de Nicolas et, d'une poussée sur l'épaule, lui fit comprendre qu'il devait descendre, et plus vite que ça, on n'avait pas toute la journée.

Nicolas sauta à bas de la charrette, qui démarra aussitôt, sans un adieu, sans un « Bonne chance ! », sans même un « Dieu te garde ! »

Il demeura un long moment immobile, sur place. Au début, les gens le contournèrent puis, voyant qu'il ne bougeait pas, ils commencèrent à le bousculer. Il se laissa faire un instant jusqu'à ce qu'une poussée, plus violente que les autres, le fasse réagir.

— Hé! s'écria-t-il.

Son propre cri sembla le réveiller et il prit enfin conscience de l'endroit où il se trouvait.

Apparemment, il s'agissait d'une des entrées de la bourgade. Devant lui, un pont enjambait ce qui devait être la Vilaine, si l'on en croyait le nom du lieu. Au-delà commençait le village, ou la ville, il ne savait trop. C'était en tout cas une agglomération plus importante que Beaulieu ou que Mareuil. Comme c'était jour de marché, l'animation était intense. La presse était grande à l'entrée du bourg; il se faisait à présent bousculer comme un intrus. Il s'écarta et trouva refuge sur le bas-côté. Il n'arrivait pas à réfléchir tant la situation était nouvelle pour lui.

Au bout d'un instant, il fit deux constatations essentielles: il avait faim et il n'avait pas un liard en poche. Les bons frères de Senançay l'avaient mis à la porte sans lui offrir le réconfort d'un ultime déjeuner et sans le doter du moindre viatique. Il avait le ventre vide, il n'avait rien mangé depuis ses ultimes agapes avec La Vibraye. Brusquement, le souvenir de sa dernière soirée en compagnie du chef des Vertudets lui revint en mémoire et son corps fut parcouru d'un frisson délectable. Sa violente éjaculation dans le bassin, en compagnie du tendre colosse, avait, semblait-il, marqué à jamais sa mémoire au fer rouge. Il en ressentit une telle jouissance qu'il eut l'intuition qu'il ne pourrait jamais rien lui arriver de fâcheux.

En attendant, il avait faim et pas un sou en poche.

C'est jour de marché, réfléchit-t-il. Autant dire une aubaine pour qui sait chaparder. Probablement, ici ou là, devait se trouver un étal moins surveillé que les autres.

Il imagina une marchande de cochonnailles, lourde et lente, grasse comme ses produits, qui se laisserait volontiers délester de quelques grattons, d'un os à ronger ou d'un morceau de lard. Il crut la voir devant ses yeux tant elle lui paraissait réelle. Il se mit en quête de la malheureuse.

Il ne la trouva pas. Toutes les marchandes qu'il croisa semblaient parfaitement capables de défendre leurs victuailles et de courir sus au malandrin à qui serait venue la fâcheuse idée de vouloir partir sans payer. Tout au plus put-il s'emparer prestement d'une pomme qui venait de glisser d'un cageot et qui roulait sur le pavé. Il la porta à sa bouche sous l'œil indifférent du paysan à qui elle avait appartenu.

Mais quand on a seize ans, une pomme ne fait pas un repas.

Il continua de baguenauder dans les ruelles animées de ce gros village. Plusieurs fois, il se dit qu'un plus audacieux que lui aurait déjà trouvé plusieurs opportunités de faire main basse sur une miche de pain ou une saucisse fumée. Mais chaque fois qu'il croyait entrevoir une de ces occasions qui font le larron, quelque chose en lui le retenait. Pourtant, il avait déjà chapardé. Mais il l'avait toujours fait en bande, avec des gamins de Beaulieu ou de Mareuil, et presque toujours sous la houlette de Gauthier, qui n'avait pas froid aux yeux. Là, dans son cadre familier, Nicolas ne redoutait pas grand-chose, et notamment d'être pris. Quel villageois aurait osé poursuivre et rosser le fils du seigneur parce qu'il avait mis la main sur un bout de pain ou un morceau de viande ? Personne n'avait jamais osé lui courir sus et chacun avait préféré fermer les yeux sur le larcin. Parfois, plus sournoisement, l'un de ces paysans madrés faisait semblant de croire que ce n'était pas Nicolas qui lui avait volé un fruit, mais l'un de ces compagnons, contre lequel personne ne redoutait de se faire justice soi-même. Lorsqu'il avait assisté à la raclée que Le Thibaud, fils du Thibaudet, avait reçue pour avoir prétendument dérobé un morceau de fromage qui avait terminé dans la poche de Nicolas, ce dernier s'était juré de ne plus recommencer. Il s'était dénoncé, le marchand avait récupéré son bien en le saluant bien bas, mais sans s'excuser de sa méprise sur l'identité du voleur, ni du châtiment rudement appliqué.

La vérité, c'est qu'il ne savait pas voler. En général, quand les fils de seigneurs volent, il ne s'agit pas de pommes ou de rogatons.

Seulement, les fils de seigneur ont rarement faim et lui, tout fils de baron qu'il était, il avait faim. Il avait l'impression que l'on aurait pu lui retourner l'estomac comme une poche vide.

Alors il se résigna à voler. Et il se fit prendre.

Il avait jeté son dévolu sur deux petits pâtés à la viande, dorés et joufflus à souhait, dont la vue souleva en lui une image incongrue, celle des fesses rondes et charnues de Rocquencourt avant que frère Chanceaulme ne glisse son puissant dard entre elles. Peut-être cette vision inattendue ralentit-elle son geste ? Peut-être ce souvenir sensuel le rendit-il distrait ? Quand il se mit à courir, pâtés en main, deux hommes s'étaient déjà lancés à sa poursuite. Il courut tant qu'il put et, s'il avait mieux connu la topographie du bourg, il aurait sans doute pu leur échapper, tant il était jeune et leste. Mais il eut brusquement l'infortune de se retrouver dans une impasse, face à un mur. Les deux hommes, comprenant qu'ils l'avaient acculé, s'étaient arrêtés, histoire de voir à quoi ressemblait leur voleur, s'il était armé et s'ils pouvaient s'en saisir sans danger. Ce répit permit à Nicolas de faire le seul acte sensé de cette matinée : il enfourna l'un des deux pâtés et avant que les deux hommes aient pu réagir, il enfourna le second. Ils lui mirent la main au collet alors qu'il avait la bouche pleine et les joues gonflées du fruit de son larcin. Dans un bref instant d'optimisme, Nicolas songea que sa situation était toujours aussi problématique, mais qu'au moins un de ses problèmes avait été passagèrement résolu.

Encadré par les deux hommes, escorté par une bande de gamins et de gamines rigolards, suivi des yeux par la populace qui se pressait autour des étals, Nicolas traversa La Ferté-sur-Vilaine. Il fut conduit jusqu'à un bâtiment, qui ressemblait à une halle aux marchandises, dans laquelle et autour de laquelle se pressaient des hommes, principalement, qui discutaient avec animation. L'un d'eux était monté sur une caisse et en haranguait trois autres comme s'ils étaient une centaine. L'irruption du prisonnier et de ses gardiens interrompit un instant les discoureurs.

— De quoi s'agit-il ? demanda l'un d'eux.

— Ce vaurien a dérobé deux pâtés à la viande au père Goussain.

— Deux pâtés à la viande…

La modestie du larcin découragea l'intérêt de l'assistance.

Nicolas fut poussé à l'intérieur de la halle, jusqu'à une table derrière laquelle était assis un homme tout en noir. Il lui trouva aussitôt un air de famille avec celui qui avait mené les habitants de Beaulieu et de Mareuil à l'assaut du château familial, le jour des fiançailles de Charlotte. Un bref instant, il crut que c'était le même et qu'il courait donc le risque d'être reconnu. Mais, à la réflexion, c'était peu probable. De tels hommes vêtus de noir, il devait y en avoir des centaines à travers tout le royaume et ils se ressemblaient tous peu ou prou. Ils s'y étaient abattus tel un vol de corbeaux, apportant partout le chagrin et la haine.

L'homme continua de lire et d'annoter le document sous ses yeux. On voyait bien qu'il cherchait à se donner de l'importance. Il daigna enfin relever la tête.

— Qui est-ce ? demanda-t-il.

— Un voleur. Il a dérobé deux pâtés à la viande au père Goussain.

— Où sont-ils ?

— Quoi donc ?

— Les pâtés à la viande, pardi !

— Dans son estomac ! Il les a mangés avant qu'on ait pu l'arrêter !

— Le *corpus delicti* a donc disparu… Embarrassant !

— Nous sommes témoins qu'il a bien volé et mangé les pâtés, citoyen commissaire, reprit l'un des deux hommes. D'autres aussi l'ont vu comme nous.

L'homme en noir hocha la tête. Il se sentait découragé. En débarquant à La Ferté-sur-Vilaine, en provenance de Rennes, il avait espéré s'occuper d'affaires autrement plus importantes que des vols de pâtés à la viande. Il avait rêvé de mettre la main sur des ci-devant cachés chez des complices bourgeois, ou sur des accapareurs, sur des trafiquants du marché noir, sur des prêtres qui auraient refusé de jurer. Et tout ce qu'on lui proposait, c'étaient des petits propriétaires qui se querellaient pour des questions de bornage, des commerçants qu'on accusait de trafiquer leurs poids ou de frelater leurs marchandises, et à présent un chenapan qui avait dérobé et mangé des pâtés à la viande !

— Comment t'appelles-tu ?

— Nicolas.

— Nicolas comment ?

Il avait eu le temps d'y réfléchir : il laissa tomber le « de » et une partie de son nom.

— Nicolas Beaulieu.

L'homme en noir le dévisagea. Un doute s'empara de lui. Il lui sembla qu'il y avait quelque chose de louche chez ce garçon. Pourtant, on ne pouvait nier qu'il avait bonne mine et belle figure… Il avait l'air de tout, sauf d'un voleur de pâtés, même à la viande.

C'était peut-être bien cela qui était louche. L'homme en noir observa de plus près l'adolescent debout devant lui. Belle stature, larges épaules, jambes solides : un jeune paysan aurait pu présenter pareille carrure, mais les travaux des champs et de la ferme auraient déjà pesé lourd sur sa silhouette ; il aurait été légèrement voûté, plus ramassé, plus trapu, les jambes torves. Et puis il y avait ces cheveux, abondants et brillants, et surtout ces dents, bien blanches et bien rangées… Ces traits fins et réguliers, cette attitude pleine d'une assurance qui se dissimulait mal… Ce jeune voleur n'était pas un gamin des rues, un saute-ruisseau poussé au larcin par la faim. C'était à tout le moins un fils de bourgeois en rupture de ban, devenu voleur par jeu, par distraction… À moins que…

— D'où viens-tu ?

— De Beaulieu-le-Vif, répondit Nicolas sans réfléchir.

— Tu portes le nom de ton village ?

Nicolas comprit qu'il avait commis une erreur. Il feinta.

— Je suis un enfant abandonné, je n'ai jamais connu mes parents. On m'a donné le nom du lieu où l'on m'a trouvé.

Il s'exprimait trop bien, pensa l'homme, pour être un traîne-misère. Il cachait un secret encombrant, et l'homme commençait à deviner lequel.

— Tu me prends vraiment pour un imbécile et ça va te coûter cher. Tu es le fils d'un ci-devant. Qui sont tes parents ?

À l'entrée et à l'intérieur de la halle, les témoins désœuvrés, ayant entendu le mot « ci-devant », s'approchèrent. Enfin il se passait quelque chose ! Dame ! Mettre la main sur un ci-devant, même un aussi menu fretin que ce chenapan, c'était devenu une aubaine inespérée de nos jours ! Il n'en restait plus beaucoup dans la région. Ceux qui n'avaient pas eu le temps de fuir avaient été raccourcis par la Grande Faucheuse.

Brusquement, un homme qui se trouvait au dernier rang de l'assistance se fraya un chemin vers le centre de la scène.

— Je l'ai vu descendre de la charrette d'un des frères de Senançay ! dit-il. Ce pensionnat est un repaire de contre-révolutionnaires ! Cet oisillon-là est tombé du nid de la réaction !

Il afficha une trogne ravie devant la lourdeur et surtout l'énoncé verbeux de son accusation.

— C'est vrai ? demanda l'homme en noir. Tu viens de Senançay ?

Nicolas n'était pas habitué à mentir. Du moins, pas à un homme mûr. Il se mit à bégayer. La vérité devint évidente.

— Allons, dit l'homme sur un ton soudain paterne, tu n'as aucune raison d'avoir peur, tu es encore un enfant, et la Révolution ne s'en prend pas aux enfants ! Dis-nous qui tu es, dis-nous qui est ton père… Est-il duc, prince, marquis, baron, vicomte… ?

— Baron, lâcha à mi-voix Nicolas, se demandant s'il avait raison de faire confiance à cet homme.

Mais, après tout, il disait vrai, il n'était qu'un enfant, et on ne s'en prend pas aux enfants. Il n'avait pas entendu dire que l'on avait fait monter sur l'échafaud des garçons de son âge.

— Baron, rien que ça !

L'homme émit un long sifflement et regarda autour de lui avec une jubilation intense. Enfin, il la tenait, sa grosse affaire ! Un fils de baron, là, devant lui ! Et voleur de pâtés, qui plus est ! Comme si ça ne suffisait pas que ses ancêtres aient sucé le sang du peuple depuis des générations, il fallait que celui-ci suive leurs traces et continue de s'approprier le bien durement acquis des honnêtes citoyens !

— Eh bien, mon baronnet, je te l'annonce solennellement : tu es prisonnier du Comité de salut public de La Ferté-sur-Vilaine ! Qu'on l'attache et qu'on l'enferme !

2

On l'attacha mais on ne l'enferma pas. La Ferté-sur-Vilaine n'était pas équipée d'une prison où serrer tous les ennemis du peuple ; jusqu'à présent, on s'était contenté d'enfermer les rares candidats à la décapitation dans une grange, avant de les expédier le lendemain à Rennes, où on leur tranchait proprement la tête. Nicolas fut poussé jusqu'au fond de la halle et coincé entre des caisses, des sacs de grains et de lourds ballots qui dessinaient un simulacre de cellule. Un homme fut assigné à sa surveillance. Comme s'il avait pu courir bien loin avec les mains entravées ! Mais Blanchot, le conventionnel qui l'avait arrêté, ne voulait pas courir le risque que son illustre proie réussisse à s'enfuir. Pensez, un fils de baron ! Voilà une engeance qui se faisait de plus en plus rare dans l'ex-royaume de France ! Il n'en restait plus beaucoup dans la contrée. Pour la plupart, ils avaient émigré, en Angleterre ou dans les principautés allemandes, où ils s'organisaient, avec leurs alliés, pour fondre sur la France et tenter de restaurer le régime honni.

Bien entendu, il n'était pas question de juger ce ci-devant pour un simple vol de pâtés à la viande. On lui rirait au nez, à Rennes, quand on l'apprendrait ! Non, il fallait trouver une accusation bien sentie. Déjà, le fait d'être un ci-devant était un bon début... Mais, par exemple, une affaire de complot serait, mieux encore, la bienvenue. Peut-être pourrait-on impliquer ce pensionnat de Senançay... Même si le père supérieur était, à ce qu'on lui avait dit, un prêtre jureur... Tous les frères de cette institution n'avaient peut-être pas juré fidélité à la République. Il devait bien se trouver quelques réfractaires parmi eux. Il connaissait des prêtres qui n'avaient juré que par ruse, avec l'accord de leur hiérarchie, histoire de protéger le mieux possible les biens et les intérêts de l'Église. Probablement que ce Senançay était un nid de comploteurs. Il faudrait interroger l'adolescent à ce sujet. L'effrayer, d'abord. Évoquer l'échafaud. On obtenait beaucoup avec ce genre de menace. Oui, il le ferait parler.

Blanchot songea que, s'il s'y prenait bien, il ne resterait pas longtemps à se morfondre dans ce trou, à régler des problèmes de voisinage, de marchandises frelatées et de poids trafiqués. Il conduirait lui-même le prisonnier à Rennes et saurait bien s'y faire valoir. Surtout si, d'ici là, il parvenait à impliquer deux ou trois ensoutanés dans sa conjuration. Le souvenir des guerres de Vendée était encore dans tous les esprits. Les Chouans n'avaient pas désarmé partout. Une paix toute relative régnait depuis un an à peine dans ces bocages qu'il avait fallu réduire par le sabre et la baïonnette. Les rancœurs n'étaient pas encore apaisées, des départs de feu étaient signalés régulièrement ici ou là... Oui, un ci-devant et deux ou trois curés, il n'en demandait pas plus. Cela suffisait largement à emplir une charrette en route vers l'échafaud.

Il se rendrait lui-même à Senançay et étudierait sur place les possibilités d'élargir son complot, pour l'instant réduit à sa portion congrue, un adolescent qui, à ses dires, n'avait même pas seize ans.

Le lendemain, donc, Blanchot se mit en marche, accompagné d'une cinquantaine de patriotes, attirés autant par la distraction d'un tel événement que par la possibilité de faire discrètement main basse sur une partie de ces trésors que l'on accusait régulièrement l'Église de dissimuler un peu partout dans ses couvents et ses monastères.

Le soir même, il en revint, toujours accompagné de ses cinquante patriotes, mais avec un prisonnier : le frère Chanceaulme.

Le jeune prêtre n'avait pas eu le temps de fuir. Pourtant, la veille au soir, quand le frère économe était rentré de La Ferté-sur-Vilaine, s'il avait eu le réflexe de raconter que le jeune Beaulieu-Mareuil s'était fait arrêter pour chapardage, le frère Chanceaulme aurait envisagé de prendre la fuite. Il se savait recherché. Il représentait une proie de choix pour les ennemis de l'Église et du Roi.

Mais le frère économe n'avait pas cru bon de répandre la nouvelle de l'arrestation de leur ancien pensionnaire. Le frère Chanceaulme avait donc continué d'ignorer ce qui se tramait. Quand un paysan de Senançay était survenu dans la cour du pensionnat et avait clamé haut et fort qu'une troupe de sans-culottes assoiffés de sang approchait du pensionnat en venant de La Ferté-sur-Vilaine, il était déjà trop tard. Le frère Chanceaulme avait sauté par une fenêtre et avait commencé à courir dans une direction opposée. Mais il était tombé pile sur une patrouille d'une douzaine d'hommes que Blanchot, brillant stratège, avait eu l'idée de faire contourner le pensionnat par la route venant de Bourgueil. Le jeune frère s'était battu comme un beau diable, mais aussi fort et déterminé fût-il, il ne pouvait rien contre douze hommes solides et bien entraînés. Ils l'avaient solidement ligoté et, à présent, il faisait son entrée dans La Ferté-sur-Vilaine, encadré par une troupe qui plastronnait tout en gueulant des chants patriotiques. Il faut dire que, tout au long du chemin, les paysans et fermiers rencontrés ne leur avaient pas mesuré les coups d'alcool de prune ou de pomme afin de les féliciter pour l'arrestation de ce dangereux comploteur.

Quand il le vit apparaître dans sa prison de caisses et de sacs, Nicolas ressentit d'abord une violente bouffée de joie. Il crut un instant que frère Chanceaulme était venu pour le libérer. Puis il avisa les liens, la tronche hilare des gardiens, et il comprit. Il comprit que, d'une certaine manière, il était responsable de l'arrestation du jeune prêtre.

Pourtant, qu'avait-il à se reprocher, en dehors de s'être fait arrêter ? Ce n'était même pas lui qui avait évoqué Senançay. L'homme de la Convention, qui n'était pas idiot, en avait tiré des conclusions, c'est pourquoi il était allé faire un tour du côté du pensionnat. Mais pourquoi et comment avait-il arrêté frère Chanceaulme, Nicolas n'en avait pas la moindre idée.

Il comprit mieux quand celui-ci lui apprit les conditions de sa capture.

— J'ai eu tort de fuir, finalement. Ce Blanchot ne m'a pas l'air d'être le plus dégourdi des hommes, j'aurais pu le tromper, prétendre avoir juré… C'est de ma faute !

Nicolas secoua la tête :

— Non. Quiconque vous voit peut reconnaître en vous un vrai soldat de l'Église. Vous avez la trempe d'un Chevalier du Temple ou d'un Hospitalier ! Je vous imagine, l'épée dans une main, le crucifix dans l'autre, sur les murs de Saint-Jean d'Acre ou de Jérusalem…

Nicolas s'exaltait à évoquer la silhouette spectaculaire du frère Chanceaulme repoussant les Infidèles des remparts de la Ville Sainte. Rien qu'à le sentir si proche de lui, à pouvoir respirer son odeur de transpiration, il était saisi d'un trouble inconnu qui lui donnait envie de s'appuyer contre le corps sculptural de son professeur de philosophie.

Un peu plus tard, quand la nuit fut tombée, ils s'allongèrent l'un près de l'autre, les mains toujours ligotées dans le dos. Au fil des heures, pour lutter contre la fraîcheur qui grandissait avec la venue de l'aube, ils se collèrent l'un contre l'autre, le plus grand protégeant le plus jeune en recouvrant son corps du sien.

Ils furent transférés à Rennes dès le lendemain. Blanchot ne se tenait plus et, s'il s'était écouté, il aurait forcé chacun à marcher à pas redoublé pour arriver au plus vite. Nicolas ne reconnaissait pas l'homme froid et blasé qui l'avait interrogé.

Le matin même, quand on était venu les réveiller, ils offraient un spectacle qui aurait attendri des cœurs purs, mais qui fit ricaner ces ivrognes : ils semblaient enlacés l'un à l'autre. Leurs gardiens avaient multiplié les allusions de mauvais goût quant aux mœurs dépravées du clergé et à l'éducation particulière que l'on recevait dans certains pensionnats. Nicolas souffrit de ces quolibets en songeant à frère Chanceaulme, mais celui-ci n'en eut cure.

— Si je n'avais pas eu les mains ligotées, c'est entre mes bras que tu aurais dormi, mon garçon, et ma chaleur t'aurait protégé de la fraîcheur de l'aube.

Il y avait une huitaine de lieues entre La Ferté-sur-Vilaine et Rennes, il leur fallut toute la journée pour les parcourir. Ils parvinrent à la prison Saint-Mélaine, située sous les anciens remparts, alors que la nuit tombait déjà. Ils furent enfermés dans une large cellule qui accueillait déjà une douzaine de prévenus, de toutes sortes, ivrognes, voleurs, assassins ou escrocs. Ils trouvèrent un coin tranquille et un peu de paille et s'endormirent bientôt l'un contre l'autre, face à face, mais au cours de la nuit, ils se retrouvèrent enlacés comme des amants, sans que personne ne trouvât à y redire, car la plupart des prisonniers dormaient ainsi, pelotonnés les uns contre les autres, afin de lutter contre le froid et l'humidité du cachot.

Le Tribunal révolutionnaire de Rennes connaissait une période d'inactivité qui commençait à rendre son personnel nerveux et acariâtre. Ses juges n'avaient plus beaucoup d'ennemis du peuple à se mettre sous la dent, ou plutôt sous la lame. On avait tranché tout ce qui méritait de l'être, et même au-delà. On commençait à trancher un peu n'importe quoi : une faiseuse d'ange, un bouilleur de cru dont la production avait fâcheusement tendance à rendre les consommateurs aveugles, un revendeur d'enfants volés, un empoisonneur de puits (qui n'était même pas juif), tout était bon pour éviter que la lame ne rouille. Aussi, quand il apprit qu'un prêtre réfractaire et un ci-devant voleur des biens du peuple venaient d'être arrêtés à La Ferté-sur-Vilaine par l'infatigable Blanchot, le président du Tribunal se frotta les mains et les convoqua pour le jour même.

La rapidité avec laquelle il expédia les deux affaires devait faire, encore bien des années plus tard, l'admiration des juges pressés et des magistrats sans merci. Frère Chanceaulme fut dûment accusé d'avoir combattu aux côtés des Chouans. Pour preuve, l'accusateur public, pris d'une inspiration aussi subite que mal venue, fit arracher la camisole du prêtre afin d'exhiber les blessures reçues en combattant la République. Frère Chanceaulme apparut dans toute la gloire de son torse musclé, couvert de poils d'or. Les femmes présentes cessèrent de tricoter et le dévorèrent des yeux avec une impudeur de commère ; les hommes en restèrent bouche bée avant de hausser les épaules et de cracher par terre, comme s'il était fréquent qu'un homme fût bâti de cette manière. Un court instant, Nicolas oublia où il se trouvait et un sourire ému illumina son visage. Il sentit que son amour pour le frère Chanceaulme, jusque-là discret, venait de connaître son apogée.

La condamnation tomba : la mort.

Un garde poussa Nicolas au milieu du prétoire. Il fut accusé de vol, sans que l'on crût bon de préciser qu'il s'agissait de pâtés à la viande, crime aggravé par son origine sociale : fils de baron.

La condamnation tomba : la mort.

Normalement, les sentences du Tribunal étaient immédiatement exécutoires, mais, faute de clients, le bourreau en avait profité pour démonter sa machine afin d'en graisser les différents éléments. Les éclaboussures de sang avaient un effet violemment corrosif sur le bois et le métal si l'on n'y prenait pas garde. Or le bourreau de Rennes était un exécuteur consciencieux.

L'exécution fut donc reportée au lendemain.

Tout le monde apprécia : la rumeur put se répandre à travers la ville tout au long de la journée et de la soirée et, le lendemain, à l'heure dite, autour de la guillotine nettoyée, graissée à souhait et remontée, se retrouva une foule inhabituelle. Depuis longtemps, les exécutions publiques avaient cessé d'attirer les curieux. C'était un peu répétitif, il faut bien l'avouer. Mais là, quand on sut que l'on allait trancher la tête à un prêtre beau comme Apollon et costaud comme Samson — le héros biblique, pas le bourreau parisien — l'assistance vint en nombre. D'autant que, pour démarrer ou conclure le spectacle — le bourreau rennais n'avait pas encore fait sa religion là-dessus — on trancherait également le col d'un jeune baron mignon comme un cœur. Un spectacle à ne manquer sous aucun prétexte.

Frère Chanceaulme fit sensation quand il défila dans la charrette du jugement dernier, largement dépoitraillé, la tête haute, les jambes bien campées et les reins arrogants. À ses côtés, Nicolas aussi eut l'occasion de ravir les cœurs. Ses jolis cheveux bruns bouclés, sa bouche rouge de voleur de cerises, ses yeux d'un bleu plus pur que celui du ciel, sa jeune et fringante silhouette firent des ravages auprès des donzelles et même des femmes mûres. Elles se mirent à protester, les unes après les autres, qu'il serait mieux venu d'épargner deux exemplaires d'hommes aussi réussis, l'un dans toute la gloire de sa virilité, l'autre dans la fleur de son insolente jeunesse. Bientôt, les protestations s'amplifièrent, au point que le cheval de Blanchot, au pied de la guillotine, se mit à piaffer nerveusement. À ses côtés, le président du Tribunal commença à s'irriter devant ces manifestations incongrues de femelles.

— Qu'on les gracie ! lança enfin une voix de matrone habituée à vanter la qualité de ses volailles sur le marché Saint-Jean.

— Oui ! Grâce ! Grâce ! reprirent en chœur une bonne partie des femmes présentes.

— Qu'on se hâte ! Qu'on accélère ! lancèrent d'une même voix Blanchot et le juge.

Deux solides gaillards empoignèrent frère Chanceaulme. Il se débattit, non pour échapper à son sort, mais pour monter seul, sans aide, à l'échafaud et, dans l'algarade, sa chemise, déjà largement ouverte, se déchira complètement. De nouveau, comme la veille au tribunal, il apparut dans toute sa splendeur. Toutes les matrones présentes se mirent à comparer, dans leur esprit, leur mari ou leur fiancé à cet ecclésiastique promis à la mort, et elles furent tellement abattues par cette perspective qu'elles en perdirent la voix. Une minute à peine suffit au frère Chanceaulme pour gagner la plateforme de l'échafaud ; le bourreau le bascula sur la planche et actionna la poignée libérant la lame. En un éclair, celle-ci sépara la tête superbe du corps magnifique. On entendit le choc de la tête cognant le fond de la panière, et ce bruit sordide fut ponctué par un cri d'horreur.

Déjà les assistants du bourreau avaient saisi Nicolas et le hissaient sur les premières marches. Mais les femmes de Rennes avaient repris leurs esprits.

— Grâce ! Qu'on le gracie ! Qu'on l'épargne ! hurlèrent-elles en foule, et leur propre vigueur les impressionna au point qu'elles bousculèrent la maigre ligne de gardes qui entouraient le lieu du supplice.

Elles s'agglutinèrent au pied de l'échafaud, continuant à demander grâce pour l'adolescent au doux sourire, dont le visage était constellé de larmes, non à cause de son propre sort, mais à cause de celui qui venait de trancher la vie de son professeur adoré.

Comme certaines commères commençaient à bombarder les gardes, et même les officiels, avec des trognons de choux, des têtes de harengs et autres pourritures, pris d'une subite inspiration, le président du Tribunal demanda :

— Quel âge a ce drôle ?

Il fallut répéter plusieurs fois la question, puis la réponse, tant le brouhaha était intense. Mais on finit par entendre :

— Il n'a pas encore seize ans !

— Pas encore seize ans ? claironna le président. Alors il est trop jeune pour être exécuté ! Qu'on le ramène à Saint-Mélaine !

Tandis que les gardes faisaient descendre Nicolas de l'échafaud, les mégères se glissaient sous l'estrade afin de tremper un linge dans le sang dégoulinant de frère Chanceaulme. Le sang des condamnés favorisait, disait-on, la conception d'un enfant, et celui d'un prêtre, notamment un prêtre aussi beau, ne pouvait qu'engendrer un nouveau-né paré de toutes les grâces divines.

3

Des années durant, chaque fois qu'il rencontrait un juriste renommé ou un historien spécialiste de la Révolution, Nicolas lui demandait s'il était vrai qu'en 1794 ou 95, on n'exécutait pas les adolescents qui n'avaient pas encore seize ans. Aucun ne put lui répondre avec certitude. Ou du moins, certains le firent avec conviction, mais sans emporter la sienne. Il ne sut jamais s'il avait dû la vie sauve à une loi de la République ou à une inspiration soudaine du président du Tribunal révolutionnaire, dans le souci d'éviter une échauffourée.

Il avait eu ses quinze ans le 21 janvier et, comme chaque année depuis 1792, personne ne lui avait fêté son anniversaire. Dans sa famille comme à Senançay, ce jour-là, on commémorait la mort du Roi.

Il regagna sa cellule.

Il était abattu. La mort sous ses yeux de frère Chanceaulme était une horreur à laquelle il ne parvenait pas à croire. Il avait pourtant vu le grand corps puissant basculer sur la planche, et la lourde lame tomber sur sa nuque. Il avait vu le cadavre décapité emporté par les assistants du bourreau et jeté à même une charrette stationnée contre l'échafaud. Il n'avait pas vu la tête tranchée, mais il avait vu le sang gicler, puis dégouliner entre les planches disjointes et ruisseler sur le pavé, avant que ces horribles femmes ne se jettent dessus avec leurs mouchoirs.

Comment croire que ces bras vigoureux qui, tout au long de la nuit précédente, l'avaient enlacé pour lui insuffler le courage nécessaire à relever la tête au moment de la perdre, comment croire que toute cette beauté virile, cette force d'homme n'étaient plus ? Comment croire que cette belle bouche, qui avait longuement baisé la sienne à moult reprises, n'exhalait plus son souffle chaud ? Comment croire que cette verge dure qu'il avait sentie contre sa hanche, ses reins, sans jamais la toucher ou la caresser, sans même la voir, n'était plus à présent qu'un morceau de chair ramollie, comme une limace écrasée sous une botte ?

Quand le jour s'était levé, quand on était venu les chercher, quand on leur avait lié les mains et qu'on les avait fait monter dans la charrette qui devait, un peu plus tard, transporter leurs corps jusqu'à un cimetière réservé aux condamnés et situé hors de la ville, quand on les avait fait descendre au pied de l'échafaud, le souvenir de cette nuit était encore si vivace, si puissant, si enivrant que Nicolas y avait puisé le courage qu'il n'avait pas. Il n'avait pas tremblé. Il avait regardé mourir l'homme qu'il s'était mis à aimer sans broncher, et comme lui il avait voulu monter seul à l'échafaud afin d'avoir l'impression de mourir en homme libre. Puis il y avait eu ces hurlements de femmes, ces cris, ces supplications, et pour finir la sentence du président du Tribunal. Et on l'avait fait redescendre sur les pavés.

À présent, il était allongé dans sa cellule, prostré, inconscient de tous ceux qui la partageaient avec lui. Il ne souhaitait plus qu'une chose, dormir, puisque mourir lui avait été refusé. Qu'il puisse au moins trouver dans le sommeil un oubli passager.

Il fut réveillé par un vacarme assourdissant.

On venait d'amener dans la cellule deux gaillards qui n'avaient pas, semble-t-il, l'intention de se laisser emprisonner de bonne grâce. Les gardiens durent s'y mettre à trois par individu pour réussir à leur faire intégrer leur nouveau domicile. Mais les deux énergumènes ne se calmèrent pas une fois la grille refermée. Ils continuèrent de tempêter et de menacer, à tel point qu'il ne fut plus question, pour les autres prisonniers, de dormir.

Nicolas crut que les autres occupants de la cellule allaient intimer l'ordre de se taire, de force si nécessaire, aux deux nouveaux venus, mais bizarrement, alors qu'il n'y avait pas plus prompt que ces gens-là pour protester et menacer, personne ne souffla mot. Un peu plus tard, Nicolas s'enquit auprès d'un de ses compagnons de cellule de l'identité des deux drôles ; l'autre, à voix basse, comme s'il craignait qu'on ne l'entende, murmura :

— Ce sont des Chauffe-Pieds.

Des chauffe-pieds ? Nicolas n'avait jamais entendu parler de tels individus. Il s'informa davantage et l'autre lui confia, comme à contrecœur, qu'il s'agissait d'une bande de malandrins, jeunes pour la plupart, qui sévissait dans la province depuis deux ans et qui rançonnait voyageurs, riches paysans et propriétaires, n'hésitant pas à leur chauffer la plante des pieds s'ils se montraient réticents à révéler où ils cachaient leurs valeurs.

— Probablement ces deux-là seront-ils exécutés dès demain matin, prédit l'homme en leur tournant le dos, de crainte qu'ils ne lisent sur ses lèvres.

Nicolas les observa discrètement. Ils ne devaient pas être beaucoup plus vieux que lui. Vingt ans, guère plus. Ils avaient tous deux un visage violent, plein de morgue. Sans doute la honte de s'être fait prendre expliquait-elle leur rage. Ils firent, jusqu'au soir, un raffut qui empêcha chacun de dormir, de parler ou même de penser. Ils proclamaient que ceux de leur bande viendraient les chercher au fond de cette prison, sans souci des gardes et des grilles, et qu'ils feraient payer cher leur capture.

Vers six heures du soir, on vint les chercher pour les conduire au tribunal, d'où ils revinrent moins d'une heure plus tard, alourdis d'une condamnation à mort. Était-ce l'effet de la sentence ? Ils étaient déjà moins bruyants. Ils continuaient à protester et à affirmer à qui voulait les entendre — et qui pouvait ne pas les entendre ? — que bientôt ceux de leur bande etc.

Une scène se déroula un peu plus tard devant la prison Saint-Mélaine, à laquelle Nicolas ne put assister, mais dont les propos qui y furent échangés l'auraient diablement intéressé s'il avait pu les entendre.

Le président sortait juste du tribunal quand Blanchot s'approcha de lui. Il lui adressa un salut respectueux. L'autre remarqua aussitôt son visage chagrin et en comprit la cause.

— Vous vous désolez encore, mon ami, à propos de ce jeune ci-devant que vous n'avez pu faire raccourcir. Est-ce que je me trompe ?

Blanchot secoua la tête avec reconnaissance : c'est bon de se sentir compris.

— Vous admettrez, reprit le président, que je ne pouvais faire autrement sans risque de provoquer une émeute. Ces femelles en rut nous l'auraient arraché des bras et notre sang serait allé se mêler à celui du prêtre.

— Bien sûr, mais il m'est venu une idée… J'ai ouï dire que vous venez d'envoyer à l'échafaud deux jeunes membres de la bande des Chauffe-Pieds…

— En effet. Et ceux-là, je vous l'assure, personne ne nous en disputera la tête. Elles tomberont demain matin dans le panier, j'en fais serment.

— Justement, enchaîna Blanchot, je réfléchissais et je me disais : s'il en tombe deux, pourquoi n'en tomberait-il pas trois ?

Le président du Tribunal se piquait d'être vif, et il comprit aussitôt où le représentant en mission de la Convention voulait en venir. Un sourire de connivence éclaira son visage bilieux. Il n'aimait pas, lui non plus, qu'on vienne lui arracher un client au pied de l'échafaud, juste quand ça devenait intéressant.

— L'exécution doit avoir lieu entre laudes et prime, car notre bourreau doit se rendre à Laval où on l'attend pour expédier *ad patres* tout un couvent de religieuses. À cette heure précoce, la lumière est faible et les femmes ont autre chose à faire qu'à venir voir tomber la tête des drôles… S'il y en a pour deux, il y en aura bien pour trois ! C'est une affaire entendue, citoyen commissaire !

— Alors à demain, citoyen président !

Même si des commères, curieuses et tôt levées, avaient prévu d'aller assister à la décapitation des deux Chauffe-Pieds, la bruine, légère mais persistante, qui se mit à tomber dès le milieu de la nuit, les en aurait découragées. En fait, en dehors du bourreau et de ses aides, il n'y avait personne pour voir tomber ces trois jeunes têtes.

Mais, même s'il y avait eu un seul témoin, il n'aurait rien vu tomber du tout. Car avant d'arriver sur le lieu de l'exécution, la charrette transportant les trois condamnés à mort fut prise en tenaille par une douzaine d'assaillants, qui ne firent qu'une bouchée des quatre gardes qui accompagnaient le convoi. Un jeune garçon souple bondit sur la charrette et trancha adroitement les liens qui retenaient dans leur dos les poignets des trois futures victimes. Puis les autres les aidèrent à sauter à bas de la charrette et ils décampèrent aussitôt par les rues sombres et quasi désertes sans demander leur reste. Nicolas leur emboîta le pas.

Un peu plus loin, ils pénétrèrent dans une écurie où les attendaient deux complices. Nicolas aperçut dans la pénombre plusieurs chevaux qui semblaient sellés. Certains des assaillants montèrent en selle, d'autres montèrent en croupe, notamment les deux Chauffe-Pieds libérés. Ce fut à cet instant que chacun sembla découvrir la présence de Nicolas.

— Qui c'est, celui-là? demanda l'un des membres de la troupe, qui semblait être le chef.

— C'est rien, répondit l'un des condamnés, c'est un ci-devant qui devait cracher sa tête dans le panier avec nous, laisse-le là!

Chacun sembla trouver cette décision raisonnable, sauf l'un d'eux, qui fit remarquer que s'il était repris le garçon serait exécuté.

— Et alors? demanda le chef.

— Alors à quoi bon lui avoir sauvé la vie? Je propose de l'emmener. Laissons-lui sa chance, on le libérera en dehors de la ville. Il n'a qu'à monter en croupe derrière moi!

Il s'était exprimé avec une assurance qui sembla impressionner le chef de la bande lui-même. Ce dernier haussa les épaules et dit :

— À ta guise ! À présent, fini de discuter ! On file !

Le bon Samaritain aida Nicolas à monter en croupe derrière lui et la bande détala. Ils franchirent sans encombre la porte Saint-Barnabé, qui venait d'ouvrir.

Nul ne les poursuivit.

Ils firent halte une fois parvenus dans la forêt de La Coudraie, à une lieue de la ville. Ils sautèrent à bas des chevaux et se congratulèrent avec effusion. Leur excitation prouvait qu'ils avaient eu peur tout au long de l'expédition.

Le jour venait de se lever et Nicolas put enfin voir leur visage, et notamment celui du garçon qui l'avait pris en croupe. Au cours de la chevauchée, en se cramponnant fermement à sa taille, il avait pu apprécier la musculature puissante de son sauveur et ce détail n'avait pas peu contribué à le lui rendre attachant. Presque sans s'en apercevoir, pour lutter contre le vent et le froid, il avait fini par coller son torse et son visage contre le dos du cavalier. Il avait aimé la chaleur de ce contact. Il était éperdu de reconnaissance — mais l'eut-il été autant si ses bras avaient enserré une bedaine naissante ?

Dans l'agitation de la halte, Nicolas avait perdu de vue son sauveur. Les complices s'étaient joyeusement mêlés et il ne savait plus lequel il devait particulièrement remercier. Alors, faute de reconnaître le cavalier, il reconnut le cheval et se tint tout à côté. Bientôt vint vers lui un garçon dont la beauté lui coupa le souffle.

Était-il réellement beau ou en avait-il seulement l'air ? La vérité se situait probablement entre les deux. Il avait des traits réguliers, sans grâce particulière, sauf la bouche, qui était large, avec des lèvres très dessinées, notamment l'inférieure, ce qui lui donnait une lippe gourmande et sensuelle. Ses yeux étaient sombres et la lumière du petit matin était trop pauvre pour décréter s'ils étaient presque noirs ou tout à fait noirs. Le nez était puissant, droit, centre et point d'équilibre de tout le visage. Il avait aussi de jolis cheveux noirs, tout ébouriffés par le vent de la course.

Il s'approcha du cheval à côté duquel se tenait Nicolas. Ils échangèrent un long regard silencieux. Un léger sourire jouait sur les lèvres épaisses du garçon, en relevant la commissure. Nicolas se sentit fondre. S'il ne s'était pas retenu, il aurait bondi sur le garçon et l'aurait pris dans ses bras.

— C'est toi qui m'as sauvé ? lui demanda-t-il d'une voix qu'il trouva stupidement timide, une voix de pucelle.

Il se sentait redevable envers l'attitude de ce garçon dans l'écurie. Sans lui, avec un peu de chance, il errerait encore dans Rennes en attendant de se faire pincer par le guet.

— Sauvé ? Tout de suite les grands mots ! s'exclama le garçon en éclatant de rire, ce qui fit découvrir à Nicolas des dents étonnamment bien rangées chez un voleur de grand chemin.

— Sans toi, je serais resté là-bas. Les autres n'auraient eu aucun scrupule à m'y laisser.

— C'est vrai que tu parles comme un ci-devant ! Mais ce n'est pas désagréable.

Ils se turent. Nicolas, incapable de continuer à fixer son sauveur dans les yeux, promena son regard sur le reste de la troupe. Ils étaient tous très jeunes. Le plus âgé n'avait pas vingt-cinq ans. C'était probablement celui qui s'était exprimé comme un chef. Il était aussi le plus grand de tous. Il débordait d'une assurance insolente, mais il y avait sans doute un peu de comédie dans son attitude. Il jouait au chef, ce qui ne devait pas être de tout repos dans cette bande de vauriens violents, grossiers et brutaux.

Quelques-uns avaient un visage agréable, mais tous parlaient gras, utilisant le patois de préférence au français. Leurs propos étaient souvent excessifs, comme leur comportement. Eux aussi, ils jouaient à se prendre pour une bande de terrifiants bandits.

Que faisait son sauveur avec eux ?

— Je m'appelle Nicolas.

Le garçon ne répondit pas tout de suite. Nicolas trouva qu'il y avait quelque chose de rêveur dans son regard, comme s'il se remémorait un doux souvenir. Il eut l'impression de n'avoir pas été entendu. Il répéta :

— Je m'appelle Nicolas.

L'autre lui adressa un sourire moqueur :

— J'ai entendu, Nicolas, je ne suis pas sourd.

Mais il ne lui dit toujours pas comment il s'appelait, lui. Nicolas décida de ne pas le demander. Après tout, s'il voulait demeurer anonyme, libre à lui.

À cet instant, celui qui devait être le chef vint vers eux.

— Bien, il est temps de partir. Je propose qu'on le laisse ici. S'il est débrouillard, il s'en sortira. De toute façon, ces gens-là s'en sortent toujours !

Et pour marquer son mépris, il cracha sur le sol.

Nicolas espéra un instant que son sauveur allait réagir, peut-être répondre avec hauteur à son chef, sans se soucier de son rang, comme il l'avait fait plus tôt dans l'écurie. Mais il demeura silencieux avant de dire avec assurance :

— Comme tu veux, Tranchant !

Son regard restait fixé sur Nicolas, qui ne fit rien pour dissimuler sa déception.

— Tu as de l'argent? lui demanda le garçon.

Puis, avant même que Nicolas ait pu répondre, il ajouta:

— Probablement pas.

Il plongea la main dans la poche de son gilet et en sortit une pièce qu'il lui tendit. Nicolas voulut la refuser avec dédain, lui dire quelque chose comme: « Je n'ai pas besoin de ton aide », mais il n'en fit rien et prit la pièce.

— À cheval! ordonna le chef.

La troupe s'agita. Seul le garçon demeura pied à terre, tout en tenant son cheval par la bride.

— Adieu, Nicolas, et que Dieu te garde!

Puis il monta à cheval. Mais juste avant de piquer des deux, il se pencha et, comme s'il lui donnait un baiser, il lui tendit ces mots:

— Je m'appelle Lilian.

4

Nicolas demeura un long moment dans la clairière où la troupe avait fait halte. Il se sentait abattu, irrésolu. Non seulement de se retrouver seul, mais parce qu'il avait follement cru, pendant un instant, que son sauveur — Lilian — allait le reprendre en croupe et l'emmener avec lui. Comme tous les garçons de son âge, il croyait férocement au destin et avait pensé que si la mort, à deux reprises, n'avait pas voulu de lui, c'était parce que la vie lui réservait de merveilleuses surprises. Mais la surprise, en l'occurrence, c'était de se retrouver seul, au milieu d'une forêt, à l'embranchement de trois pistes, avec une pièce d'argent en poche.

Pendant plus d'une heure, il resta planté là, persuadé que Lilian allait faire demi-tour, s'étant ravisé, pour revenir le chercher. Ensuite, ils partiraient, à dos de cheval, vers de fabuleuses aventures.

Mais qu'elles fussent fabuleuses ou non, les aventures devraient être vécues seul pour l'instant.

Finalement, il se secoua, se força à admettre qu'il avait la chance extraordinaire d'être encore en vie, alors que par deux fois on avait voulu lui trancher le col ; il était libre d'aller où bon lui semblait, même s'il n'avait aucune idée de la direction qu'il devait prendre.

La première précaution, lui sembla-t-il, était de s'éloigner de Rennes. Il était peu probable que l'on envoie la troupe à leur recherche, mais rien de bon ne l'attendait dans cette ville ou ses environs. Il étudia un instant les deux chemins qui se proposaient à lui. Celui de gauche s'enfonçait dans la forêt alors que celui de droite semblait se contenter de la longer. La troupe, ou plutôt Lilian, avait disparu de ce côté-là. La logique voulait donc que ce soit le chemin que suive Nicolas.

Par esprit de contradiction, il choisit l'autre et s'enfonça dans la forêt.

Il marcha pendant des heures, pratiquement toute la journée. La forêt semblait ne jamais devoir finir et Nicolas envisagea de devoir y passer la nuit.

C'était une belle forêt, principalement plantée, comme l'indiquait son nom, de noisetiers, auxquels se mêlaient quelques chênes et quelques pins. Elle paraissait bien entretenue. Nicolas y marchait de confiance, d'autant que le chemin qu'il suivait était bien tracé. Il devait être régulièrement emprunté, comme le prouvaient les traces parallèles dans l'herbe creusées par des roues. D'ailleurs, sa première rencontre fut celle d'une charrette conduite par un couple de paysans qui se rendait probablement à Rennes pour livrer leur cargaison de choux-fleurs. Nicolas les entendit venir de loin à cause du grincement des essieux et préféra se cacher sur le bord du chemin. Plus tard, il vit passer une troupe d'une demi-douzaine de recrues dirigée par un adjudant, puis un homme seul sur une carriole tirée par une mule. Il entendit venir derrière lui deux cavaliers qui semblaient pressés, mais qui ne semblaient pas être à la recherche de fugitifs. Là encore, il avait eu le temps de se cacher.

En revanche, il se fit surprendre par une nouvelle rencontre, celle d'un homme grand et puissant qui portait une hache sur l'épaule. Nicolas ne l'avait pas entendu approcher et tomba nez à nez avec lui dans une courbe que dessinait le chemin pour contourner les ruines d'une maison abandonnée.

L'homme avait quelque chose d'effrayant. Non seulement parce qu'il était colossal — il mesurait plus de six pieds — et dégageait une impression de puissance qui confinait à la violence, mais parce qu'il était d'un aspect effroyable. Il portait une barbe touffue qui lui mangeait le visage et semblait le prolongement de sa tignasse hirsute, noire comme l'aile du freux, et qui n'avait pas connu depuis longtemps le peigne ou le ciseau. Il sentait terriblement fort et, quand ils se croisèrent, Nicolas eut du mal à dissimuler une grimace de dégoût. L'homme grogna quand il parvint à sa hauteur et il eut été difficile de décider s'il s'agissait d'un salut ou d'une menace pour répondre à la grimace qui ne lui avait pas échappé.

Nicolas sentit, tandis qu'il s'éloignait en faisant attention à ne pas paraître terrifié, son cœur battre à se rompre. Il devina que sa peur avait pour origine tous ces récits dont on rebattait les oreilles aux enfants à propos des êtres monstrueux qui hantent la forêt, généralement des ogres qui dévorent les enfants, mais aussi des brutes hideuses qui les violent avant de les étrangler ou de les démembrer.

Encore frissonnant de terreur contenue, Nicolas se retourna. L'homme avait déjà disparu. Il respira, soulagé, puis éclata de rire et se traita de couard. Pourtant, qu'aurait-il pu faire pour se défendre si l'homme l'avait attaqué ? Il ne disposait d'aucune arme et n'était visiblement pas de force à lutter contre un tel mastodonte.

Brusquement, sans qu'il l'ait vu ou senti venir, l'homme fut devant lui. Il avait surgi sans faire de bruit depuis les épaisses broussailles sur le côté gauche du chemin. Il avait dû se glisser à travers la forêt, sous le couvert des arbres, et, grâce à des raccourcis, rejoindre l'endroit où Nicolas se croyait enfin à l'abri.

Au regard fou de l'homme, il comprit que celui-ci lui voulait du mal. Pas seulement lui voler la pièce d'argent que lui avait donnée Lilian, et dont le géant ignorait la présence dans sa poche. Non, il lui voulait du mal en tant que garçon.

Il tenait sa hache à la main mais, à la surprise de Nicolas, il la souleva avec un cri et la planta dans le tronc d'un pin sur le bord du chemin. Puis il fit de nouveau face à sa victime. Mais, même désarmé, il n'en était pas moins terrifiant.

— Que me voulez-vous ? Je n'ai pas le moindre sou ! s'écria Nicolas.

L'homme ne répondit pas. Avait-il seulement compris un mot ? Il ne bougeait pas. Il soufflait très fort, comme s'il était en proie à une colère insensée. Il porta la main à son entrejambes et Nicolas comprit ce qui l'attendait. Son esprit, un instant paralysé par la soudaineté de l'événement, se mit à fonctionner à la vitesse d'un coursier au galop. Que pouvait-il faire ? Il n'était pas question d'affronter l'homme, qui ne ferait de lui qu'une bouchée. La seule solution était dans la fuite, mais vu la manière dont l'homme l'avait rattrapé en passant par le sous-bois, il ne se donnait aucune chance. Le colosse était là sur son terrain de chasse.

Mais que pouvait-il faire d'autre ? Il fit demi-tour et se mit à courir. Il envisagea un instant de quitter le chemin. Il était plus petit et plus léger que l'homme, il serait moins embarrassé par les branches basses et les fourrés. Mais rester sur le chemin lui laissait une chance de tomber sur quelque voyageur qui pourrait lui venir en aide. Alors il choisit de rester sur le chemin.

Son poursuivant était sur ses talons. Il avait été lent à se mettre en mouvement, mais à présent il était lancé et sa masse devenait un atout en précipitant son pas. Il ébranlait le sol à son passage. À tout instant, Nicolas s'attendait à voir l'homme bondir sur lui et l'écraser de tout son poids. Il ne lui resterait plus alors qu'à… Il préféra ne pas y penser. Il continua de courir.

Brusquement une poigne irrésistible se referma sur son épaule. Il sentit ses jambes plier sous lui. Il trébucha. L'homme, déséquilibré à son tour, lui tomba dessus, l'immobilisant au sol. Nicolas se débattit, tenta de s'arracher à l'écrasement de cette masse de chair, mais en vain. Le géant, à présent, avait repris son équilibre et, de ses mains puissantes, maintenait au sol les poignets de sa victime. Nicolas ne pouvait plus rien faire, sinon crier, sinon espérer un miracle. Mais il n'y croyait plus. Il devinait, à voir son agresseur s'agiter sur lui, qu'il avait l'habitude de ce qu'il s'apprêtait à faire. En trois mouvements, il avait complètement cloué Nicolas à terre. Mais le plus difficile cependant restait à faire : l'intention de l'homme n'était probablement pas d'immobiliser Nicolas et de le tuer ; il voulait abuser de lui, vivant, et cela lui compliquait la tâche. Il lâcha le poignet gauche de Nicolas pour récupérer l'usage de sa main droite. Il put profiter d'un effet de surprise. Sa main eut le temps de saisir le gilet et la chemise de Nicolas, qu'elle tenta d'arracher. Nicolas essaya de se servir de sa main libre pour empoigner l'homme quelque part, lui faire mal et l'obliger à lâcher prise. Il parvint à trouver ses cheveux, qu'il tira, mais le colosse ne semblait même pas s'en être aperçu. Alors, tandis que l'autre lui déchirait ses vêtements, il décida de lui planter ses doigts dans les yeux. Il y parvint et le monstre hurla. Il bascula légèrement en arrière, lâcha Nicolas un court instant, puis prit son élan et lui asséna un coup de poing au visage qui le laissa sans connaissance.

Désormais la voie était libre. Agenouillé au-dessus du garçon, l'homme termina de déchirer les vêtements, dégageant son torse, dont la chair tendre lui arracha un rugissement de gourmandise. Il plongea son mufle en direction des pectoraux joliment dessinés. Il sembla avoir l'intention de les dévorer, tandis qu'il frottait son visage barbu contre la peau douce. Nicolas, encore à moitié assommé par le coup de poing que la brute lui avait asséné, se laissait faire sans réagir. Il avait l'impression d'assister à la scène depuis une certaine distance, comme s'il n'était pas concerné ou ne pouvait rien faire pour l'empêcher. Il était sensible au frottement des poils de la barbe sur son torse, sensible à l'épouvantable haleine que l'homme lui soufflait au visage, et il commençait à sentir, contre son ventre, l'affreuse protubérance de la verge en train de se gorger de sang. Il comprit qu'il allait mourir, mais qu'il allait d'abord subir une violence physique inouïe. Il pria pour s'évanouir, pour perdre conscience et s'abstraire de cette épouvantable réalité.

Brusquement, l'homme se releva à demi et poussa un cri étranglé. Nicolas remarqua ses yeux écarquillés par la surprise. Puis il vit la lame qui lui transperçait la gorge. Du sang commença à l'éclabousser. À cet instant, le géant s'effondra sur le côté, comme un tronc qu'on abat, et Nicolas aperçut, comme dans un brouillard, un inconnu, le visage déformé par la haine, un poignard ensanglanté à la main.

Il murmura « Lilian… » et se laissa sombrer dans l'inconscience.

Il eut l'impression de revenir rapidement à lui, mais remarqua qu'entre-temps la nuit était tombée. Un feu brûlait à quelques mètres de là. Il était seul, et toujours dans la forêt. Il était allongé à l'encoignure de deux murs de pierres moussues. En regardant plus attentivement, il constata qu'il s'agissait de murs à demi écroulés. Il se souvint des ruines qu'il avait aperçues sur le chemin, peu de temps avant d'être agressé par la brute.

Il tenta de se lever mais s'en trouva incapable. Il avait l'impression que tous ses os étaient rompus. Chaque mouvement lui causait une douleur vive et prolongée.

Pourtant, il ne pouvait être seul. Quelqu'un l'avait porté jusqu'ici, quelqu'un avait allumé ce feu. Qui ? L'homme qui l'avait sauvé ? Juste avant de s'évanouir, il avait eu l'impression de reconnaître Lilian dans l'homme qui tenait un couteau ensanglanté. Mais c'était probablement une illusion. Il avait juste voulu que ce soit lui.

Avec la nuit était venue la fraîcheur, que le feu parvenait à repousser en partie. Nicolas remarqua qu'il était torse nu et que sa chemise, déchirée, était étalée sur lui comme un drap troué. Il vit des traces de sang sur la chemise. Était-ce le sien ? Était-il blessé ? Il ne ressentait pas la brûlure d'une blessure par laquelle le sang se serait écoulé. Il n'éprouvait que cette épouvantable douleur dans ses articulations.

Il appela :

— Il y a quelqu'un ?

Personne ne répondit. Il soupira. Il se sentit de nouveau sombrer dans un puits sombre et vertigineux. Peut-être s'évanouit-il ? Peut-être s'assoupit-il ? Il s'absenta un instant de la réalité du monde.

Il fut ramené à elle par le galop d'un cheval, qui s'arrêta non loin de là. Il entendit quelqu'un battre les buissons, puis une silhouette se découpa près d'un pan de mur. L'ombre s'approcha de lui, s'agenouilla et, dans la lueur du feu, il vit apparaître le visage de Lilian.

Il n'avait pas rêvé.

— Lilian… murmura-t-il.

Lilian s'agenouilla près de lui. Il le regarda attentivement, comme s'il cherchait à déceler quelque chose sur son visage.

— Depuis combien de temps es-tu réveillé ?

— Je ne sais pas… Pas longtemps.

— Je me suis absenté pour aller au village, de l'autre côté de la forêt. J'ai acheté de quoi manger. J'ai également volé du linge qui séchait sur un fil. Une chemise d'homme. Des pièces de tissu pour nettoyer tes plaies.

— Mes plaies ?

— Oui, l'homme t'a griffé profondément au torse.

— C'est ça, tout ce sang sur ma chemise ?

— Non, c'est le sien. Je l'ai égorgé.

Il annonçait cela sans chercher à dramatiser, comme s'il s'agissait d'un acte banal.

— Tu m'as sauvé la vie… Encore une fois !

— Je t'ai surtout sauvé d'un sort peu enviable. Cet homme allait te fourrer comme une pucelle. Je ne peux imaginer sort plus funeste pour un gars.

— C'était un fou. Je l'ai croisé, il m'a paru fou, il est revenu sur ses pas, m'a couru après, m'a rattrapé. J'ai cru ma dernière heure arrivée, tu m'as sauvé la vie.

Il prenait plaisir à dire ces mots : tu m'as sauvé la vie…

— C'est la deuxième fois aujourd'hui. Je te dois deux fois la vie. Je n'aurais pas assez de toute la mienne pour te remercier.

— Qui sait ? Peut-être auras-tu un jour l'occasion de me rendre la pareille ? Je saurai m'en souvenir !

Il se leva, alla chercher son cheval, qu'il fit avancer jusqu'au cœur des ruines. Il prit quelque chose dans les fontes. Une miche de pain. Du fromage. Du jambon. Du vin. Du linge.

— Je vais nettoyer tes blessures, puis nous mangerons… Il y a un ruisseau pas très loin d'ici, je n'en ai pas pour longtemps.

Il regarda Nicolas pendant quelques secondes, puis s'éclipsa entre les arbres.

Malgré ses blessures, malgré la souffrance des coups portés par le monstre, notamment à la mâchoire, Nicolas avait l'impression de ne rien ressentir, sinon la joie de retrouver Lilian. Lilian qui était revenu sur ses pas pour le prendre en croupe et l'emmener avec lui, et lui avait ainsi sauvé la vie. Il l'avait aussi sauvé d'un sort qu'il qualifiait lui-même de funeste. Cet homme lui aurait déchiré les entrailles avant de l'égorger ou de l'étrangler.

Par trois fois, en deux jours, il avait échappé à la mort. La vie voulait-elle lui faire payer toutes les années d'insouciance de son enfance à Beaulieu-Mareuil ? Il n'avait pas choisi de naître là où il était né, de quoi était-il donc coupable ?

Le monde est laid et violent, pensa-t-il, et je ne le savais pas, on ne me l'avait pas appris. En quelques mois, mes parents sont morts, mon frère Philippe aussi, puis frère Chanceaulme, on a voulu par deux fois me couper la tête, et pour finir un homme a voulu me ravager les reins avant de me trucider… On dirait que ma vie s'est brutalement accélérée en quelques mois.

Mais, malgré ce bilan accablant, il ne parvenait pas à se sentir malheureux, ou même triste. Parce que Lilian était revenu. Lilian, après être parti avec ses compagnons, était revenu sur ses pas et, ne l'ayant pas découvert sur le même chemin qu'il avait emprunté avec sa troupe, avait pris l'autre chemin, à travers la forêt, et était survenu à temps pour lui sauver la vie.

Lilian revint du ruisseau. Il avait empli une gourde. Il s'agenouilla près de Nicolas et lui souleva la tête pour l'aider à boire.

— Tu as de la fièvre, remarqua-t-il.

Il imbiba d'eau un morceau de tissu et le posa sur le front du blessé. Puis il en prit un autre, qu'il mouilla à son tour, et entreprit de nettoyer les traces ensanglantées sur le torse de Nicolas.

— C'est incroyable, cet homme avait les griffes d'un ours !

Nicolas ressentit une vive douleur, mais ne s'autorisa à gémir qu'une fois. Ensuite, il serra les dents et fixa son regard sur le visage de Lilian pour y puiser du courage. Les flammes du feu dessinaient des ombres et des lueurs orange sur les traits du garçon, accentuant la taille de son nez, la largeur de sa bouche, et allumant d'autres flammes dans ses yeux. Il est beau, pensa Nicolas, il est revenu pour me chercher et il m'a sauvé la vie.

— Tu m'as sauvé la vie, murmura-t-il sur un ton exalté. Elle t'appartient jusqu'à ma mort.

Lilian secoua la tête.

— Tu délires, mon pauvre ami. Calme-toi, laisse-moi faire et tiens-toi tranquille…

Pour vérifier s'il n'avait pas d'autre blessure, Lilian le débarrassa des lambeaux de sa chemise et de son gilet. Il l'observa un instant et dit :

— Tu n'en as pas l'air, mais tu es bâti comme un homme, et non comme un gamin. Quant à ta peau, c'est à l'évidence celle d'un ci-devant ! Même avec mes ongles rongés, je te l'aurais arrachée, moi aussi !

— Oui, arrache-moi la peau, murmura Nicolas, qui n'avait pas compris la moitié de ce que lui avait dit Lilian.

— Chut ! Tais-toi, je ne veux plus t'entendre !

— Tout ce que tu voudras ! Ordonne et je t'obéirai !

Lilian secoua la tête, comme un maître découragé par les facéties de son élève.

— Tu n'es qu'un drôle, un branleur, un pisseur de rigole ! dit-il en souriant.

Nicolas sourit à son tour et, sans prévenir, s'endormit. Si abruptement que Lilian crut un instant qu'il s'était évanoui de douleur. Mais non, il dormait, et c'était ce qu'il avait de mieux à faire.

5

Nicolas se réveilla en sursaut. Il claquait des dents. Il crevait de froid. Le feu s'était éteint, seules quelques braises continuaient de rougeoyer dans l'ombre. À ses côtés, il aperçut la masse endormie de Lilian. Le cheval, sentant sa présence, broncha, puis s'apaisa. Au loin, Nicolas entendit le cri d'agonie d'un animal sous la griffe ou la dent de son prédateur.

Il n'avait plus de fièvre, mais il était glacé. Après l'avoir soigné tandis qu'il s'endormait, Lilian l'avait simplement recouvert de sa cotte et, un peu plus tard, tandis qu'il s'endormait à son tour, il s'était enroulé dans sa couverture de selle sans songer à son voisin.

Nicolas demeura un instant à claquer des dents dans l'ombre. Il songea à se lever pour ramasser du bois, mais où en trouver dans l'obscurité ? De toute façon, il ne s'en sentait pas la force. Il était épuisé. Il ne rêvait que de chaleur. Alors il se glissa jusqu'à Lilian et, par petits gestes brusques, il le força à lui laisser un peu de sa couverture. Au début, Lilian maugréa, tira la couverture à lui, puis il finit par céder. Bientôt, Nicolas put se pelotonner contre lui et, en plus de la chaleur de la couverture, il put profiter de la chaleur du corps de Lilian. Il pensa : je suis dans ses bras et, réchauffé, rassuré, il s'endormit.

Quand il se réveilla, Lilian le tenait en effet serré dans ses bras. Ils dormaient tous deux en chien de fusil, encastrés l'un dans l'autre. Outre la chaleur du corps de Lilian, Nicolas sentait à présent autre chose : la verge de Lilian durcie contre ses fesses. En avait-il conscience ? Nicolas se força à rester immobile pour ne pas le réveiller, pour l'empêcher surtout de bouger et de lui tourner le dos. Il songea à frère Chanceaulme, dont il avait senti l'érection contre ses reins lors de ce qui devait être leur dernière nuit sur terre, ce qui ne s'était vérifié que pour le prêtre. Une émotion inattendue le submergea. Il se remémora le frère Chanceaulme, son grand corps découplé, son torse et ses biceps impressionnants qui avaient enflammé toutes les mégères de Rennes. C'était deux nuits plus tôt. Cela lui paraissait une éternité. Entre-temps il avait croisé le chemin de Lilian et le frère Chanceaulme, malgré son noble visage et son corps puissant, n'était déjà plus qu'un souvenir, alors qu'à présent, il dormait dans les bras d'une réalité dont la jeunesse et la vigueur s'exprimaient innocemment dans son dos.

Lilian était déjà debout quand Nicolas se réveilla à nouveau. Il s'était rendormi peu avant l'aube et la fatigue l'avait assommé pour le compte.

— Qu'est-ce que tu fais ? demanda-t-il.

Lilian rassemblait ses affaires, sellait son cheval, rangeait linge et provisions dans les fontes. Il dégageait une impression excitante d'efficacité. Nicolas se souvint brusquement d'une scène qui s'était effacée et venait de ressusciter dans sa mémoire : le geste de Lilian pour essuyer son poignard, avant de le rengainer, sur la blouse du bûcheron qu'il venait d'égorger. Un geste plein d'indifférence envers cet être humain dont il avait tranché la vie. Un geste d'une virilité impressionnante.

— Je me prépare à partir.

Nicolas sentit un vide béant s'ouvrir dans sa poitrine. *Je... Partir...*

— Et moi ? s'enquit-il d'une voix geignarde qui lui fit honte.

Lilian haussa les épaules.

— Tout dépend de toi. Si tu t'en sens la force, je t'emmène avec moi, mais je te préviens, ce ne sera pas une partie de plaisir. Avec tes blessures et tes ecchymoses, tu vas déguster à dos de cheval !... Si tu te sens trop faible, nos chemins se séparent ici, je te souhaite bonne chance.

Nicolas était trop interdit pour répondre. Lilian en profita pour ajouter :

— De toute façon, je ne suis pas certain que la bande te verra revenir d'un bon œil. Ils ont bien senti que tu n'étais pas de leur monde. Crois-moi, tu seras mieux loin d'eux. Loin de nous.

Nicolas secoua la tête. Il ne comprenait pas l'attitude de Lilian. Était-ce un cauchemar éveillé ? Il eut juste l'énergie de murmurer :

— Mais, dans ce cas, pourquoi es-tu revenu me chercher ?

Lilian eut une grimace d'incompréhension.

— Moi, te chercher ?

— Hier, quand tu m'as retrouvé et que tu m'as sauvé la vie, tu t'étais bien lancé à ma recherche, non ?

Lilian secoua la tête en riant franchement.

— Ah mais absolument pas ! Je t'ai retrouvé par hasard. J'étais allé faire réparer les fers de mon cheval chez le maréchal-ferrant du village qui se trouve de l'autre côté de la forêt. Celui où je suis retourné pour acheter à manger et voler du linge. Au retour, je suis passé par ce chemin, et je suis tombé sur l'autre fou qui en voulait à ta vertu. Mais si je n'étais pas passé par là, je ne t'aurais jamais retrouvé. Ni sauvé la vie, comme tu dis.

Pour Nicolas, c'était comme si le monde s'effondrait. Toute l'histoire qu'il s'était racontée n'était bâtie que sur une méprise. Lilian n'était jamais parti à sa recherche. Il était simplement allé faire ferrer sa monture et, au retour, passant par ce chemin plutôt que par un autre, il avait fait irruption à temps pour lui éviter le pire.

J'aurais préféré que l'autre fou me viole et m'égorge, songea Nicolas, dépité, avec une certaine ingratitude.

— Maintenant, ma proposition tient toujours. Si tu te sens d'attaque, je t'emmène. Mais je te préviens, ça risque d'être insupportable. Et si tu ne peux pas continuer, je serai obligé de t'abandonner. Alors réfléchis bien !

La première réaction de Nicolas fut de lui dire de s'en aller, et au diable de préférence. Mais il ne se sentait pas prêt à se retrouver seul dans cette forêt. Il croyait encore sentir dans son dos la fougue de Lilian au cœur de son sommeil — même si cela non plus, ça ne voulait rien dire, c'était juste le sang et la jeunesse qui parlaient. Il regarda ce visage qui lui paraissait le plus beau qu'il ait jamais vu — alors que ce n'était pas vrai, il le savait parfaitement — et il ne se sentait pas prêt à ne plus le revoir.

— Je pars avec toi, dit-il. Je serrerai les dents.

Lilian lui donna une tape sur l'épaule.

— C'est bien, mon gamin. Tu es un homme, un vrai...

Puis il éclata de rire et, entre deux éclats, il dit :

— Quand je pense que tu as cru que j'étais revenu te chercher !... Tu es quand même un drôle de numéro, mon gamin !

Ils reprirent contact avec la bande alors que la nuit venait de tomber. Les jeunes brigands étaient rassemblés dans les ruines d'un moulin. Ils avaient fait du feu, sur lequel grillaient des volailles.

La journée avait été une torture sans fin pour Nicolas. À tel point qu'en début d'après-midi, il avait dit qu'il n'en pouvait plus, qu'il voulait rester là. Accroupi sur le sol, cherchant son souffle, attendant que la douleur décroisse, il n'avait pas osé regarder Lilian. À tout instant, il s'attendait à entendre les mots cruels : « Bon, je m'en vais, gamin, je te laisse, bonne chance ! »

Mais Lilian n'avait pas tenu sa promesse. Il était descendu de sa monture et avait marché jusqu'à un ruisseau qu'ils venaient de traverser. Il y avait trempé un linge, puis était revenu vers Nicolas. Il lui avait fait ôter sa chemise, qui était maculée de sang, et avait nettoyé ses plaies. Il l'avait fait avec beaucoup de douceur, comme une mère, sans un mot, cessant chaque fois que Nicolas ne pouvait retenir un gémissement. Puis il l'avait pansé.

Il avait dit :

— Le terrain est plat par ici, nous pouvons marcher. Viens.

Ils étaient repartis. Ils n'avaient pas eu besoin de s'arrêter de nouveau. Mais quand ils avaient rejoint la bande, Nicolas était de nouveau à deux doigts de l'évanouissement. Il s'était quasiment laissé tomber de cheval et, si Lilian ne l'avait pas retenu, il se serait affalé devant tous.

— Qu'est-ce que tu nous ramènes là ? demanda celui que Lilian avait appelé Tranchant et qui semblait être le chef.

— Hé ! fit l'un de ceux qui auraient dû être guillotinés avec Nicolas. Mais c'est le ci-devant de Rennes !

— Pas possible ! s'exclama l'autre codétenu. Vous vous étiez donné rendez-vous dans la forêt, comme des tourtereaux !

Tout le monde s'esclaffa. Sans un mot, Lilian marcha sur lui. L'autre se leva prestement, mais il était aisé de voir qu'il n'était pas de taille. Lilian n'en aurait fait qu'une bouchée à la loyale.

— Oh ! Si on peut plus rigoler… ricana le garçon, prenant les autres à témoin, tentant piteusement de sauver la face.

— Trouve-toi d'autres sujets de rigolade si tu ne veux pas que je te casse les dernières dents qui te restent ! gronda Lilian.

Nicolas le trouva très impressionnant en redresseur de torts. Ils ne devaient pas être nombreux, dans la bande, ceux qui osaient lui tenir tête avec une petite chance de succès. Tranchant, bien sûr. Et un ou deux autres, pour peu qu'ils sachent se battre.

— Approchez si vous avez faim, on a rencontré tout à l'heure un fermier très obligeant qui a insisté pour nous refiler sa volaille !

Ils éclatèrent tous de rire, Lilian compris.

Il était certainement minuit passé, mais Nicolas ne dormait toujours pas. Ou plutôt, il s'était brutalement réveillé, après un premier endormissement, et il avait compris qu'il aurait du mal à se rendormir. Ce n'était pas la douleur qui l'avait réveillé. Quelque chose le troublait profondément, qui l'avait préoccupé toute la journée, tandis qu'il chevauchait, fermement accroché aux hanches de Lilian. Seul le contact avec cette ceinture abdominale souple et musclée l'avait, à plusieurs reprises, empêché de dégringoler de sa monture. Parfois, il laissait ses mains glisser jusqu'à la pliure des cuisses, qu'il pouvait sentir vibrer à chaque pas du cheval. Lilian était bâti tout en muscles. Il était plus musclé que Gauthier lui-même, qu'il lui rappelait plus souvent qu'il ne l'aurait voulu. Il y avait un petit air de famille entre les deux garçons ; c'est sans doute pour cela qu'il s'était mépris au sujet de Lilian.

Car il y avait une différence fondamentale entre Lilian et Gauthier. Une différence si béante et si navrante que Nicolas n'osait même pas la formuler.

En revanche, il avait fini par oser formuler une autre différence, qui le concernait, une vérité qu'il n'avait jamais regardée en face jusque-là, plus par ignorance que par lâcheté.

Cette vérité, c'était qu'il aimait les garçons comme un garçon doit aimer les filles.

Chaque fois qu'elle se formulait clairement dans sa tête, il rejetait cette vérité, tout en la sachant incontestable. Il n'en voulait pas. Elle ne le concernait pas. Et pourtant, il savait que c'était la pure vérité. La seule.

Il le savait depuis longtemps. Il l'avait compris dès qu'il avait admis que c'était vrai. Il y a des vérités qui n'ont pas besoin de preuves ; le seul fait de les énoncer les rend indiscutables ; les preuves viennent après.

Comment expliquer autrement le sentiment exalté qu'il éprouvait depuis toujours pour Gauthier ? À huit ans, à dix ans déjà, ils étaient inséparables. Même lorsqu'ils se disputaient et en venaient aux mains, ils se rabibochaient dès le lendemain. Ils n'étaient jamais restés fâchés plus d'une journée et d'une nuit. Un jour, le père Vibert lui avait lu cette phrase de Montaigne à propos de La Boétie : « Parce que c'était lui, parce que c'était moi », et il avait songé immédiatement qu'elle s'appliquait à Gauthier et à lui.

Nicolas éprouvait la même exaltation pour Lilian qu'autrefois pour Gauthier, sauf que Gauthier l'avait partagée avec lui. Ils ne s'étaient jamais dit qu'ils s'aimaient, ils ne s'étaient jamais embrassés, mais la réalité était là : ils se désiraient. Quand ils se branlaient côte à côte, ou face à face, c'était en pensant à Gauthier que Nicolas criait en jouissant. Et Gauthier, il en aurait mis sa main au feu, partageait ce plaisir et sa cause.

Plus tard, à Senançay, lorsqu'il avait joué avec La Vibraye dans le bassin où l'on avait fait la lessive, ce n'était pas simplement un jeu d'adolescents. En tout cas, pas pour lui. La Vibraye aurait sans doute préféré que ce soit une garce qui branle son membre d'étalon, mais Nicolas ne lui aurait pas laissé sa place pour un empire.

De même qu'il avait été très épris de Rocquencourt, qui lui avait appris à embrasser. Quand il trouvait un moment de tranquillité, il se branlait en évoquant ces baisers. Il se passait un doigt sur les lèvres, se murmurait des mots d'amour, et quelques secondes plus tard il éjaculait un foutre lourd dans un morceau de tissu.

Il avait eu une illumination quand il avait surpris Rocquencourt et le frère Chanceaulme contre un arbre. Et il avait su, avec une douloureuse lucidité, qu'un jour, lui aussi, il connaîtrait un tel plaisir en se livrant à un tel acte.

Oui, il aimait les garçons. Et parmi les garçons, il aimait Lilian plus que tout. Mais Lilian ne l'aimait pas.

6

Il ne trouva jamais tout à fait sa place dans la bande des Chauffe-Pieds. La plupart de ces garçons étaient dénués de charme et d'intérêt. Presque tous étaient des brutes, des sauvages, des barbares. On pouvait leur trouver des excuses : ils provenaient de milieux familiaux où abondaient les ivrognes, les traînées, les canailles, la lie du peuple. Mais ils n'avaient jamais rien fait pour combattre les vices dont ils étaient pleins. Le mal absolu était pour eux comme une aspiration de l'âme. La violence ne leur suffisait pas ; il leur fallait aussi la cruauté. Quand ils avaient décidé de tuer quelqu'un, lui donner la mort était trop simple. Il fallait le faire souffrir. En faire un sujet d'amusement, de distraction. Un de leurs moyens préférés, c'était de pendre un homme à une branche en laissant la pointe de ses pieds toucher légèrement le sol : ainsi, tant qu'il en avait la force, l'homme pouvait retarder le moment de sa mort ; mais celui-ci venait inéluctablement, au milieu des applaudissements et des rires, quand il n'avait plus la force de résister à la gravité de son corps ; il déchaînait même l'enthousiasme quand il n'en finissait pas, quand les râles d'étranglement couvraient leurs encouragements bruyants.

Rien ne les décevait autant qu'une victime qui était prête à leur révéler sans attendre où elle avait caché son or. Ils la torturaient quand même, pour lui faire avouer d'autres cachettes qui n'existaient pas, ce dont ils se doutaient parfaitement.

Même entre eux, ils étaient violents. Le moindre mot, la plus insignifiante grimace, la plus hypothétique insulte déclenchaient des bagarres qui se terminaient par l'un des deux adversaires allongé sur le sol, nez cassé, dents éclatées, incapable de se relever. Les autres le laissaient là et s'en allaient boire un coup pour célébrer le vainqueur. Mais, dès le lendemain, le vaincu réintégrait le groupe comme si de rien n'était.

Car il y avait aussi entre eux des moments de fête, d'amusement et de partage. Un sentiment monstrueux d'amitié les liait un bref instant, faisant d'eux des frères. Ils s'enivraient volontiers, surtout lorsqu'ils attaquaient une ferme isolée, qui possédait toujours un cellier suffisamment garni. Ils se mettaient à chanter à tue-tête, parfois deux d'entre eux dansaient même ensemble avant de s'effondrer dans les bras l'un de l'autre, s'endormant ensuite, comme deux amants repus.

Les filles étaient rares. Les couvents avaient été vidés de leurs nonnettes. Les familles d'aristocrates avaient fui la région avec leurs filles, ou elles étaient l'objet de la protection d'un commissaire local qui assurait leur sécurité à l'aide de gardes armés, en échange de pots-de-vin de plus en plus importants. Alors, quand ils se trouvaient près d'une ville de quelque importance, ils faisaient venir quelques ribaudes du bordel local.

Un soir, ainsi, à peu près un mois après qu'il avait rejoint la troupe, Nicolas vit débarquer au camp une demi-douzaine de garces. Il les entendit longtemps avant de les voir, car elles avaient bu et ricanaient comme des oies dans la charrette qui les amenait, et où elles se faisaient déjà tripoter par leur escorte.

Il n'y avait pas assez de filles pour tout le monde, alors il fallut partager, faire preuve de patience. Les garçons se regroupèrent par deux ou trois, en fonction de leurs affinités, et Tranchant leur attribua les filles après s'être gardé celle qu'il trouvait la plus belle, une grande rousse délurée au rire chevalin, qu'il entendait ne partager avec personne. Lilian joua des coudes pour ne pas se voir décerner la plus laide. Il en prit une qui était assez jolie, encore jeune, une brune au nez mutin et à la bouche en forme de cerise, avec de grands yeux bleus étonnés. Elle donnait l'impression de ne pas savoir où elle était, ni pourquoi. Mais quand elle se retrouva en compagnie de Lilian et de Nicolas, quand elle comprit que le hasard lui avait attribué les deux plus beaux garçons parmi ces drôles, elle sembla se rappeler en quoi consistait son métier.

Lilian l'inaugura. Elle était faite à ravir et il décida de la déshabiller entièrement. Elle fit sa mutine, protesta, menaça d'éclater en sanglots, mais quand Lilian ôta sa chemise et lui apparut torse nu, là encore, elle se souvint qu'elle appréciait les hommes bien bâtis et elle remercia le ciel de lui en avoir attribué un. Deux, même, put-elle constater un peu plus tard, quand Nicolas se déshabilla à son tour.

La bande avait trouvé refuge dans une ferme abandonnée. Le gros de la troupe s'était installé dans la maison du paysan. Lilian, après avoir mis la main sur Pâquerette — ainsi se prénommait, ou plutôt, exigeait d'être prénommée la donzelle — l'avait entraînée à l'écart, pour ne pas avoir à la partager avec un autre, en dehors de Nicolas bien sûr. Ils s'enfermèrent dans une chambre que Lilian condamna en poussant un buffet contre la porte.

Ils se retrouvèrent bientôt nus tous les trois. Nicolas demeura en retrait tandis que Lilian entreprenait la fille, comme s'il lui cédait le pas, alors qu'en fait il voulait juste savourer le spectacle. Le cœur battant, il dévora des yeux le corps puissant de son compagnon. Il comprit mieux, à le voir ainsi entièrement nu, pourquoi personne dans la bande ne s'en prenait à lui. Seul Tranchant aurait pu le faire avec une chance raisonnable de victoire. Un ou deux autres auraient pu tenter leur chance, mais sans aucune certitude. Au début, Nicolas avait pensé que Lilian était aussi musclé que Gauthier, mais la vérité, c'est qu'il l'était bien davantage. On aurait cru un débardeur, un portefaix, un bûcheron, un haleur de péniche. Sauf que, contrairement à ces travailleurs de force que leur tâche harassante finissait par contrefaire, Lilian possédait un corps harmonieux.

Lorsqu'il commença de chevaucher Pâquerette, Nicolas s'approcha discrètement. Au début, il s'interdit de regarder trop précisément sa verge, mais il la vit malgré tout, lorsque Lilian, lassé de prendre la fille en missionnaire, décida de la fourrer en levrette. Le souffle coupé, Nicolas vit la verge puissante de Lilian s'enfoncer progressivement dans la vulve accueillante, tandis que Pâquerette les régalait tous deux de ses cris et de ses soupirs qui n'avaient rien de contrefait.

À genoux derrière Lilian, légèrement en retrait, Nicolas s'enivra d'admirer ce dos sculpté, les reins creusés, et ces fesses que les déhanchements durcissaient régulièrement, comme des joues. C'était la première fois que Nicolas admirait la croupe d'un garçon. Il avait envie d'y passer la main. Il se demanda ce qui se passerait s'il tendait la sienne pour flatter ces flancs et ces fesses. Puis il se rebella contre ses désirs indignes et se traita de tous les noms.

L'avantage, c'est que l'excitation que Lilian éveillait en lui pouvait trouver immédiatement un alibi et un exutoire. Quand il en eut assez de besogner la fille, Lilian se retira et, se tournant vers Nicolas, lui dit en riant :

— Prends ma place, mon gamin, elle est toute chaude ! Brûlante, même !

Il s'écarta et laissa sa place à Nicolas, qui était déjà dur. Il pénétra la fille sans difficulté. Son irruption fut accueillie par un gémissement de plaisir.

— Vas-y, fourre-la bien ! l'encouragea Lilian en lui claquant la fesse.

Nicolas se concentra sur l'endroit où Lilian l'avait gentiment frappé. Il ressentit une très légère brûlure, absolument pas douloureuse, c'était plutôt la chaleur d'une caresse. Il continua d'aller et venir dans la fille à quatre pattes devant lui qui bientôt se plaignit de ne pas le voir. Elle se dévissait le cou pour l'apercevoir.

— Laisse-moi te regarder, trésor ! Tu es encore plus beau que ton ami ! Vous ne vous ressemblez pas, mais pourtant on dirait des frères ! Vous êtes sûrs que vous n'êtes pas frères ?

— En ce moment, on est frères dans ta chatte, ma jolie ! Pourrais-tu faire la différence entre nos verges ? Laquelle te ravit le plus, hein, ma cochonne ?

Lilian paraissait de bonne humeur. Tout en regardant faire Nicolas, il se branlait doucement, pour maintenir son érection. Nicolas ne pouvait pas s'empêcher de jeter un coup d'œil de temps en temps à cette verge tendue tout à côté de lui. Il songea, dans un moment de sacrilège, qu'il aurait aimé accueillir Lilian comme Pâquerette l'accueillait, lui.

— J'ai une idée! s'écria tout à coup Lilian. Sors de là, gamin, et laissons cette garce nous sucer la semence comme un nourrisson à la tétée!

Il prit Nicolas par l'épaule et le força à se retirer du con de Pâquerette. Puis il se releva et l'invita à l'imiter. Pâquerette, elle, avait déjà compris. Elle se redressa, toujours à genoux, et s'avança vers les deux garçons qui tendaient leur verge vers elle comme une arme chargée. Elle en prit une dans chaque main et se mit à les branler avec ardeur.

— Non! protesta Lilian. Pas avec la main! Avec la bouche!

Et comme Pâquerette n'obtempérait pas assez vite, il la prit par les cheveux, lui appuya sur la nuque et l'attira vers lui, jusqu'à ce que sa queue se présente devant sa bouche. Docile, la putain l'ouvrit toute grande et prit la verge humide. Aussitôt, Lilian, excité comme un chien en rut, se mit à gémir et bientôt il devint évident qu'il allait jouir.

— Oh, ma garce! s'écria-t-il. Oh, ma salope! Oh, ma putain, que c'est bon!

Son corps se tendit vers le plafond, comme s'il souffrait et cherchait à échapper à la douleur, tous ses muscles se dessinèrent sous la peau, notamment ceux de son ventre, il poussa un ultime hurlement, puis se tut tandis que ses giclées de foutre inondaient la gorge offerte de Pâquerette.

Ce que voyant, Nicolas ne put plus se retenir. À son tour, il se mit à éjaculer de longs jets de semence, qui vinrent dégouliner sur le visage de Pâquerette et sur le ventre et la cuisse de Lilian.

— Pardon ! murmura-t-il. Pardon !

Lilian, ravi, éclata de rire.

— Pardon de quoi, mon gamin ? C'est normal, à ton âge, de ne pouvoir se retenir ! De toute façon, cette garce-là avait eu son content de foutre !

Et Pâquerette, tout en finissant d'avaler et de déglutir la liqueur de Lilian, acquiesça avec ardeur. Puis, pour les convaincre qu'elle était une brave fille et méritait une récompense, elle se mit à lécher avec gourmandise le foutre de Nicolas qui avait maculé Lilian.

7

1795 fut pour la France, après les sanguinaires années précédentes, une année de calme et de prospérité relatifs. En Vendée, la révolte marquait le pas. Le débarquement des royalistes à Quiberon tourna rapidement à l'échec. Il n'y avait plus de roi en France : le Dauphin venait de mourir au Temple ; ses oncles, Provence et Artois, étaient en exil. Le Tribunal révolutionnaire avait été supprimé et avant la fin de l'année la Convention fut dissoute. Le temps était beau et les récoltes abondantes. Certes, la France n'avait pas retrouvé sa joie de vivre d'antan, ni le bonheur des jours paisibles, mais la peur reculait un peu plus chaque jour. Comme après une crise paroxystique, le corps de la nation retrouvait un souffle égal.

Pour les Chauffe-Pieds, ce n'étaient pas de bonnes nouvelles. La bande avait prospéré sur la terreur et le chaos, terreaux fertiles pour les gens sans foi ni loi. À présent, ceux qui avaient du bien le protégeaient soigneusement. Peu de fermes restaient vulnérables. Il en mourut trois de la bande lors de diverses attaques mal préparées.

Nicolas ne craignait rien. Étant l'un des plus jeunes et certainement le plus inexpérimenté, on se bornait à lui faire garder les chevaux, légèrement à l'écart du lieu où l'action se déroulait. Lilian, lui, y participait, et son courage, sa témérité, son audace lui ordonnaient de figurer au premier rang. À chaque assaut, Nicolas tremblait de ne pas le voir revenir. Son cœur frissonnait dans sa poitrine chaque fois qu'il entendait échanger des coups de feux, avant d'exploser de joie lorsqu'il le voyait réapparaître, presque toujours parmi les derniers, car il couvrait la retraite des autres.

L'ambiance, dans la bande, devenait morose. On ne mangeait pas toujours à sa faim. C'était bien joli, de recueillir de l'or et des bijoux — ils jetaient carrément les assignats et les titres de propriété — mais cela ne se cuisinait pas. Il devenait de plus en plus difficile de trouver des receleurs complices ou des bijoutiers malhonnêtes. On pendait volontiers, aux carrefours, les bandits qui avaient la fâcheuse idée de se faire pincer.

Forcément, des disputes éclataient dans le groupe. De plus en plus violentes. De moins en moins inoffensives. Le vainqueur ne se contentait plus d'envoyer son adversaire mordre la poussière. Il donnait l'impression de vouloir l'achever, il le lardait de coups de pied alors qu'il se traînait sur le sol. À deux reprises, un malchanceux trop amoché fut laissé en arrière, et on ne revit ni l'un ni l'autre.

Ces rixes éclataient à propos de n'importe quoi, le partage du butin, une portion plus importante de nourriture, la possession d'une cotte ou d'une paire de bottes, une injure imaginaire, les faveurs d'une putain. Nicolas se sentait de plus en plus en danger. Il s'entendait interpeller trop souvent par un « Hé, toi, le ci-devant ! » pour croire encore qu'il s'agissait d'une plaisanterie ou d'un simple surnom. Quand une affaire tournait mal, si elle engageait des bourgeois ou de petits propriétaires à particule, il se faisait houspiller sans raison, comme s'il était de mèche avec eux.

Pour l'heure, Tranchant parvenait encore à tenir sa troupe. Il était redoutablement fort et d'une violence inouïe. Il n'hésita pas un jour à mettre une raclée à l'un de ses plus anciens complices pour le simple vol d'un bracelet en or. Une autre fois, il alla jusqu'à tuer un garçon qui s'était joint récemment à leur bande sous prétexte qu'il lui avait emprunté son cheval sans en demander l'autorisation. Tout le monde avait peur de lui ; Lilian aussi sans doute ; il s'en méfiait, c'était évident. Un jour, dans un de ces moments d'enthousiasme qu'il ne pouvait s'empêcher d'exprimer, Nicolas lui dit :

— Je suis sûr que si tu te battais avec Tranchant, tu aurais le dessus !

Lilian avait secoué la tête, comme devant la réflexion d'un enfant.

— Ton affection pour moi te fait perdre le sens de la mesure, gamin ! Si je dois affronter Tranchant — ce qu'à Dieu ne plaise — je pourrais me défendre pendant un certain temps, mais tôt ou tard il l'emporterait, et alors tu pourrais prier pour le repos de mon âme !

Insensiblement, les deux garçons s'étaient rapprochés, au point de former une véritable paire d'amis. Jamais l'un sans l'autre. Nicolas avait l'impression que c'était surtout de son fait, mais il ne comprenait pas que, en réalité, Lilian veillait sur lui. Il s'efforçait constamment d'être à proximité de son jeune protégé, notamment les nuits de beuverie, au cas où surviendrait une algarade. Il savait Nicolas capable de se défendre contre la plupart de leurs acolytes, mais il y en avait encore trop qui étaient capables, et surtout avides de lui filer une rouste qui le laisserait en piteux état. Il devinait cette envie larvée chez la plupart d'entre eux. Nicolas n'était pas populaire. Ils le trouvaient tous trop beau ; physiquement, il leur était supérieur en tout ; quand des ribaudes débarquaient dans le campement, elles le reluquaient sans vergogne, elles l'interpellaient, elles le cajolaient avec des compliments. Les autres le prenaient très mal. Plusieurs fois, Nicolas avait été obligé de laisser filer une fille qui voulait s'isoler avec lui parce qu'un autre, plus grand et plus costaud, la revendiquait pour lui. Raisonnablement, il fuyait tout risque de bagarre. Et Lilian était là pour le protéger de ceux qui n'attendaient même pas un affront imaginaire pour engager le combat.

Bien sûr, leur comportement n'échappait pas à l'attention générale et leur valait des quolibets qui n'étaient pas tous prononcés à voix basse. Lilian se trouva impliqué dans quelques bagarres dont il sortit chaque fois vainqueur, même contre un adversaire plus grand et en apparence plus fort. Il se battait avec rage, très vite il donnait l'impression d'être devenu dément et ses adversaires reculaient alors en tentant de sauver la face. Mais, derrière leur dos, on chuchotait que, la nuit venue, quand il n'y avait pas de garces à portée de main, ces deux-là savaient comment se donner du plaisir ensemble.

Il arrivait à Nicolas de prier pour que ce fût vrai. Mais chaque jour qui passait lui prouvait que Lilian ne partageait aucun des sentiments exaltés qui l'embrasaient. Lilian l'aimait comme un frère, il profitait d'être d'un an plus âgé que lui pour se comporter en aîné et, faute de mieux, Nicolas s'en contentait. Il fallait franchement avoir l'esprit dévoyé et pervers pour soupçonner leur relation d'être impudique.

Il y avait maintenant près d'un an que Nicolas avait attaché ses pas à ceux de la bande des Chauffe-Pieds — ou plutôt à ceux de Lilian. L'hiver qui les avait conduits de 1795 à 1796 avait été d'une exceptionnelle rudesse. Le jour de ses seize ans, Nicolas se sentit tellement abattu qu'il n'avoua même pas à Lilian que c'était son anniversaire.

Ils avaient commis peu de forfaits, cet hiver-là. Ils étaient trop occupés à se protéger du froid, à dénicher de la nourriture, à découvrir de nouvelles cachettes. En quelques mois, la bande s'était considérablement réduite. Quand les primevères apparurent, ils n'étaient même plus dix. Les plus fragiles avaient péri ou s'étaient esquivés, une nuit plus sombre que les autres. Il restait toujours Tranchant, bien sûr, Escarboucle et Pisse-droit, ses principaux lieutenants, ainsi que quelques autres : Bille de plomb, Trouffignac, Cabosse, Roteux, Ti Valère ou Poignard. Les soirées ne donnaient plus lieu à des débauches ; ils ne chantaient plus guère ; ils se contentaient d'une fille de ferme ou de la femme d'un aubergiste quand il s'agissait de culbuter une femelle, presque toujours contre son gré. Un jour, ils se battirent à plusieurs pour abuser d'une vieille.

Une nuit, alors qu'il sentait que Lilian ne dormait pas, Nicolas lui demanda s'il ne valait pas mieux pour eux s'en aller à leur tour. Lilian ne répondit pas tout de suite, preuve qu'il y avait déjà réfléchi. Puis il dit :

— Oui, il faudra partir un jour ou l'autre, mais pas maintenant…

Nicolas ne comprit pas cet atermoiement. Il trahissait un manque de confiance et une peur de l'avenir qui ne coïncidaient pas avec l'idée qu'il se faisait de son ami. Lui, il avait l'impression que, tous les deux ensemble, ils auraient pu conquérir le monde. Chaque jour davantage, il comprenait que l'époque qu'ils vivaient était une période exceptionnelle qui abondait en possibilités pour qui savait les saisir. Il profitait de certaines rencontres, chaque fois qu'il en avait l'occasion, pour s'informer de la situation dans le pays. Souvent, Tranchant l'envoyait en éclaireur dans un village, un bourg, une petite ville, afin de se renseigner sur les opportunités de coups à faire. Son honnête dégaine lui permettait de se mêler à une population inconnue sans trop soulever de questions. Là, Nicolas tendait l'oreille ; sans se mêler aux conversations, il savait écouter les discoureurs. Tout le monde parlait beaucoup. La parole, longtemps contenue, se libérait. À chaque coin de rue, sur chaque place, il y avait souvent un orateur et quelques curieux pour l'écouter. Aux portes des tavernes et des auberges, les voyageurs diffusaient tout un assortiment de nouvelles qui venaient de Paris ou d'ailleurs. Ils racontaient ce qui faisait s'agiter les langues dans la capitale. On parlait notamment d'un jeune capitaine devenu général, qui s'était fait connaître au siège de Toulon, et qui préparait une expédition pour aller en Italie combattre les Autrichiens. On évoquait la mort de François de Charrette, fusillé à Nantes, ce qui augurait la fin de la révolte en Vendée. On déplorait ou on approuvait, c'était selon, l'arrestation d'un certain Gracchus Babeuf et de ses complices, accusés de conjuration.

Nicolas retenait de ces escapades au cœur de la vie quotidienne du pays que partout des hommes nouveaux se dressaient pour accomplir des ambitions et mener à bien des missions nouvelles. Des hommes, et même des femmes, disait-on, qui n'hésitaient pas à prendre la parole en public, au lieu de se contenter de le faire dans leur salon, comme c'était la tradition. On avait coupé la tête à trop de femmes engagées pendant les jours chauds de la Révolution pour que celles qui l'avaient encore sur leurs deux épaules ne s'en servissent pas pour réfléchir et pour faire entendre un son de voix différent.

— Nous végétons au sein de cette bande, se plaignait parfois Nicolas. Toi et moi seuls, nous pourrions conquérir le monde, j'en suis certain !

Lilian riait ou souriait, mais il ne fournissait pas à Nicolas la réponse que celui-ci espérait. Un jour, excédé, Nicolas lui demanda :

— Qu'est-ce qui te retient avec eux ? Ce n'est quand même pas la peur de représailles !

— Qu'est-ce que tu en sais ? Tranchant ne me pardonnerait pas de le quitter. Il me retrouvera où que j'aille et il se fera justice.

Nicolas, agacé devant cette soumission à la volonté du chef, s'exclama :

— Pourquoi tient-il tant à toi ? Il est amoureux de toi ? Ou toi de lui ?

Lilian ne prit même pas la peine de se mettre en colère. Il se borna à regarder Nicolas sans rien dire et celui-ci lui demanda aussitôt pardon, les larmes aux yeux.

8

Un événement, au cœur de l'été, vint tout bouleverser.

Le renseignement valait de l'or : un roulier, rencontré au hasard d'un chemin creux, leur avait appris, en échange de la vie sauve, qu'à moins d'une demi-lieue de là se trouvait un petit manoir, à l'écart de la route, bien caché dans son nid de verdure, où vivaient une mère et sa fille. Le père, un hobereau local, et son fils avaient été exécutés à Rennes au pire de la Terreur. Depuis, les deux femmes vivaient seules, en compagnie d'un homme déjà âgé qui faisait figure d'intendant et de garde. Du nanan. Il suffirait à peine de les chatouiller pour qu'elles révèlent où elles avaient caché leur or.

Le roulier n'avait trompé personne, la proie était certainement moins appétissante qu'il ne le disait. Mais, dans les périodes de famine, un loup sait se contenter d'un campagnol. Il y aurait toujours bien quelque chose à tirer de ces deux femmes, quelques jolies dentelles de Bruges, un miroir de Venise ou un camée d'origine ancienne.

Nicolas avait suivi la troupe à contrecœur. Il s'était approché de la monture de Lilian et lui avait avoué à voix basse :

— Je ne le sens pas…

Lilian avait haussé les épaules, mais Nicolas avait bien vu dans son regard qu'il ne débordait pas, lui non plus, d'enthousiasme.

Il fallait savoir qu'un manoir se cachait là. Il était distant de la grand-route, au bout d'un chemin qui n'avait l'air de rien, et dissimulé au regard par des peupliers et des saules pleureurs. Il paraissait intact. Il avait probablement été attaqué, mais pas saccagé. Un jour, comme à Beaulieu-Mareuil, la populace était venue et avait emmené le maître de maison et son héritier, laissant les femmes et quelques biens.

Quand la troupe fit halte devant le perron, un vieil homme surgit de l'intérieur du manoir. Il tenait un vieux fusil de chasse à la main, mais ne paraissait pas redoutable. Il ne s'interposa pas moins devant la porte, en défendant l'accès comme s'il ne craignait aucun des assaillants. Il avait tout de suite deviné à qui il avait affaire.

— Passez votre chemin, jeunes gens, il n'y a rien à piller dans cette demeure. Elle appartient à ma maîtresse et à sa fille, qui ne possèdent plus rien, sinon leurs yeux pour pleurer.

L'ensemble de la troupe ricana. Nicolas lui-même sourit malgré lui. L'homme était à la fois ridicule et touchant.

— Et leur vertu, demanda Tranchant, la possèdent-elles encore et es-tu chargée de la protéger ?

— Madame et sa fille sont deux honorables dames. Il faudrait être un rustre mal inspiré pour leur vouloir du mal.

Tranchant se pencha sur l'encolure de son cheval.

— Tu sais quoi, vieil homme ? Nous sommes des rustres, tous autant que nous sommes !

Et, dégageant son pistolet de ses fontes, il ajusta le vieil homme et tira. Celui-ci s'effondra comme une masse, sans un cri, devant la porte qu'il avait voulu défendre jusqu'au bout.

— Pied à terre, mes loups ! s'écria Tranchant.

Le manoir avait déjà été pillé. Il ne restait plus, ici ou là, que quelques meubles épars, des chaises dépareillées, un peu de vaisselle, du linge dans des coffres.

Au pied de l'escalier menant au premier étage se tenaient deux femmes. Deux femmes belles, très belles même. La mère ne devait pas avoir plus de quarante ans ; la fille était encore loin d'en avoir vingt. On voyait d'où cette dernière tirait sa beauté. Que faisaient donc ces deux femmes en ce lieu retiré ? S'étaient-elles crues suffisamment protégées par les bois à l'entour, par l'éloignement de la route, par la présence de ce vieux domestique ? C'était folie. Elles auraient dû depuis longtemps gagner la ville, s'en aller vivre chez des parents. Si, comme l'avait raconté le roulier, le père et le fils avaient été exécutés, elles auraient dû quitter leur manoir sur-le-champ.

Sur le mur qui longeait l'escalier, Nicolas aperçut deux tableaux de dimensions modestes, représentant un homme dans la force de l'âge et un adolescent au seuil de la jeunesse. Sans doute le père et le fils. Ils étaient l'un et l'autre, à leur manière, aussi beaux que l'étaient la mère et la fille. Ils avaient dû composer une famille que chacun citait en exemple, dont tout le monde était un peu jaloux, mais dont le malheur n'avait dû réjouir personne. Ils étaient tous les quatre à l'image de leur manoir, réservés, distants, d'une séduction discrète mais efficace, le fruit de plusieurs générations raffinées et cultivées. Deux de ses membres avaient été décapités et, à présent, les deux derniers étaient menacés par une horde de jeunes vandales sanguinaires et impitoyables.

La vie est injuste, pensa Nicolas. Pourquoi certains veulent-ils à tout prix la changer, puisque cela ne sert à rien ? Injuste elle est, injuste elle sera. Toujours.

Le sort qui attendait ces deux femmes crevait les yeux. Nicolas pouvait le lire dans ceux de ses comparses, qui déjà se partageaient ce butin de chair. Qu'importait qu'il y ait des bijoux ou de l'argent sur lesquels faire main basse. À présent, ce qui faisait saliver ces monstres, c'étaient ces deux femmes, l'une superbe dans sa maturité, l'autre émouvante dans sa nubilité. Elles ne pouvaient plus leur échapper.

Que faire ? se demanda Nicolas. Brusquement, en regardant la jeune fille, il crut voir sa plus jeune sœur, Marie-Constance, qui n'avait qu'un an de plus que lui, qui était peut-être mariée à cette heure, si la fortune avait bien voulu lui sourire. Pouvait-il laisser ces raclures porter la main sur sa sœur ?

Il sentit une main de fer se refermer sur son bras.

— Viens, lui dit Lilian, nous n'avons rien à faire ici.

Nicolas se tourna vers lui, quêtant de l'aide, mais Lilian secoua la tête.

— Nous ne pouvons rien faire pour les aider. Ce serait courir au suicide que se porter à leur secours.

— Mais, Lilian, nous ne pouvons pas…

— Viens, répéta Lilian en le tirant par le bras.

Nicolas voulu résister, mais c'était inutile, Lilian était bien plus fort que lui.

À reculons, ils se dirigèrent vers la porte. La jeune fille remarqua leur manège ; elle dut, pour la première fois, regarder leurs visages, distinguer leurs traits, et elle dut trouver qu'ils avaient l'un et l'autre noble figure, malgré leur pauvre mise. Une lueur brilla dans son regard. Elle reprit espoir. Elle vivait encore dans un monde où les hommes volent au secours des femmes menacées sans se soucier de l'adversité. Mais elle remarqua qu'ils s'éloignaient au lieu de s'approcher. Pourquoi ne venaient-ils pas s'interposer entre cette bande de porcs et elle et sa mère ? Elle faillit les interpeller, leur crier de venir à leur secours. Mais déjà ils franchissaient la porte et descendaient du perron.

Ils attendirent à quelques centaines de pieds de là, assez loin pour ne pas entendre les cris. Pourtant, ils en perçurent quand même quelques-uns, particulièrement aigus. Nicolas était assis dans l'herbe, abattu. De temps à autre, il levait les yeux vers Lilian. Il l'interrogeait du regard. Il ne comprenait pas la passivité de son ami. Lilian était un héros. N'est-ce pas le rôle d'un héros d'intervenir dans n'importe quelle situation, fût-elle la plus compromise ?

Lilian déchiffra ces regards. Il secoua la tête.

— Il n'y avait rien à faire, dit-il. Ils nous auraient tués. Ce sont des animaux possédés par leur rut. Ils se tueraient entre eux si c'était nécessaire.

L'ordalie dura une bonne partie de la journée.

Les jours qui suivirent furent insupportables pour Nicolas. Non seulement il s'était pris de haine pour l'ensemble de la troupe, mais son sentiment envers Lilian s'était altéré. Il trouvait que son modèle avait trop facilement pris son parti de ne pas intervenir pour secourir les deux femmes. Selon ce qu'il en avait entendu au fil des conversations, les monstres ne les avaient pas tuées. Avec un peu de chance, elles parviendraient à récupérer. Mais dans quel état mental ? Peut-on se remettre de pareille expérience ? Il songeait à ce qui avait failli lui arriver dans le bois de La Coudraie et dont le souvenir le poursuivait parfois. Pourtant, c'était à cent lieues de ce qu'avaient vécu ces femmes. On lui aurait appris qu'elles deviendraient bientôt folles qu'il n'en aurait pas été étonné.

La situation de la bande ne s'améliorant guère, il fut décidé de quitter la région et de faire route en direction de l'est. Se rendraient-ils à Paris pour finir, afin de se mêler aux innombrables malandrins qui rendaient si peu sûre la capitale ? Nicolas n'en avait aucune idée. Il se bornait à suivre.

Jusqu'au jour où ils s'installèrent dans une ferme, au pied du Mont des Avaloirs.

9

Ils y étaient parvenus peu avant la nuit, poussés par la faim. Il semblait difficile de dire si la ferme était occupée ou non. À distance, elle paraissait déserte. Ils firent le guet pendant une heure ou deux, jusqu'à ce que tombe l'obscurité. Nulle lumière ne brilla aux fenêtres ou derrière les volets. Ils décidèrent de passer à l'attaque.

Ils avaient redouté de tomber sur une forte résistance, mais en fait la ferme n'était occupée que par un couple de vieillards. Le soulagement les rendit violents. Ils assommèrent la vieille jusqu'à ce que la cervelle lui sorte du crâne. Le vieux, ils le gardèrent pour plus tard. Ils assouvirent d'abord leur faim, puis s'enivrèrent. Quelques-uns des garçons s'occupèrent de chauffer les pieds du vieux, histoire de savoir s'il avait un magot caché quelque part. Ils n'en surent rien. Il leur claqua entre les mains sans prévenir. Dépités, ils retournèrent à l'alcool, dont ils trouvèrent quantité dans une cave. Il y avait aussi de quoi manger. Tranchant décida de faire halte pendant quelques jours dans cet abri, histoire de reprendre des forces.

Les jours suivants, par petits groupes, ils cherchèrent des coups à faire dans la contrée, de la rapine facile, quelques pièces d'or ici ou là, un voyageur isolé à détrousser, rien de bien glorieux.

Lilian et Nicolas vagabondèrent de leur côté. Ils décidèrent de pousser jusqu'à Alençon. Il y avait longtemps qu'ils n'avaient pas traversé une ville importante et l'animation que l'on y trouve leur manquait. Ils en avaient assez l'un et l'autre de cette vie d'errance, sans feu ni lieu. La vie à la dure ne les rebutait pas, mais ils avaient l'un et l'autre des habitudes de vie qui n'étaient pas celles de leurs compagnons, qui pouvaient, eux, se satisfaire volontiers de ne pas prendre de bain pendant quinze jours. Ils avaient l'un et l'autre l'odorat sensible. Ils ressentaient aussi le besoin de changer régulièrement de vêtements. Les autres ricanaient quand ils les surprenaient en train de laver leurs chemises, leurs cottes ou leurs chausses dans le cours d'une rivière ou dans un lavoir désert. Ils leur lançaient des quolibets indistincts, histoire de ne pas éveiller la vindicte de Lilian.

Lilian avait un peu d'argent avec lui, fruit de leurs derniers larcins. Nicolas, lui, n'avait presque jamais rien, puisqu'il ne participait pas, le plus souvent, au pillage des maisons, devant garder les montures, ni au partage qui suivait.

— Nous allons nous offrir une soirée et une nuit de fête ! décida Lilian.

Il entraîna Nicolas jusqu'à une auberge de bonne allure, juste à la sortie d'Alençon, sur la route du Mans. Il négocia âprement avec le patron le prix d'une nuitée, de plusieurs repas, de l'écurie pour leurs montures. La patronne intervint pour que son mari ne se montre pas trop ladre avec ces deux charmants jeunes hommes, tous deux étudiants à la Sorbonne, qui se rendaient à Paris pour y accomplir leurs humanités. Elle leur attribua d'autorité une des meilleures chambres de la maison et, quand ils s'enquirent de la possibilité de prendre un bain, elle insista pour s'en occuper elle-même.

— Je gage qu'elle est prête à venir nous astiquer dans la cuve sans nous compter le moindre supplément ! confia Lilian à voix basse à son compagnon.

La chambre était confortable, avec un seul grand lit, que Nicolas fixa aussitôt avec émotion. Pourtant, il n'y avait là rien d'exceptionnel. Ils avaient tant de fois partagé la même couche. Mais, bon, c'était en extérieur et le meilleur moyen de lutter contre le froid reste encore de se coller à son voisin de couche. Là, dans cette chambre où il faisait bon, dans ce lit au mol édredon, point n'était besoin de chercher près du corps de l'autre une chaleur qui ne faisait pas défaut.

Le bain fut un long moment capiteux. La patronne avait proposé aux deux jeunes étudiants de profiter en priorité de la cuve d'eau chaude dans laquelle elle escomptait faire la lessive ce jour-là. Ainsi, ils bénéficieraient d'une eau très chaude et très propre. Et comme la cuve était large et profonde, ils pourraient se baigner ensemble, tandis qu'une servante tâcherait de nettoyer leurs vêtements miséreux et puants.

Nicolas anticipa avec un plaisir frissonnant la perspective de partager le bain de Lilian, mais celui-ci se chargea d'abattre ses rêves de promiscuité en plein vol.

— Je vais me laver le premier puis, tandis que tu te laveras, j'irai faire quelques emplettes.

— Avec quel argent ? Tu es donc si riche ?

— J'ai soulagé Tranchant de quelques bijoux que je compte aller vendre à un bijoutier point trop regardant.

— L'affaire est risquée…

— Je sais vite à qui j'ai affaire, je verrai bien, fais-moi confiance… Bien, repose-toi si tu veux, je vais me laver et je reviens.

Quand il revint, Nicolas dormait à poings fermés, ayant succombé à la douceur de la literie. Il dut le réveiller pour qu'il profite à son tour des bienfaits de la propreté et de l'hygiène. Puis il s'esquiva.

Il revint en fin d'après-midi, ravi de sa journée. Non seulement il avait réussi à vendre quelques-uns des bijoux volés, mais il avait trouvé une boutique dans laquelle il avait acheté à bon prix une panoplie de vêtements d'occasion en parfait état pour l'un comme pour l'autre. Quand ils eurent enfilé leur nouvelle chemise et leurs nouvelles chausses, ils se trouvèrent très beaux d'un commun accord et se donnèrent une accolade prolongée qui provoqua chez Nicolas une légère transpiration, qu'il mit sur le compte du bain chaud.

Ils firent un excellent souper qu'ils prirent dans leur chambre, servis par une soubrette piquante à la langue bien pendue. À mesure que les plats se succédaient, Lilian la regardait de plus en plus effrontément et la fille ne baissait pas les yeux tout de suite. Il devint rapidement évident qu'il y aurait un dessert après le dessert.

Elle s'appelait Perrine, elle avait seize ans. Elle était habituée à satisfaire tous les désirs de ses clients, mais c'était la première fois qu'elle avait à combler ceux de deux jouvenceaux d'aussi plaisante figure. Il était aisé de voir que la tâche ne la rebutait pas.

La dernière bouteille de vin bue, ils se retrouvèrent tous les trois dans le grand lit, nus comme des vers et chauds comme des salamandres. Perrine avait deux côtés, pile et face, ce qui convenait parfaitement à ces deux garçons habitués à partager leurs conquêtes. Tandis que Nicolas l'embrassait à bouche que veux-tu tout en lui caressant habilement les seins, Lilian lui empoignait les fesses et les écartait pour y plonger sa langue. La donzelle, en dépit de toute son expérience, n'était pas habituée à toutes ces caresses. Elle semblait parfois se demander si tout cela était bien catholique, mais il lui suffisait de voir les jolis visages et les corps ravissants de ses deux coquins pour estimer que oui, ça l'était sûrement. Et si ça ne l'était pas, eh bien ça devrait l'être.

Ils la prirent en même temps, chacun par son orifice, puis Lilian se retira tandis que Nicolas continuait de besogner le con de la mignonne. Lilian s'écarta légèrement du couple et admira son jeune complice, dont les reins s'employaient à bien fourrer la garce. Il ne put s'empêcher de poser sa main sur les fesses rebondies et musclées de Nicolas, que cette caresse fit exploser. Il se mit aussitôt à jouir abondamment, entraînant la jouissance de Perrine avec lui. Lilian ne put résister au plaisir de les enlacer tous les deux avant d'inviter Nicolas à se retirer, en le prenant par les hanches, comme s'il avait l'intention de le sodomiser. Celui-ci se laissa faire, ivre d'espoir, mais Lilian se contenta de l'écarter avant de prendre sa place dans le con largement ouvert et accueillant de Perrine. Il la besogna à son tour et là, Nicolas se paya d'audace, il posa sa main sur les fesses de Lilian et les caressa passionnément. Lilian détourna la tête pour le regarder et Nicolas fut frappé par le regard que lui lança Lilian. Il ne sut comment le déchiffrer. Était-ce de l'embarras ? De l'agacement ? De la surprise ? De la tendresse ? Il n'avait jamais croisé pareille expression dans le regard de son ami. Puis, sans le quitter des yeux, Lilian se mit à jouir, mais avec un visage triste, une bouche entrouverte et un regard qui semblait dire que tout espoir était perdu. Et pourtant, son plaisir fut vif. Il émit des gémissements que Nicolas lui avait rarement entendu pousser, qui se terminèrent par un « Mon Dieu, s'il vous plaît… » dont Nicolas se demanda longtemps ce qu'il signifiait.

Rassasiée, Perrine prit congé, les laissant seuls, nus et légèrement transpirants, au mitan du lit. Nicolas se repaissait du spectacle du corps de Lilian allongé sur le ventre. La tête de celui-ci était tournée de l'autre côté, il ne pouvait donc en voir l'expression. Instinctivement, sans réfléchir, il tendit la main et la posa sur les cheveux bouclés de Lilian. Celui-ci ne tourna pas la tête dans sa direction, mais demanda sur un ton aussi neutre que possible :

— Que fais-tu ?

Nicolas ne répondit pas tout à fait à la question :

— Nous avons des cheveux bouclés tous les deux, mais les miens sont plus sombres que les tiens. Les tiens sont plus clairs, même si tes cils et tes sourcils sont noirs.

Lilian demeura un instant silencieux, puis demanda :

— Et alors ?

— Alors je pense qu'on pourrait nous prendre pour des frères, même si nous ne nous ressemblons pas. Il y a pourtant en nous quelque chose qui nous réunit, qui fait de nous de presque frères. Tu ne trouves pas ?

— Je ne réfléchis pas à tout ça, prétendit Lilian.

— Moi, je crois que si. Je crois que tu m'aimes.

Cette fois, Lilian tourna la tête vers lui. Il ne paraissait pas être en colère. Il souriait presque. Il dit en se moquant de lui :

— Bien sûr que je t'aime !

— Non, dit Nicolas, tu ne m'aimes pas comme tu dis, tu m'aimes comme je dis, moi.

Lilian fit semblant de n'avoir pas compris. Pourquoi jouait-il si mal la comédie tout à coup ? Il se mit à faire la tête, mais son attitude paraissait stupidement enfantine face à la soudaine détermination de Nicolas.

— Oui, tu m'aimes, et tellement plus et tellement mieux que tu n'acceptes de l'avouer !

Lilian ouvrit la bouche pour répondre, mais choisit finalement de se taire. Il venait de comprendre que, dans cette scène, tous les mots étaient l'apanage de Nicolas. Alors il se releva légèrement sur les avant-bras et tourna la tête vers Nicolas dans une intention claire de dire :

— Je t'écoute.

Savait-il ou ne savait-il pas à quel point il était désirable et excitant dans cette position ? Les épaules relevées l'obligeaient à cambrer les reins et sa croupe arrondie en apparaissait encore plus appétissante. En même temps, ses biceps, légèrement gonflés par l'effort, disaient sa force, sa virilité, et rendaient sa séduction terriblement masculine. Nicolas approuva d'un sourire le spectacle qu'il avait sous les yeux et reprit son monologue, qui était comme une cantilène amoureuse.

— Oui, tu m'aimes d'amour, Lilian, et cela depuis le début. Depuis le jour où tu m'as sauvé la vie à Rennes. Les autres m'auraient abandonné sur place, mais toi tu n'as pas voulu, tu m'as fait monter derrière toi. Tu te doutais que je serais troublé de t'enlacer la taille et les hanches, et je l'ai été, au-delà de ce que j'aurais pu croire. Après tout, je ne te connaissais que depuis quelques minutes. Tout a commencé là.

Lilian le fixait toujours. Il n'y avait pas d'hostilité ni de malaise dans son regard. Juste la légère appréhension qui précède l'énoncé de la vérité quand on a toujours redouté de l'entendre proclamer à voix haute.

— Plus tard, quand tu m'as laissé, à la fourche des chemins, juste avant de t'en aller, tu t'es penché vers moi et tu m'as dit : « Je m'appelle Lilian. » Moi, j'ai compris : « Je t'aime et je reviendrai. » Et tu es revenu. Même si tu prétends que c'est le hasard qui t'a fait prendre cette route, moi je sais que tu l'as fait volontairement. Tu savais, ou du moins tu espérais me rencontrer. Là encore, tu m'as sauvé la vie. Tu as aussi sauvé ma vertu, sans doute afin que je te la donne intacte, et c'est ce que je vais faire dans un moment.

Lilian demeurait toujours silencieux. Imperceptiblement, il s'était redressé sur le flanc, dévoilant son torse, son ventre et sa verge. Sa verge qui, soit n'avait pas perdu tout son volume, soit en avait repris un peu. Nicolas savait que c'était la deuxième solution, il pouvait apercevoir le très léger tremblement qui agitait la verge de Lilian à mesure qu'il lui parlait.

— Tu as multiplié les occasions de ne pas se retrouver seuls ensemble, dans une situation d'une intimité que tu jugeais dangereuse, mais tu n'y es jamais arrivé tout à fait. Par instants, il fallait que ton désir se trahisse. Et à présent, je le vois qui s'épanouit sous mes yeux, et je me dis que c'est bien.

D'un geste plein d'assurance et de maîtrise, Nicolas tendit la main et s'empara de la verge légèrement tumescente de Lilian. Celui-ci laissa échapper un petit cri qui détonnait en provenance de ce corps si puissant. Du gras du pouce, Nicolas caressa la verge presque tout à fait raide. Puis il la lâcha et, d'une poussée déterminée, il fit basculer Lilian sur le dos et le chevaucha.

De nouveau leurs corps étaient distants l'un de l'autre de quelques empans. Ils transpiraient et l'on pouvait voir leur ventre plat palpitant à cause d'un souffle court. Ils n'avaient jamais expérimenté un tel coït. S'ils s'étaient autant donné l'un et l'autre, c'est parce que jamais auparavant leur désir du corps de l'autre n'avait été aussi intense.

Ils étaient littéralement éblouis. Lilian sentit ses paupières battre comme des ailes de papillon. La chambre ne baignait pourtant que dans une faible lumière, celle de trois bougies rassemblées sur la table où ils avaient soupé. Mais ses yeux étaient sensibles à une autre lumière, qui venait il ne savait d'où, peut-être de l'intérieur, et qui lui interdisait de garder longtemps les yeux ouverts et écarquillés.

Nicolas, lui, peinait à retrouver son souffle. Il l'avait eu coupé à deux reprises : la première, à cause de la douleur, quand Lilian l'avait pénétré ; la deuxième, grâce au plaisir, quand il avait joui sur le ventre de son amant. Il n'aurait jamais imaginé qu'une aussi grande jouissance pouvait suivre d'aussi près une aussi intense brûlure. Il n'en avait pas cru ses reins, quand il avait commencé à éprouver la douleur de la pénétration. Il n'y avait jamais pensé auparavant. Il faut dire qu'il n'avait jamais pensé auparavant à la possibilité de se faire pénétrer. Il avait toujours imaginé un rapport sensuel avec un garçon comme un épisode abstrait, sans aucun geste précis, une succession de caresses anodines, une étreinte passionnée suivie de quelques attouchements innocents et glorifiée par une extase divine. Jamais il n'aurait pensé qu'un coït avec un garçon pouvait se composer d'autant de gestes triviaux. D'où les connaissait-il ? Ils lui étaient venus spontanément. Certes, il avait déjà vu une garce lui empoigner la verge et la porter à sa bouche ; ou l'introduire dans son con, voire dans son fondement. Mais il n'avait jamais imaginé faire la même chose à un garçon, s'emparer de sa verge durcie et la lécher un long moment, comme un dessert qui ne diminuerait jamais, puis glisser jusqu'à ses testicules poilus et les sucer comme des friandises inépuisables. Il n'avait jamais imaginé que Lilian pût le renverser sur le lit, face contre le drap, lui écarter virilement les cuisses et plonger son visage entre ses fesses pour lui goûter le trou, comme une sucrerie de choix qu'il faut savoir aller chercher là où elle se cache, une truffe à dénicher soi-même. Il n'avait jamais imaginé non plus que Lilian pouvait s'emparer à son tour de sa verge et la planter au fond de sa gorge tandis que Nicolas lui faisait exactement la même chose, et se retrouver ainsi au mitan du lit, tel les Dioscures, unis et emboîtés pour l'éternité.

Tout cela lui avait paru bel et bon, semblable à ce qu'il en avait espéré, certains soirs, quand il devenait dur dans son lit et qu'il se caressait pour se débarrasser à la fois de son foutre et de ces images. Mais jamais il n'aurait cru que ce qui paraissait si facile et si agréable avec une fille pourrait, avec un garçon, commencer comme une torture, un châtiment. Plusieurs fois, tandis qu'il s'empalait sur la verge de Lilian allongé sur le dos, maîtrisant pourtant lui-même le rythme et la profondeur de la pénétration, il avait failli crier « pouce », renoncer, se dégager de cette intrusion violente qui lui saccageait les entrailles. Lilian l'aurait probablement laissé faire s'il avait dit « C'en est trop ». Mais Nicolas s'était obstiné. Il voulait que le mot « possession » prenne tout son sens. Il voulait que Lilian le « possède », et si cette insupportable souffrance était le prix à payer, qu'il en soit ainsi.

Et puis brusquement, alors qu'il n'espérait plus aucun adoucissement, la douleur s'était atténuée, avait rapidement disparu, remplacée par un plaisir de plus en plus vif, aussi merveilleux qu'inattendu. La déchirure et la brûlure s'étaient transformées en un sentiment de plénitude. Ses reins lui avaient paru heureusement emplis par la verge de Lilian, dont le mouvement rythmé et saccadé entre ses fesses allumait en lui des feux bienveillants. À partir de là, la jouissance avait crû, semblant ne devoir jamais connaître d'apogée, jusqu'à ce qu'il sente le foutre monter dans sa propre verge, à présent tendue alors qu'une minute ou deux plus tôt elle était encore amollie par le souvenir de la souffrance, puis gicler par le trou au milieu du gland et jaillir en hauteur avant de retomber sur le ventre palpitant de Lilian comme l'écume d'une vague plus puissante que les autres.

Alors, à son tour, Lilian était venu en lui et il avait eu l'impression de sentir chaque giclée de semence lui éclabousser le conduit, mettant fin à la sensation de brûlure et l'imbiber comme une averse bienvenue sur une terre en souffrance.

Ils dormirent jusqu'à midi.

10

Lilian dut donner un peu de la voix. S'il avait écouté Nicolas, ils seraient restés au lit toute la journée.

— Les autres nous attendent. Ils doivent déjà se poser des questions sur notre absence.

— Et si on les laissait tomber ? Cette occasion en vaut une autre, proposa Nicolas.

Lilian le regarda, puis haussa les épaules.

— Je connais Tranchant. Il n'acceptera jamais que je l'abandonne. Il en fera une question d'honneur.

— Comme s'il connaissait quelque chose à l'honneur !

Lilian eut un geste agacé.

— Il n'en a peut-être pas la même définition que toi, mais il a un certain sens de l'honneur. Tu ne le connais pas, alors ne le juge pas.

— Les autres, en tout cas, n'en ont aucun !

— Je te l'accorde. Mais si je laisse tomber Tranchant, il partira à ma recherche. Il ne voudra jamais admettre que j'aie pu décider de l'abandonner. Crois-moi.

Tout ce que Lilian finit par concéder fut de passer une deuxième nuit à l'auberge et de partir très tôt le lendemain matin. Bien entendu, ils passèrent l'après-midi à faire l'amour.

Cela leur parut étrange de s'aimer en plein jour. Ils avaient eu beau tirer les rideaux de la chambre, ce n'était plus la même chose qu'à la lueur de rares bougies. Ils ne pouvaient plus s'ignorer, ils étaient obligés de se regarder sans ciller, de voir tout ce qu'ils faisaient. Quand Nicolas se pencha pour prendre Lilian dans sa bouche, il eut conscience que celui-ci le regardait faire. Il en éprouva un peu de honte, mais bientôt celle-ci se transforma en une excitation particulière, et alors il osa ouvrir les yeux et lever la tête jusqu'à croiser ceux de Lilian, tandis que sa bouche allait et venait le long de la tige charnue. Il se sentit brusquement fier de ce qu'il faisait, il songea : je prouve à mon amour combien je l'aime, que rien de ce que je peux lui faire ou de ce qu'il peut me faire n'est sale, tout est beau entre nous, à jamais.

Lilian voulut le pénétrer, mais il avait encore mal et il lui demanda, comme une faveur, de passer outre cette fois-ci. Pour le remercier, il le reprit dans sa bouche et l'avala. Lilian, comme pour se faire pardonner les douleurs causées la veille, lui caressa longuement le trou du bout des doigts et du bout de la langue. Il le masturba ensuite jusqu'à le faire éjaculer sur son ventre et son torse ; il étala le foutre de Nicolas sur sa peau, comme s'il s'agissait d'un onguent rare et bienfaisant.

Ils refirent encore trois fois l'amour dans la soirée et au cours de la nuit. Il leur paraissait miraculeux, soudain, de pouvoir assouvir tous leurs fantasmes, surtout Lilian qui avait si vaillamment combattu les siens. Ils étaient tellement excités, à la fin, que Nicolas se laissa prendre de nouveau. Il utilisa un peu du beurre qui restait de leur dîner pour faciliter la pénétration de la verge épaisse de Lilian et cela en effet apaisa quelque peu la douleur, mais sans l'effacer tout à fait.

Ils dormirent quelques heures et quittèrent Alençon dès que les portes de la ville furent ouvertes.

Ils parvinrent à proximité du campement peu après le lever du soleil. Tout de suite, ils comprirent qu'il se passait quelque chose d'anormal.

Pour commencer, ils croisèrent un garde à cheval qui galopait en direction d'Alençon. L'homme prit le temps de s'arrêter à leur hauteur. Il semblait très excité par le cours des événements.

— N'allez pas plus loin, les prévint-il, nous nous apprêtons à investir une ferme où se trouve réunie une bande d'assassins qui se font appeler les Chauffe-Pieds. Revenez en arrière, car il va y avoir du grabuge ! On a vite fait de prendre une balle perdue dans ces affaires-là !

Puis il piqua des deux et poursuivit son chemin vers Alençon.

Lilian décida de prendre à travers champs, puis à travers bois, pour gagner le mont des Avaloirs, qui dominait la ferme où les Chauffe-Pieds avaient trouvé refuge. Ils avancèrent prudemment dans le sous-bois. Il était évident que, si jamais ils tombaient aux mains des soldats, on les prendrait forcément pour des membres de la bande, dont ils avaient l'âge et la dégaine, malgré leurs frusques propres.

Ils durent contourner le sommet du mont, car quelques hommes, conduits par un officier, y avaient pris place, sans doute pour surveiller et diriger l'opération. Ils trouvèrent une petite clairière en contrebas qui leur dégageait une vue suffisante sur la ferme.

Pour l'heure, tout semblait paisible. Sans doute la bande était-elle encore endormie, après avoir bu une partie de la nuit. Nicolas les imaginait bien, pour les avoir vus tant de fois : avachis autour du feu mourant, dormant tout habillés, ronflant, certains affalés dans leur vomi, d'autres, bizarrement, dormant dans les bras les uns des autres, comme des amants heureux. Ils dormaient comme des bûches, parfois vingt-quatre heures d'affilée. Il aurait fallu tirer au canon pour les réveiller.

Brusquement, il y eut un coup de sifflet et, de sous le couvert du bois, de part et d'autre de la ferme, des dizaines de soldats jaillirent, fusil et baïonnette pointés en avant, sans un cri, sans un roulement de tambour.

Quelqu'un, à l'intérieur de la ferme, semblait avoir entendu le coup de sifflet, car il sortit, titubant. À moins qu'il n'eût tout simplement voulu pisser. Il resta un instant sans bouger, à chercher son équilibre, voyant sans les voir tous ces hommes qui couraient vers lui. Il lui fallut de longues secondes avant de comprendre ce qui se passait. Il fit demi-tour, voulut courir vers la ferme et prévenir les autres, mais les assaillants étaient déjà sur lui et une baïonnette plantée dans le dos le fit taire.

Tout se passa très vite. Il y eut quelques coups de feu, apparemment tous tirés par des soldats. Pas un seul des membres de la bande n'eut la possibilité de se défendre. Puis le silence tomba sur la scène, qui retrouva en quelques secondes toute sa douceur pastorale : une ferme abandonnée, au milieu d'un champ en jachère, inondé de soleil, avec des milliers d'oiseaux ivres qui ne s'étaient tus que le temps que meurent quelques hommes.

Bientôt, les soldats sortirent de la ferme. Soit ils portaient des corps sans vie, soit ils encadraient un garçon qui avait du mal à marcher, parce qu'il était blessé ou entravé. De là où ils étaient, Lilian et Nicolas purent compter les survivants : cinq, à peine, sur la douzaine qui se trouvaient là. Mais ils ne parvinrent pas à distinguer de qui il s'agissait. Ils crurent reconnaître Tranchant à sa taille. Les soldats et leurs prisonniers disparurent bientôt par le chemin qui menait à Alençon. Une charrette vint, un peu plus tard, récupérer les cadavres.

Nicolas voulut partir, mais Lilian le retint.

— Attendons que toute la troupe ait décampé. Ensuite, nous pourrons descendre et fouiller la ferme.

— Pour quoi faire ?

— Pour tenter de trouver le butin de Tranchant, pardi ! Je le connais, le bougre ! Dès qu'il s'installe quelque part, il trouve une planque et y cache son trésor. Je donnerais ma main à couper qu'il a fait la même chose ici. Tu verras !

Nicolas le fixa, légèrement abasourdi.

— Quoi ? répliqua Lilian. Tu me trouves sordide ? Mais ce trésor, gamin, c'est aussi le nôtre ! Nous avons participé aux différentes actions qui ont permis de le réunir. Il y a moins de honte à le récupérer qu'il n'y en a eu à le voler. Crois-moi, cet argent nous sera utile pour aller nous faire pendre ailleurs !

Nicolas demeura sceptique. Il était choqué par la réaction triviale de Lilian. Après tout, c'étaient leurs complices que l'on venait d'emmener, morts, blessés ou entravés. Une bande avec laquelle ils avaient passé, l'un comme l'autre, de longs mois, voire deux ans pour ce qui concernait Lilian. Même s'ils n'avaient jamais eu de réelles affinités avec eux, ils ne pouvaient pas profiter de leurs déboires pour les dépouiller.

— *Pecunia non olet*, répliqua Lilian. Si je me souviens bien de mes cours de latin !

Puis, comme Nicolas semblait toujours de mauvaise humeur, il le prit entre ses bras et l'embrassa, avant de l'attirer un peu plus profond dans le sous-bois. Là, ils roulèrent sur l'herbe, et bientôt Nicolas oublia la bande des Chauffe-Pieds, les soldats, les morts, les vivants et le trésor caché de Tranchant.

Ils attendirent encore une bonne heure après le départ du dernier soldat. Ils descendirent prudemment de leur perchoir en tenant leur cheval par la bride. Parvenus à l'orée de la forêt, ils attendirent encore un moment, puis traversèrent la rivière à gué. Tout était silencieux. Ils attachèrent les chevaux à l'abri des arbres et gagnèrent la ferme en tapinois. De ce côté-ci, elle se trouvait à moins de cent mètres des arbres. Ils y furent en quelques secondes.

À l'intérieur, le désordre était indescriptible, mais l'attaque devait y être pour peu de chose. Partout où la bande passait s'installait le chaos. Ils n'aimaient rien tant que brûler les meubles pour faire du feu, même s'il y avait un bûcher à l'extérieur, ou du bois à côté de l'âtre. Tous ces garçons avaient le goût de détruire dans le sang. Ils aimaient saccager. C'était leur façon de crier leur refus de cette société, de n'importe quelle société d'ailleurs. Royauté ou République, ils s'en moquaient bien, ces jean-foutre!

— Trouvons d'abord la chambre où dormait Tranchant, dit Lilian.

Ils se souvinrent que c'était au premier étage, sans doute la dernière au fond du couloir. C'était sa manie, de toujours choisir la chambre la plus éloignée de l'escalier. Il pensait que si jamais ils étaient attaqués, quand l'adversaire monterait l'escalier, il aurait plus de temps, lui, au fond du couloir, pour sauter par la fenêtre et s'enfuir.

— C'est celle-ci! décréta Lilian. Je reconnais cette chemise, c'est la sienne… Maintenant, il ne reste plus qu'à fouiller.

Il leur fallut une bonne heure pour mettre la main sur le trésor de Tranchant. Un trésor un peu décevant, Lilian lui-même dut l'admettre.

— Il a dû vider sa cachette il y a peu. De temps en temps, il dépose le produit de ses rapines dans un endroit secret, connu de lui seul, où il viendra le récupérer un jour prochain. Dommage... Voyons, combien y a-t-il là-dedans ?

Nicolas trouva, lui, qu'il y avait beaucoup d'argent. Il faut dire qu'il n'en avait jamais eu et c'était à peine si Tranchant lui lançait une petite pièce de temps à autre pour le remercier d'avoir gardé les chevaux.

— Nous sommes riches, dit-il.

Lilian éclata de rire, puis le prit par le cou et l'attira à lui pour l'embrasser.

— Tu es impayable, mon gamin !... Nous allons dormir ici, décréta-t-il, et demain, nous irons faire un tour du côté d'Alençon pour voir quel sort ils réservent à nos anciens complices !

11

Ils ne dormirent pas à la même auberge, même s'ils en gardaient un excellent souvenir, histoire de ne pas attirer l'attention. La femme de l'aubergiste et la jeune servante avaient trop de bonnes raisons de se souvenir d'eux. À cette heure, ils étaient censés être sur la route de Paris et de leurs chères études. Ils s'arrangèrent avec un paysan qui leur concéda un peu de paille dans sa grange en échange d'un coup de main pour rentrer sa récolte de navets. Comme il faisait chaud et qu'ils n'avaient pas envie de salir davantage leurs vêtements, ils se mirent torse nu. En vérité, c'était aussi pour le plaisir de s'exhiber l'un devant l'autre. Ils échangeaient volontiers des regards tout en travaillant. Nicolas était euphorique : le garçon qu'il aimait était enfin devenu son amant. Tout à l'heure, dans l'intimité de la grange odorante, ils pourraient se caresser autant qu'ils le voudraient. Peut-être même feraient-ils complètement l'amour ?

Le paysan les complimenta pour leur belle carrure et leur vaillance, surtout Lilian. Il affirma n'avoir jamais vu gaillard de cet âge aussi découplé. Nicolas s'enorgueillit des compliments adressés à son ami, comme s'il lui en revenait une part.

La nuit venue, dans la grange, ils se donnèrent un plaisir simple. Mais quand on s'aime comme s'aimaient ces deux-là, les plaisirs simples sont aussi forts que les autres. Ils parlèrent un long moment dans l'ombre. Nicolas aimait bien revenir sur tous ces jours et ces semaines où ils avaient vécu l'un à côté de l'autre sans savoir vraiment qu'ils s'aimaient. Il adorait rappeler des anecdotes où Lilian lui avait tourné le dos alors qu'il se mettait nu devant lui, ou des mensonges qu'ils avaient inventés pour ne pas risquer de rendre évidents leurs véritables sentiments.

Lilian, lui, était plus attiré par le plaisir qu'ils trouvaient ensemble. Il avait toujours eu un tempérament très chaud. Si Nicolas était le premier garçon avec lequel il avait partagé des moments de tendresse, il y en avait eu d'autres avant lui avec lesquels il avait partagé des moments de pure jouissance. Il se souvenait, par exemple depuis son arrivée dans la bande, de plusieurs garçons avec lesquels il s'était frotté dans l'obscurité jusqu'à ce qu'ils jouissent, sans un mot, avant de se tourner le dos et de s'endormir. Il suffisait d'un geste. Il se souvenait aussi d'un jeune menuisier, beau gaillard en train de se laver devant l'échoppe de son maître, qui l'avait longuement regardé avant de lui faire signe de le rejoindre ; là, à l'arrière de l'atelier, ils s'étaient enlacés furieusement, le membre déjà bandé, et ils avaient joui en moins d'une minute, juste à sentir la chaleur et la dureté du corps de l'autre contre le sien. Cette anecdote s'était répétée à plusieurs reprises, sous des formes diverses.

Mais avec aucun de ces garçons il n'avait échangé un baiser, une caresse après l'orgasme, un petit mot tendre avant de se séparer. Cette rudesse dans le contact, ces rapports réduits à la pure sexualité l'avaient conforté dans la conviction qu'il était chaud, toujours prêt à jouir, à la moindre occasion, mais que ceci n'avait rien à voir avec le fait d'aimer les hommes. Pendant des années, il aurait cassé la tête à quiconque l'aurait soupçonné de cacher de telles mœurs. D'ailleurs, il y avait eu quelques bagarres mémorables avec des membres de la bande, mais cela ne tirait pas à conséquence, car ces garçons s'accusaient à longueur de journée d'être des bougres et des sodomites.

La survenue de Nicolas dans son existence risquait de le conduire à de déchirantes révisions.

Ils entrèrent parmi les premiers dans Alençon, invisibles dans la foule de paysans, de commerçants, de vendeurs, d'acheteurs qui se pressaient pour le marché. Quand, vers neuf heures, le bourreau et ses aides commencèrent à dresser une potence sur la place de l'église Saint-Léonard, la rumeur courut la ville que des exécutions inattendues se préparaient. La foule se mit à converger vers la place et il fut facile aux deux garçons de s'y mêler discrètement.

Une pendaison n'était pas chose courante à Alençon — où l'on n'avait guillotiné personne, pas même durant les pires épisodes de la Terreur. En général, on préférait fusiller. De nombreux Chouans l'avaient été après leur capture.

— Une seule potence ? remarqua Nicolas à voix basse. Se peut-il que seul Tranchant soit exécuté ?

Lilian haussa les épaules en signe d'ignorance. Nicolas le trouva nerveux. Redoutait-il d'être reconnu ? Personne ne les avait vus en compagnie de la bande et probablement aucun de ses membres ne les avait trahis. À quoi cela leur aurait-il servi ?

Vers onze heures, on amena les condamnés un par un. Le premier à être exécuté fut Cabosse. Il avait été blessé lors de l'assaut et il fallut deux aides du bourreau pour lui passer la tête dans le nœud coulant et le maintenir avant que ne s'ouvre la trappe. Alors ils le lâchèrent et la foule fit : « Ah ! » Elle refit « Ah ! » trois fois, lorsqu'on exécuta Pisse-Droit, La Gouttière et Ti Valère. Mais quand on fit monter Tranchant sur l'échafaud, la foule fit « Oh ! » Il avait été battu ou torturé, difficile à dire, et la justice tenait à ce que cela se vît. Il fut présenté torse nu sur l'échafaud. Nicolas l'avait rarement vu dans cette tenue et il fut impressionné par la carrure et la musculature de Tranchant. Pourtant, son corps était couvert de blessures. Des rigoles de sang séché dessinaient tout un réseau hydrographique rougeoyant sur son torse et son ventre. Contrairement aux quatre autres, il se tenait droit, en silence. Son attitude ne manquait pas de panache. La Gouttière et Ti Valère s'étaient donné en spectacle, hurlant leurs remords, quémandant la mansuétude et le pardon. Pisse-Droit, lui, s'était bien tenu jusqu'au moment où l'on avait passé le nœud de corde autour de sa gorge. Il avait été saisi d'un violent soubresaut, il avait levé les yeux au ciel et crié « Maman ! » au moment de basculer, ce qui avait provoqué l'hilarité de la foule.

Nicolas regardait autour de lui et il était écœuré de ne voir que des tronches bouffies de haine, rassises de joie mauvaise. Même les femmes ne bronchaient pas devant l'exécution de ces enfants — Ti Valère n'avait pas dix-huit ans et Cabosse était tellement menu qu'on ne lui en aurait pas donné quinze alors qu'il en avait vingt. Il se souvenait de sa propre exécution à Rennes, quand la foule avait protesté, menaçant de se rebeller, lui valant la grâce du tribunal au tout dernier moment. Comment aurait-elle réagi, cette foule, si on lui avait montré Lilian torse nu, la corde au cou ? Aurait-elle demandé la pitié pour le jeune délinquant ? Ou l'aurait-elle laissé expédier *ad patres* sans dire un mot, juste en rigolant parce qu'il s'était compissé et que cela se voyait sur ses chausses ?

Il prit discrètement la main de Lilian et la serra très fort. Lilian se tourna vers lui. Il avait les yeux embués de larmes. Nicolas fut surpris d'une telle émotion. Lilian n'avait jamais parlé avec beaucoup d'indulgence ni d'affection de cette bande de jeunes assassins. Nicolas reporta son regard sur le cœur du spectacle : le bourreau avait passé la corde autour du long cou blanc de Tranchant, qui continuait à dominer la foule de son regard plein de morgue et d'orgueil. Brusquement, il ouvrit la bouche et cria :

— Rois et régicides, vous êtes la même… !

Le nœud coulant coupa son dernier mot, que chacun put remplacer à sa guise.

Il mit longtemps à mourir. Il avait été une force de la nature et même le nœud de chanvre parut un instant impuissant à lui ôter la vie. Puis il gigota de moins en moins vivement, pour se figer tout à fait.

Nicolas se tourna vers Lilian. Il vit couler le long de ses joues des larmes qu'il ne songeait même pas à essuyer.

— Je ne savais pas que tu l'aimais, murmura-t-il.

Lilian se tourna vers lui. Nicolas trouva émouvant ce visage viril en pleurs.

— Je ne l'aimais pas. Mais c'était mon frère.

CHAPITRE QUATRE

Les errances de Lilian

1

Pierre-Amédée Pontalec de la Moricière était un pendard, s'il en fut jamais en Bretagne.

Pour commencer, son nom relevait de l'usurpation d'identité. Il était né Pontalec tout court. Il n'avait pas rajouté « de la Moricière » comme le faisaient ces bourgeois qui, aux frontières de l'âge mûr, voulant célébrer leur réussite sociale, se portaient acquéreurs d'une terre accompagnée d'un titre auquel ils avaient plus ou moins droit et qu'ils faisaient officialiser, après des années de procédure, avec force pots-de-vin et dessous-de-table, par un tribunal compréhensif. Non, Pierre-Amédée Pontalec n'avait jamais acquis ni possédé un domaine de la Moricière. Il s'était tout simplement attribué ce nom d'une commune proche de son lieu de naissance, sans trop préciser quel titre allait avec, et il fallait qu'il eût affaire à un généalogiste acharné pour finir par admettre qu'il n'était pas plus aristocrate que le premier venu. Sinon, quand il était d'excellente humeur, ou quand il avait bu — l'un entraînant immanquablement l'autre — il allait jusqu'à se prétendre cousin et allié de tout ce que la Bretagne comptait de sang bleu, prétendant être de Quimper avec des Brestois, de Lorient avec des Malouins, ou de Belle-Île avec des Rennais, histoire de noyer le poisson et de brouiller les traces.

Le plus étonnant, c'est que presque tout le monde était convaincu de l'authenticité de ses quartiers de noblesse. Non parce que ses manières trahissaient le charme de ce qui serait bientôt l'Ancien régime, mais parce qu'il avait des comportements assez proches de ceux des vrais aristocrates. Il était prétentieux, plein de morgue, vantard, dépensier, endetté, malhonnête. Et surtout débordant de charme et de bagout.

Il n'était pas beau, mais portait beau. Il parvenait à ce tour de force d'être encore plus élégant avec des vêtements dont l'état de nouveauté et de propreté laissait à désirer qu'avec les tenues les plus raffinées qui se pussent trouver chez un fripier. Il possédait ce don si rare, l'élégance naturelle. Au milieu d'un parterre de barons et de marquis poudrés et emperruqués, on ne voyait que lui.

Dès la prime adolescence, il avait montré des dispositions et un talent évident de queutard. Dépucelé à treize ans par l'une de ses tantes, il n'avait cessé depuis lors de culbuter et de trousser tout ce qui portait jupons. Très tôt — il n'avait pas encore seize ans — il commença à engrosser un peu partout les vierges imprudentes. Multiplier les paternités illicites semblait être devenu son activité de prédilection, car aucun de ceux qui le connurent et le fréquentèrent entre 1768 et 1776, date de son départ pour les Amériques, ne fut jamais capable de citer une seule activité honnête, ou pour le moins régulière, à porter à son crédit. Il ne se passait pas un trimestre sans qu'il n'accouche d'une nouvelle idée susceptible de faire sa fortune. Mais, bizarrement, tôt ou tard — en fait très tôt ou assez tôt — il se produisait un événement qui faisait échouer ses projets les plus mirifiques. Il entraînait souvent dans sa ruine de pauvres naïfs qui avaient cru bon d'engager toutes leurs économies dans les affaires de ce beau parleur. Quelques mois plus tard, non seulement ils se retrouvaient sans le sou, mais avec, le plus souvent, une nouvelle bouche à nourrir, que celle-ci soit née du ventre de leur femme ou d'une de leurs filles, parfois même d'une sœur, et même une fois de la propre mère de l'un d'entre eux.

Le départ de Pierre-Amédée pour l'Amérique ne fut pas la conséquence d'un engouement soudain pour la cause des Insurgés, ni la preuve d'un amour exigeant de la liberté, ni l'adhésion fanatique au droit des peuples à disposer d'eux-mêmes. Il fut en fait pratiquement conduit jusqu'à bord du bateau, affrété par un certain Monsieur de Beaumarchais, à coups de pied dans les fesses. Une meute de pères abusés et de maris bafoués l'avait conduit jusqu'au port dans l'intention de le jeter à l'eau, mais ce beau parleur parvint à les convaincre de mettre la main à la poche et de lui payer le passage jusqu'en Amérique, afin d'être définitivement débarrassé de lui sans pour autant alourdir leur conscience du poids d'un meurtre. Il avait vaguement espéré que ces naïfs n'attendraient pas le départ de la goélette, mais il était dans l'erreur, il en resta trois ou quatre pour agiter leurs mouchoirs jusqu'à ce que le bateau ait franchi l'entrée du port.

Quelques semaines plus tard, Pierre-Amédée débarqua à Baltimore, d'où il fut aussitôt dirigé vers le camp des volontaires français. Il y retrouva quelques gars du pays, dont l'ex-fiancé d'une malheureuse qu'il avait engrossée l'année précédente. Il y eut donc une bagarre et l'injustice voulut que ce fût l'ex-fiancé qui mordît la poussière. Comme il n'était pas rancunier, Pierre-Amédée Pontalec et Louis-Yvan Le Tallec devinrent bientôt les meilleurs amis du monde.

Ils se sentaient aussi peu taillés l'un que l'autre pour l'aventure militaire et l'héroïsme du combat. Ils furent soulagés de constater qu'en ce début des hostilités l'essentiel des affrontements avait lieu sur mer. Sur terre se déroulaient parfois des escarmouches, engageant au maximum quelques dizaines de combattants, presque toujours américains, rarement français. Pour Pontalec et Le Tallec, l'odyssée américaine eut donc davantage pour cadre les différentes tavernes de Baltimore et de la région que les champs de bataille. Ils y furent bientôt connus de tous et, comme Le Tallec n'était pas vilain garçon et qu'il avait désormais une opinion désastreuse sur la vertu des femmes, les deux acolytes se mirent à engrosser de l'Américaine à tour de bras. Surtout Pontalec, dont les spermatozoïdes semblaient d'une vaillance reproductrice assez phénoménale.

Les premiers temps, ils s'en prirent à ces filles qui semblent n'avoir été mises au monde que dans le but de satisfaire un jour les queutards sans scrupule : infirmières, serveuses de tavernes, femmes de chambre, institutrices. Mais bientôt les deux compères se firent quelques relations dans la bonne société du Maryland. C'est à cette époque que Pontalec devint Pontalec de la Moricière. Le Tallec ne voulut pas être en reste et en profita pour devenir Le Tallec de Pont-Aven. Ce léger ajout à leur patronyme leur ouvrit bien des portes, avant de leur ouvrir bien des lits. Tout autour de la baie de Chesapeake, ils furent invités à des fêtes et des parties dont les officiers français présents en Amérique étaient la principale attraction. Mais si la plupart d'entre eux faisaient preuve d'une correction et d'un respect de la propriété d'autrui qui faisaient honneur au royaume de France, tous n'observaient pas le même code de conduite.

Pour Pontalec, initier les vierges américaines aux délices des amours à la française faisait partie de sa mission culturelle. À la troisième fille de bonne famille engrossée par ses œuvres, les autorités militaires françaises furent prévenues et il parut plus simple de renvoyer vers la mère patrie ce fertile énergumène. Afin qu'il ne s'ennuie pas au cours de la traversée, on fit également monter à bord Le Tallec de Pont-Aven. L'indépendance des futurs États-Unis d'Amérique se passerait de leur collaboration. À leur manière, ils avaient plutôt participé à leur démographie.

Ils étaient partis de Lorient, ils revinrent par Brest, où ni l'un ni l'autre n'était connu, ce qui leur permit d'en prendre à leurs aises, tant avec les lois qu'avec les mœurs. Enrichis de leur nouveau patronyme à défaut de l'être grâce à leurs aventures, ils exploitèrent pendant quelques mois la naïveté et la sympathie de quelques hobereaux de la région, se faisant gracieusement inviter dans quelques manoirs, le temps de raconter leurs exploits en Amérique et de dépuceler les filles de la maison.

Un jour, Le Tallec de Pont-Aven eut la fâcheuse idée de quitter la demeure d'un de leurs hôtes en emportant une partie de l'argenterie familiale. L'hôte en question n'était pas férocement attaché à ses biens terrestres, mais il avait des principes. Il fit arrêter le coupable dans une gentilhommière voisine. Le Tallec eut la décence de s'accuser seul du larcin, ce qui n'était que la vérité. Pontalec perdit un complice et, tandis que l'on jugeait Le Tallec à Quimper, il décida de remonter vers le nord de la province, où il n'était point connu.

Ce fut là, près de Guingamp, en février 1778, qu'il rencontra Maryvonne Le Guillou, veuve d'un aubergiste, maîtresse femme d'à peine trente ans. Pour la première fois de sa vie, Pontalec s'attarda dans le nid d'une conquête. Il en appréciait non seulement le confort et la bonne chère, mais il se laissa subjuguer par la forte personnalité de l'occupante. Maryvonne Le Guillou avait chaud aux cuisses et n'avait pas froid aux yeux. Elle consommait certains de ses clients avec la même voracité qu'ils consommaient eux-mêmes ses plats et ses vins. Mais elle tenait chèrement à sa liberté. Elle n'avait pas sa pareille pour bousculer d'un coup de pied dans le fondement le galant qui n'avait pas compris qu'il était temps de détaler. Elle aussi, elle se laissa circonvenir par l'égoïsme séduisant de son nouveau pensionnaire. Ils faisaient une bonne équipe. Elle ne tarda pas à se retrouver enceinte et accoucha en décembre, le jour de la Noël, d'un garçon qu'elle prénomma Lilian Marie Yvan. Quand on lui glissa son nouveau-né dans les bras, elle en tomba aussitôt amoureuse. En partie parce que c'était un beau bébé, mais surtout parce que c'était son premier enfant, alors qu'elle avait cru devoir n'en porter jamais. Au moment même où on la délivrait de ce drôle de plus de huit livres, Pontalec était en train d'en concevoir un autre avec la femme d'un voisin charcutier. Surpris par le mari, qui n'avait qu'à puiser dans son arrière-boutique pour trouver de quoi décourager l'impudent de recommencer avec la femme de quiconque, Pontalec n'eut que le temps de passer chez lui, d'embrasser son fils sur le front et sa femme sur la bouche, puis de prendre ses jambes à son cou.

On ne le revit plus jamais dans la contrée.

2

Cela n'a l'air de rien, ce bref baiser sur le front d'un enfançon qui ne peut même pas encore voir qui l'embrasse ; ce fut cependant la seule occasion qu'eut Pierre-Amédée Pontalec, tout au long de sa vie, de poser les yeux sur l'une de ses œuvres de chair alors qu'elle venait de naître. La quasi-totalité de ses autres enfants, Pontalec ne les vit jamais, même pas au procès à l'issue duquel il fut condamné à mort. Personne n'a jamais cherché à savoir à combien d'exemplaires le pendard s'était reproduit ; il eut pourtant été intéressant d'en connaître le nombre, d'autant que Pontalec s'était quand même répandu dans des centaines de ventres, de part et d'autre de l'Atlantique, et qu'il était de ces hommes qui lâchent rarement un dard sans atteindre leur cible.

En fait, le jour de son procès, à Vannes, en octobre 1791, il n'était que deux dans la salle de tribunal à fixer cet homme, encadré par deux soldats, qui ne parvenait pas à considérer son procès comme l'épisode le plus grave — et surtout l'un des tout derniers — de son aventureuse existence. Plus tard, au cours du bref entretien que les deux représentants de son infinie progéniture obtinrent de la part du juge, il leur confia qu'il ne pouvait croire à sa mort. Il paraissait foutrement sérieux en leur assénant cette certitude. Il semblait convaincu qu'il allait se produire un événement inattendu, quasi miraculeux, qui le sauverait de la corde et le renverrait sur les routes, afin d'apporter à toutes les femmes innocentes ou insatisfaites la jouissance de la chair à laquelle elles avaient droit, selon lui. Sans même parler des délices de l'enfantement.

— J'ai trop apporté le plaisir aux créatures du bon Dieu pour qu'Il ne m'en soit pas un brin reconnaissant quand les hommes, eux, se montrent à ce point ingrats, déclara-t-il à ses deux fils médusés.

— À cause de vous, des dizaines, peut-être des centaines d'enfants ignorent la joie d'avoir un père, riposta l'aîné des deux garçons.

Pontalec éclata de rire.

— On voit bien que tu n'as pas eu de père, mon garçon ! Tu ne mesures pas le cadeau que je t'ai fait en quittant ta mère aussitôt après t'avoir conçu ! Il n'y a rien de pire qu'un père ! Presque toujours, c'est un tyran qui se venge sur sa progéniture des échecs et des misères de sa propre existence. Les hommes sont faits pour faire des enfants et les femmes pour les élever. Crois-moi, c'est ainsi que devrait marcher le monde. Remercie-moi, ingrat !

— Vous nous abandonnez à l'instant même où nous vous avons retrouvé, regretta le plus jeune.

— Et vous comblez mon cœur au moment où l'on voudrait qu'il cesse de battre ! Que vois-je devant moi ? Deux superbes gaillards, l'un de dix-neuf ans, déjà un homme, et l'autre qui en aura bientôt treize et a l'air d'en avoir deux ou trois de plus, deux couillards de bonne mine et de bonne allure qui vont continuer mon œuvre, perpétuer mon sang et engendrer à travers le royaume et le reste de l'Europe d'autres exemplaires d'une aussi plaisante virilité ! Franchement, mes agneaux, je pourrais mourir demain si je n'étais pas convaincu du contraire ! Même si je n'avais engendré que vous deux, ma vie n'eut pas été inutile. Allez courir le monde, mes jeunes loups, et baisez tous les orifices qui se tendent vers vos queues !

Pour une oraison funèbre, c'était un peu leste, mais Pontalec demeurait convaincu qu'il serait gracié. Certes, pas par le Roi, qui n'était plus vraiment le Roi depuis qu'il avait été arrêté à Varennes et ramené à Paris. Mais la Constituante devait s'être octroyée le même droit que le souverain emprisonné. On le gracierait donc, on le renverrait en prison et, au bout de quelques années, on le libérerait, juste à temps pour qu'il fasse profiter une dernière fournée de femelles de son effarante prolificité.

Il y crut jusqu'au bout. Le lendemain, quand il monta sur l'échafaud et que le bourreau lui passa la corde au cou, il souriait encore à son avenir. Il regardait autour de lui, avec une curiosité réjouie, s'attendant à tout moment à voir surgir une estafette porteuse d'un message faisant surseoir à l'exécution.

On peut dire que, d'une certaine manière, il mourut par surprise.

— Je m'appelle Lilian, dit Lilian.

— Je m'appelle Luc, dit Luc.

Peut-on devenir frères quand on a presque vingt ans et presque treize ? N'y a-t-il pas une rivalité entre bâtards, chacun souhaitant croire qu'il a pris la meilleure part du père volage ? Existe-t-il une fraternité des fils abandonnés dans le giron d'une mère bafouée ?

Luc et Lilian pouvaient-ils s'entendre ?

Non. Dès le départ, il y eut entre eux quelque chose d'irréductible, qu'aucun des deux ne sut jamais analyser. Une rivalité de laissés-pour-compte. La certitude que si leur père avait dû n'en choisir qu'un, eut-il connu toute sa descendance, c'est lui et non un autre qu'il aurait choisi.

Normalement, après avoir fait connaissance, pendant ces jours troublés à Vannes, ils auraient dû se séparer et ne plus jamais se revoir. Mais ils regrettaient l'un et l'autre ce père qu'ils n'avaient pas connu. Le seul lien qui demeurait avec le trépassé, il était devant eux : pour Luc, un gamin de treize ans, effronté et buté, aussi versé en bagarres de rue qu'en version latine, et pour Lilian, un jeune homme de vingt ans, taillé comme un portefaix, pas vraiment beau mais plaisant à l'œil, toujours en proie à une colère dont lui-même aurait eu du mal à définir la raison, prompt à se fâcher et à se battre, prêt à affronter le monde entier pour y gagner un instant de répit.

Peut-être ce dernier sut-il, dès cet instant, qu'un jour son cou goûterait de la même corde que son père ? En a-t-il éprouvé une satisfaction amère ? S'est-il écrié *in petto* : « Père, je suis vraiment ton fils ! » ? Des années plus tard, à Alençon, Lilian se posa ces questions sans pouvoir y répondre.

Alors, à défaut de partager leurs souvenirs de ce père qu'ils n'avaient rencontré que la veille de sa mort, ils se racontèrent leur vie.

Luc était né du ventre d'une sage-femme, que son père avait saillie dès qu'il avait récupéré de ses blessures.

C'était avant son départ pour l'Amérique. Pontalec venait de se faire pincer dans le lit de la femme d'un fermier général, qui l'avait fait rosser par ses gens. Ces derniers n'avaient pas eu la main trop lourde, car ils détestaient leur maître et ce bougre de Pontalec les avait fait rire avant de basculer la maîtresse de maison dans son boudoir. Mais il en était quand même sorti mal en point. On ne lui avait rien cassé, mais on l'avait fait saigner, histoire de donner à croire que la correction avait été des plus sévères.

Il était nécessaire de se faire soigner, une sage-femme vivait non loin de là. Quand on sait aider les hommes à naître, on sait les aider à rester en vie. Elle avait pansé les plaies du coquin, l'avait forcé à se coucher dans son lit — elle n'avait pas eu grand peine à y parvenir — et quelques jours plus tard, quand tout avait commencé à cicatriser, elle avait ouvert les cuisses sans se faire prier. Elle était veuve, sans enfant, vivait seule. Quelques plaies s'étaient rouvertes, il avait de nouveau fallu attendre qu'elles cicatrisent. L'infirmière, brave fille, avait dès lors chevauché son amant, histoire de lui épargner des déhanchements qui ne pouvaient que retarder sa guérison. À multiplier ainsi les copulations, il était fatal qu'elle se retrouve bientôt enceinte d'un homme qui, d'ordinaire, faisait mouche du premier coup. Seulement, quand elle avait constaté qu'elle portait son enfant, le père avait cavalé depuis belle lurette.

Quand Lilian, des années plus tard, un soir où il était en veine de confidences, raconta à Luc que son père avait eu le temps de l'embrasser sur le front avant de détaler, Luc en conçut une jalousie amère qu'aucun raisonnement ne parvint à guérir tout à fait.

Luc était né six mois après le mariage de sa mère avec un homme qui avait plus du double de son âge. Il savait, bien sûr, qu'il n'était pas le père de l'enfant. Comment l'aurait-il pu ? Il n'avait jamais couché avec sa femme, ni avant ni après le mariage. Il l'avait épousée parce qu'il l'aimait et qu'elle le lui avait demandé. Elle ne lui avait rien promis. Nul, autour d'elle, n'y comprenait rien. On la croyait intéressée parce que l'homme avait du bien. Mais si elle avait espéré en hériter, elle eut fait un mauvais calcul : la scarlatine l'avait emportée alors que Luc n'avait pas dix ans.

Son beau-père s'était déclaré prêt à l'élever. Mais Luc ne voulait pas être élevé. Être bien élevé. Il voulait devenir un vaurien, comme son vrai père. Sauf que, plutôt que de séduire les femmes, il volerait les hommes.

En attendant, il avait commencé à fuguer et à fréquenter ce qui pouvait se rencontrer de pire dans la contrée. Son beau-père passait son temps à le faire chercher partout, à lui mettre la main dessus et à le ramener chez lui, d'où Luc s'évadait à la première occasion. Bientôt, le malheureux homme comprit qu'il allait y laisser sa santé. Il se borna à recueillir le garçon quand il lui venait l'envie, ou plutôt le besoin de revenir : pour manger enfin à sa faim, pour changer de vêtements, pour se laver, pour se soigner quand il tombait malade. Dès qu'il était remis sur pied, il repartait.

Le beau-fils et le beau-père se virent une dernière fois quand, alors que Luc avait dix-sept ans, il débarqua un soir chez l'homme en compagnie de quelques vauriens de sa bande. Une partie de la nuit, ils s'occupèrent du brave homme, lui chauffant les pieds pour lui faire avouer où il cachait son bien — alors qu'il l'avait déjà avoué sans même avoir été battu. Au matin, quand Luc s'en alla, l'homme ne lui adressa pas un mot de reproche : il avait rendu l'âme au milieu de la nuit, sans que personne ne s'en aperçût.

Ce baptême du sang aurait pu guider Luc, à travers le remords et la honte, vers la rédemption ; il le confirma au contraire dans son choix de vie. La Révolution venait d'éclater, le royaume était dans un chaos propice, les proies étaient nombreuses et il n'y avait plus personne pour protéger les braves gens, ni pour arrêter les voleurs.

En quelques années, il devint chef de la bande. Il avait dix-huit ans.

Les femmes raffolaient de lui mais, contrairement à son père, il n'en engrossa aucune. Pourtant, ce n'était pas faute d'en saillir, car sur ce point il se montrait au moins aussi vaillant que son géniteur. Mais ce dernier semblait avoir épuisé dans sa semence toute la capacité de la lignée à se reproduire. Luc avait beau forniquer avec tout ce qui portait jupon et le soulevait volontiers, jamais il n'entendit dire que ses coups de reins eussent donné naissance à autre chose que des maris cornards.

Depuis l'adolescence, il adorait jouer avec des couteaux et autres armes tranchantes. Il s'était fait une spécialité de taillader le visage et le corps de ses adversaires et de ses victimes. Il avait fini par y gagner un surnom : Tranchant, qui bientôt était devenu son véritable patronyme. Quand Lilian rejoignit la bande, au tout début de 1794, plus personne ne l'appelait Luc.

Cette deuxième rencontre n'aurait jamais dû avoir lieu. Rien ne prédisposait Lilian à mal tourner et à rejoindre une bande de coupe-jarrets et de tire-laine. Rien, sauf la fatalité, bien sûr, mère de tant d'assassins et de crapules.

Aucun enfant n'était moins à plaindre que Lilian. Aucune mère n'avait autant désiré donner le jour à un enfant que la sienne. Elle était tellement émerveillée par le petit être lové dans ses bras qu'elle remarqua à peine que son géniteur avait disparu dans la nature. Elle n'en prit conscience que plusieurs semaines plus tard, et elle ne n'arrêta pas longtemps à cette constatation. Elle songea : « Bon débarras ! » et se remit à gazouiller avec le petit bout d'homme que le disparu lui avait laissé.

Elle lui était tout de même reconnaissante, car elle avait tenté tant et tant de fois de tomber enceinte sans jamais y parvenir. Et voici qu'un inconnu y parvenait enfin. Comme elle ne connaissait pas la réputation de Pontalec, elle crut à un miracle. Même lorsque, plus tard, elle entendit raconter qu'il avait engrossé des dizaines, peut-être même des centaines de femmes de part et d'autre de l'Atlantique, elle persista à croire à un miracle.

Mais déjà, ce n'était plus la naissance de Lilian qui était un miracle, mais Lilian lui-même.

L'auberge que lui avait léguée son défunt mari était un établissement connu dans toute la région de Dinan. *Le Lys Doré* était réputé à vingt lieues à la ronde. Des voyageurs faisaient spécialement le détour pour y dîner ou y souper, et quand ils parvenaient à se lever de table, ils étaient tellement rassasiés de nourriture et de vin qu'ils ne pouvaient plus envisager de remonter en voiture ou à cheval. Ils décidaient donc de passer la nuit à l'auberge et ainsi il arrivait que, trois jours plus tard, des voyageurs, qui n'avaient prévu que d'y faire halte pour le dîner, y séjournassent encore.

Dès sa naissance, Lilian bénéficia de tout ce qu'un fils de roi pouvait espérer, l'amour en plus. Rien n'était trop beau pour lui. Dès qu'il sut parler, on lui apprit à lire. Puis à écrire. Puis à apprendre. Le curé du village n'étant pas assez bon pour elle, sa mère fit venir de Caen un jeune étudiant qui s'installa à domicile pour surveiller les études de l'enfant. Comme il était joli garçon, il partagea parfois le lit de l'aubergiste.

Mais sa mère ne voulait pas faire de Lilian un lettré souffreteux et chétif. Dès huit ans, il fut rompu à tous les exercices physiques. Il sut monter à cheval, manier l'épée et chasser à courre. Il apprit à nager, à grimper aux arbres, à se bagarrer avec les gamins du voisinage comme s'il s'agissait de matières enseignées à la Sorbonne. Sa mère n'acceptait pas qu'il laissât un affront impuni. Lilian étant rentré, un jour, en pleurant parce qu'un camarade l'avait traité de bâtard, elle le força à retourner défier l'insolent et à lui casser la figure. Trouvant qu'il ne s'y prenait pas bien, elle engagea discrètement les services d'un mauvais garçon de sa connaissance — mais excellent amant par ailleurs — pour enseigner à son fils comment envoyer un adversaire au sol pour le compte.

Lilian bénéficiait des vertus du sang de Pontalec. Il se révéla bientôt audacieux, hardi, effronté. Son corps se développa aussi harmonieusement que son esprit. Sa mère envisageait déjà de le marier à la fille d'un duc.

La chute de la royauté porta un coup sévère à ses ambitions.

Le 14 juillet 1790, un an tout juste après les fameux événements qui avaient sonné le glas de ses projets matrimoniaux pour son fils, la belle aubergiste s'effondra dans sa salle à manger, victime d'un haricot de mouton qui lui porta sur l'estomac, après lui être resté sur la poitrine. Elle mourut d'une apoplexie. Elle n'eut même pas le temps de dire adieu au trésor de ses yeux qui, à la même heure, rossait un garçon de trois ans plus âgé qui avait eu la fâcheuse idée de le traiter de fils d'aubergiste.

3

Lilian allait sur ses douze ans. C'était déjà un grand garçon, sûrement le plus beau gaillard à la ronde. Tout le monde prédisait qu'il serait le plus bel homme de la région. Garces et femelles s'impatientaient en attendant qu'il atteigne l'âge auquel il est décent, pour une femme, de glisser un adolescent dans son lit. Par exemple, lorsqu'il aurait fait sa première communion. Une fois qu'on a goûté au corps du Christ, on peut bien goûter au corps des femmes.

La défunte aubergiste n'avait point de famille en dehors de lui. Il fallut trouver un tuteur à l'enfant. Le curé s'étant désisté — il trouvait à ce drôle un caractère diabolique et une âme qui portait le sceau du Malin — le notaire se déclara volontaire. Il y avait longtemps qu'il lorgnait du côté de cette affaire prospère. Il avait plusieurs fois, en vain, proposé à la patronne d'investir dans son affaire et de s'associer, afin d'agrandir l'auberge et d'en faire un relais de poste. Elle avait toujours refusé, sous prétexte qu'elle n'avait pas la tête aux affaires et qu'elle tenait à cuisiner elle-même pour ses clients. N'était-ce pas pour cette raison principale qu'ils venaient si nombreux chez elle ?

Encore une fois, elle avait vu juste. En six mois, l'affaire périclita. Le notaire eut beau essayer différents cuisiniers, aucun ne se révéla du niveau de la bonne femme, pas même le commis qui l'avait assistée pendant près de dix ans. C'est que la drôlesse avait ses secrets de cuisine, qu'elle ne partageait avec personne, et qui disparurent avec elle dans la tombe.

Bref, moins d'un an après la mort de sa mère, Lilian se trouva pratiquement ruiné, à la charge du notaire mal avisé. Lequel chercha bientôt à se débarrasser d'un orphelin au comportement erratique, volontiers violent. Il tremblait de voir cet enfant grandir auprès des siens, que Lilian terrorisait, bien qu'ils fussent ses aînés de plusieurs années.

— N'as-tu pas un père quelque part ? s'enquit un jour le notaire.

Lilian ayant refusé de lui répondre, il se plongea dans les papiers de l'aubergiste décédée et finit par mettre la main sur un nom : Pierre-Amédée Pontalec de la Moricière.

Un ci-devant ! Rien que ça !

Le notaire fit procéder à une enquête de police qui mit de longues semaines à aboutir. Quand elle le fit, il était un peu tard : le sieur Pierre-Amédée Pontalec — De la Moricière avait disparu, dû aux contingences politiques de l'époque — venait d'être arrêté à Vannes pour le meurtre de son associé dans une sombre affaire de trafic de blés flamands et de cotons anglais. Pontalec clamait haut et fort son innocence, mais le troisième associé dans l'affaire, ayant tout intérêt à se débarrasser d'un partenaire encombrant, jouait de son influence auprès des autorités — il leur avait glissé que son vrai nom était Pontalec de la Moricière et qu'il était fils de baron — pour faire condamner son rival le plus lourdement possible, par exemple à la corde.

— J'ai retrouvé ton père ! claironna un jour le notaire devant un Lilian de plus en plus buté et de plus en plus brutal.

Pour la première fois depuis des mois, plus d'une année même, le regard du garçon s'alluma d'une lueur d'intérêt.

Il faut savoir que sa mère, qui avait le cœur d'une pucelle et l'imagination d'un feuilletoniste, lui avait souvent fait la description de celui qui était son père. Il était convaincu qu'il s'agissait d'un aventurier impavide que de passionnantes aventures retenaient loin du foyer. Lilian décida de partir sur-le-champ à sa rencontre.

Il allait sur ses treize ans, c'était un peu jeune pour courir les routes. Le notaire s'y opposa. Avant de donner son accord, lorsque les représailles de l'adolescent finirent par lui rendre la vie franchement insupportable. Il le pourvut d'un viatique et d'un sauf-conduit affirmant que le jeune Lilian Le Guillou voyageait en Bretagne avec l'autorisation de son tuteur pour aller rejoindre son père.

Lilian se mit en route. Il atteignit Vannes juste à temps pour entendre la justice condamner son père à la pendaison.

En vingt-quatre heures, il retrouva un père et découvrit un frère.

Mais vingt-quatre heures plus tard, il avait perdu l'un et l'autre.

Il s'en revint à Dinan le cœur lourd et la pensée sombre.

Il ne s'assagit pas. Avant de sombrer dans la folie, le notaire vendit l'auberge et consacra une partie de l'argent à payer les frais d'un pensionnat religieux à Saint-Malo. Comme il n'était pas tout à fait sot, il conserva le reliquat de la vente pour lui-même, au titre de frais professionnels, et ne prévint pas son pupille du sort qu'il lui réservait. Il le conduisit à Saint-Malo avec le reste de sa propre famille, sous prétexte de rendre visite à un parent malade. Il eut tout de même du mal à convaincre Lilian de se joindre à eux. Pour avoir la paix, celui-ci finit par accepter.

Il fut un peu surpris de s'arrêter, à la périphérie de la ville, devant un bâtiment sinistre qui évoquait davantage une prison qu'un hôpital. Mais il fit confiance à son tuteur et le suivit à l'intérieur. Là, dès l'entrée, prévenus par une missive du notaire, trois pères parmi les plus costauds du pensionnat prirent en charge le nouvel élève, malgré ses cris, ses ruades et ses horions, dont il se montra fort peu avare. Mais les trois cerbères en avaient vu d'autres et aussi musclé et teigneux que fût ce nouveau pensionnaire, ils n'eurent pas trop de peine à le garder à l'intérieur tandis que le notaire décampait, poursuivi par une litanie d'insultes dont il ne comprit pas la moitié, mais qui l'incitèrent à se signer plusieurs fois.

Lilian commença dans un cachot sombre et humide sa scolarité chez les frères maristes du pensionnat Saint-Servan de Saint-Malo.

C'était un garçon intelligent et, sous un caractère facile à échauffer et prompt à réagir, il dissimulait une capacité à raisonner qui en faisait un excellent élève. Il ne se rebella que le temps nécessaire à prouver aux saints pères du pensionnat qu'il n'était pas une demi-portion que l'on réduit par un séjour dans une cellule et un régime au pain et à l'eau. Quand il estima avoir prouvé ce qu'il cherchait à prouver, il annonça au frère qui lui apportait son maigre repas quotidien qu'il était prêt à se soumettre.

Moins d'un mois plus tard, tous les pères raffolaient de lui, il était devenu l'un de leurs élèves préférés.

Même ceux qui étaient jaloux de lui ne pouvaient s'empêcher de l'aimer. Il séduisait les bons élèves par la facilité avec laquelle il apprenait, et les moins bons par sa disponibilité à leur venir en aide. Il conquérait les costauds et les fous de grand air par sa souplesse, sa force, son endurance. Les amateurs de bagarres recherchaient sa compagnie, moins pour l'affronter que pour qu'il arbitre leurs propres rixes.

Les trois pères qui l'avaient ceinturé et traîné jusqu'au cachot étaient devenus ses meilleurs amis. Notamment le père Vivian, le plus jeune des trois.

Le père Vivian était sans conteste le plus populaire des enseignants de Saint-Servan. Il n'était guère beaucoup plus âgé que le plus vieux des élèves. Plus beau que n'importe lequel d'entre eux. Et plus costaud que les trois plus costauds réunis.

Très vite, il repéra en Lilian un disciple déterminé.

Mais il se garda de l'approcher. Il le regarda éclore pendant plus d'un an. Il se borna, de temps à autre, à éradiquer une mauvaise manie, à renforcer une conviction, à guider une intention louable. Il le fit s'épanouir comme une plante rare.

Une nuit — c'était trois jours après l'assassinat du Roi en place de Grève — Lilian fut agressé dans son lit par trois de ses condisciples.

Du moins, sa première impression fut qu'il était victime d'une attaque nocturne. Il tenta aussitôt de se défendre, mais ne put rien faire. Ses trois agresseurs avaient été recrutés parmi les mieux charpentés du pensionnat. Ils avaient bien préparé leur coup et lui immobilisèrent immédiatement bras et jambes. De plus, l'un d'eux lui bâillonna la bouche avec sa main.

Au moment où il allait désespérer de pouvoir se libérer, une voix lui murmura à l'oreille :

— Du calme, Le Guillou, nous ne te voulons aucun mal ! Nous sommes les Veilleurs !

Lilian arrêta aussitôt de se débattre ; il savait qui étaient les Veilleurs ; depuis des mois, il mourait d'envie qu'ils s'intéressent enfin à lui.

Les Veilleurs, d'après ce qu'il en savait par des bruits de couloirs et des murmures de salles d'études, étaient un groupe restreint d'élèves de dernière année, de grands et forts gaillards motivés par la défense de la Royauté et de l'Église, prêts à donner leur vie pour libérer le Roi, et maintenant que ce n'était plus possible, pour mettre Louis XVII sur le trône de France après l'avoir libéré de sa prison du Temple. On murmurait qu'ils se réunissaient parfois avec des élèves d'autres institutions ou de jeunes royalistes revenus d'exil. Il se préparait, disait-on, une insurrection dont on parlait souvent, mais qui ne se produisait jamais.

Les Veilleurs venaient de jeter leur dévolu sur lui.

— Es-tu prêt à nous suivre sans faire le moindre bruit ? demanda la même voix dans l'ombre.

« C'est Grandjean », pensa Lilian.

Grandjean, un colosse de dernière année, fils d'un fermier général, l'un des hommes les plus riches de la province du temps de l'Ancien Régime, exécuté pendant la Terreur.

Lilian hocha farouchement la tête. La main sur sa bouche se souleva précautionneusement puis, comme il ne criait pas, disparut tout à fait.

— Alors suis-nous, dit une autre voix, qu'il ne reconnut pas.

Il s'habilla dans l'obscurité. Il eut l'impression que tout le monde ne dormait pas, que ceux-là avaient compris ce qui se passait, et que leur silence affirmait leur complicité.

Quand il fut prêt, quelqu'un lui prit la main et lui dit :

— Suis-nous.

Ils sortirent du dortoir. Là, il les reconnut. Grandjean, De Beaugency, Champetier du Theil. Trois « dernière année ». Des garçons de seize ans, fils de bourgeois ou d'aristocrates, mais taillés comme des enfants du peuple.

Par couloirs et escaliers, ils gagnèrent la chapelle. Là, ils aperçurent à contre-jour la silhouette d'un père qui semblait les attendre. Quand ils furent à moins de dix pas de lui, il leur demanda :

— S'est-il fait prier pour nous rejoindre ?

— Non, mon père, répondit Grandjean, il est venu de son plein gré.

— Je m'en doutais, proclama l'ombre, et Lilian reconnut la voix du père Vivian.

Le prêtre s'approcha et prit Lilian dans ses bras pour lui donner une accolade virile.

— Nous avons besoin d'éléments comme toi, Lilian Le Guillou ! Je suis enchanté et fier de te voir te joindre à nous ! Ensemble, nous allons faire du bon travail !

Dès lors, sous prétexte de sorties en pleine nature afin de fortifier les organismes, le père Vivian entraîne la dizaine de Veilleurs sur les plages, en dehors de la ville. Là, loin des curieux et d'éventuels mouchards, les garçons se mettent torse nu et accomplissent des exercices de souplesse et de force destinés à tonifier leur organisme. Puis, quel que soit le temps, ils se mettent totalement nus et plongent dans les vagues glacées qui leur cinglent les cuisses et le torse. Ils éclatent de rire, quand ils en sortent, au spectacle de leur membre ratatiné comme un fruit macéré dans l'alcool. Pour se réchauffer, ils se poursuivent, luttent sur le sable, se donnent de grandes claques sur les fesses, le dos, le torse. Le père Vivian sourit, mais ne participe pas à ces jeux d'écoliers. Pourtant, parfois, il se dévêt lui aussi et plonge avec eux dans les vagues gris-vert frangées d'une écume rousse. Ensuite, ils courent tous ensemble afin de sécher leur corps au vent froid de l'automne, puis de l'hiver.

Lilian est le plus jeune des Veilleurs. Il n'a pas encore quinze ans. Mais qui pourrait le croire ? Il est aussi musclé et développé que la plupart des garçons de seize ans. À la lutte, seuls les plus âgés, et encore pas tous, sont capables de lui faire toucher le sol des deux épaules. Le père Vivian l'observe discrètement avec fierté. Dieu et le Roi, pense-t-il, ont trouvé là une recrue d'exception.

Le père Vivian est lucide. Dans la fierté qu'il ressent à voir, mois après mois, s'épanouir ce jeune saint Michel qui attend de terrasser le dragon sanguinaire de la Révolution, il n'entre pas que la satisfaction d'œuvrer pour une cause sacrée. Il entre aussi de l'amour. Et un amour qui n'est pas que spirituel. Il est conscient de l'amour physique qui vient polluer son noble sentiment. Le père Vivian désire ce garçon de quatorze ans qui a déjà tout d'un homme. Le soir, dans sa cellule, les prières sont impuissantes à effacer les images qui flottent et hantent son imagination. Souvent, il lutte jusqu'à l'aube pour repousser le démon de la tentation. Il promet à Dieu de ne pas pervertir cette jeune âme. Il ne le touchera pas. Tout au plus s'autorise-t-il à lui donner une brève accolade virile pour le féliciter d'avoir remporté une épreuve ou accompli un exploit.

Heureusement, le père Vivian est distrait de son désir lancinant par les événements qui se précipitent. Bientôt, il n'est plus seulement question de courir sur la plage, de lutter contre le courant ou de grimper aux arbres. Une action se prépare contre l'ancien Fort Royal, que ces mécréants de révolutionnaires ont rebaptisé Fort National. Il est construit sur une île inaccessible à marée haute. Mais à marée basse, on peut passer et le rejoindre à pied sec. Des dizaines de jeunes royalistes se préparent, tout autour de Saint-Malo, à participer à ce coup d'éclat. La dizaine de Veilleurs du père Vivian fera partie du premier assaut. Certains y laisseront la vie : ils seront accueillis au royaume des cieux par leur souverain dans son intégrité physique.

Les élèves du père Vivian redoublent d'efforts. Ils seront le fer de lance de l'attaque. Le père sera à leurs côtés, comme il sied à un chef. Bientôt, la date est fixée. On attendra les grandes marées, pour bénéficier d'une heure de marée basse supplémentaire. Ce sera en décembre.

L'approche de l'événement rend le religieux moins attentif à se protéger. Un jour, sans savoir comment, lors d'un de leurs exercices, il se retrouve seul en tête-à-tête avec l'élève préféré. Lilian est à ses côtés et ils sont seuls. Lilian est torse nu ; malgré la fraîcheur de l'air, il a transpiré et tombé sa chemise ; ses muscles luisent comme un bronze amoureusement frotté ; ses yeux ont la clarté des vagues, ce vert tendre et onctueux qui donne envie de se jeter dedans.

— Te sens-tu prêt, Lilian ? demande-t-il.

— Oui, mon père, répond le garçon, avec toute l'assurance de ses quinze ans — il les aura dans quelques jours, peu après la date prévue pour l'attaque.

— N'as-tu point peur ?

— De faillir, oui. De mourir, non.

Il a lancé cela fièrement. Le père Vivian songe à ces adolescents exemplaires qui ont payé de leur vie un courage insensé tout au long de l'histoire des hommes. Il ne peut plus résister, il s'écrie :

— Viens dans mes bras et embrasse-moi, enfant de Dieu !

L'enfant presque homme se jette dans les bras puissants de son maître, qui exulte de sentir ce jeune corps vibrer contre le sien. Ses mains caressent la peau nue du dos musclé, descendent jusqu'aux reins, remontent avant de frôler les fesses, empoignent les biceps gorgés de sang. Déjà il sent son membre s'émouvoir à ce contact dont il rêve depuis si longtemps, il n'a que le temps de repousser Lilian à bout de bras, comme s'il voulait le regarder une dernière fois.

Il songe : quelle délivrance s'il mourait ! et quel malheur s'il ne revenait pas !

Quelqu'un les a trahis. Qui ? Impossible de le savoir. Ce ne seront pas les soldats républicains et leurs chefs qui le leur apprendront. Ils n'ont même pas eu l'occasion de se battre. Alors qu'ils se préparaient à monter à l'assaut, ils se sont retrouvés encerclés. C'est à peine si quelques coups de feu ont été échangés; il était déjà trop tard; toute action eut été inutile et vouée à l'échec.

Ce qui les attend désormais, c'est la mort. Pour ces dizaines de jeunes hommes — le plus vieux n'a pas vingt ans — il n'y aura pas de procès. Pas d'exécution en place publique, devant une foule que la mise à mort de ces adolescents finirait par attendrir et apitoyer. Non, ils connaîtront la fin des héros, mais une fin secrète, oubliée de l'Histoire. Déjà les pelotons se forment, on conduit la première dizaine de jeunes combattants devant la gueule des fusils, qui crachent le feu; une dizaine de jeunes corps palpitant d'un dernier souffle de vie s'effondrent sur le sable des dunes du Talard; pas le temps de les évacuer, une autre dizaine s'approche... Combien vont perdre la vie en ce jour de décembre 1793 dans le sable froid, près de Saint-Malo? Une soixantaine, dira-t-on plus tard. Soixante jeunes hommes âgés de seize à dix-neuf ans.

Lilian est du dernier groupe. Il tremble. Il pourrait dire que c'est de froid, mais il ne connaît pas la fameuse repartie qu'a prononcée, à peine un mois plus tôt, Jean-Baptiste Bailly à l'intention de l'assistant du bourreau qui l'accusait en ricanant de trembler. D'ailleurs, c'est probablement de froid que tremble Lilian. Il a l'impression de ne pas avoir peur. Il se sent même léger. Il regrette juste de n'avoir pu prouver sa vaillance au père Vivian, que le commandant des révolutionnaires a fait installer à ses côtés, afin qu'il assiste jusqu'au bout au supplice de ses garçons. Il n'a pas tiré le moindre coup de feu, ni bondi sur le moindre soldat, lui qui s'y était si soigneusement préparé.

On aligne la dernière dizaine devant les fusils. À cet instant, le père Vivian semble sortir de la torpeur où l'ont plongé les premiers coups de feu. Il aperçoit Lilian, au milieu de ses camarades. Grandjean est à sa droite, De Lasalle de Reuilly à sa gauche. Il n'a plus l'air d'un enfant, il a l'âge de ses compagnons d'infortune, l'âge des jeunes héros.

— Commandant ! s'écrie le père Vivian. Vous ne pouvez fusiller le garçon qui se tient au milieu, celui dont la chemise est déchirée !

— Pourquoi donc ? demande le commandant des soldats républicains.

Sa tâche ne lui plaît pas, il suffit de l'observer un instant pour le constater. À chaque salve, il grimace, baisse la tête, ferme les yeux.

— Il n'a pas encore quinze ans ! Il les aura dans quelques jours, le jour de la Noël ! Je vous en supplie, faites-lui grâce !

Le commandant ne répond pas. Pourtant, il n'attend pas que le père Vivian le supplie encore et encore. Il pense seulement à ce que diront ses propres chefs. Il pense notamment à Romailly, un ancien collaborateur de Carrier à Nantes, un monstre assoiffé de sang, il n'en a jamais assez, et du sang de cet âge n'est pas pour lui déplaire. Mais il pense aussi à Aubert, il sait que lui, il comprendra, et Aubert a le pouvoir de faire taire Romailly.

Alors la décision est prise, le commandant désigne le garçon qui se tient au milieu, celui dont la chemise est déchirée et dévoile un torse de centurion romain. Il crie :

— Qu'on le sorte du rang !

Lilian ne comprend pas tout de suite ce qui lui arrive. Il a les mains ligotées derrière le dos et les deux gardes républicains n'ont tout d'abord aucun mal à le dégager de la dernière rangée des condamnés. Puis il comprend et se rebelle. Il use de toute sa force pour échapper à la poigne des deux hommes et rejoindre ses camarades. Il y parvient, mais avant qu'il puisse reprendre sa place, le commandant a crié « Feu ! » et tous ses amis, ses frères, s'effondrent, fauchés comme des épis sous la faux.

Lilian tombe à genoux. À présent il pleure. Il est sans forces. Un soldat l'aide à se relever, puis tranche ses liens. Lilian se tient debout face aux soldats républicains, face au commandant, face au père Vivian — face aussi aux dizaines de garçons qui sont morts et qu'il n'a pas rejoints, parce qu'il n'avait pas leur âge. Il est perdu. Il regarde le père Vivian qui ne dit mot. Le commandant lui crie :

— Fuis avant que je ne me ravise !

Lilian ne bouge pas. Alors le père Vivian retrouve assez de force pour s'écrier à son tour :

— Fuis, Lilian ! Fuis, et vis ! C'est un ordre !

Lilian est un brave petit soldat. Il s'ébroue, comme un cheval surpris. Il contemple une dernière fois le décor, l'incroyable scène, le jour gris, les nuages bas, le sable vorace qui n'en finit pas de boire le sang de ces enfants martyrs. Puis il lance un dernier regard au père Vivian. Il sait qu'il ne le reverra pas — en effet, celui-ci sera exécuté deux jours plus tard en place publique. Lilian est de nouveau seul.

Il ne lui reste plus qu'à fuir.

4

Comment s'enfuir de Saint-Malo ?

Par la mer.

Ce n'est pas le plus simple, ni le plus facile, mais c'est le plus radical : cela permet de mettre tout de suite une distance définitive entre soi et ses poursuivants. Parce que

Lilian est poursuivi. Le commandant l'a laissé partir, mais parmi l'assistance qui a assisté de loin à la scène de l'exécution de masse, il y a quelques patriotes qui se chargeraient volontiers d'achever le travail. À peine Lilian s'est-il éloigné du lieu du drame qu'il comprend qu'il est poursuivi par trois ou quatre énergumènes qui rêvent d'en découdre à peu de risques. Alors il se met à courir. Il court vite. Il aura quinze ans dans quelques jours, il a donc un avantage sur trois ou quatre héros ventripotents et vite essoufflés.

Il parvient jusqu'au port, l'endroit le plus animé de la ville, celui où il a le plus de chances de pouvoir se cacher. Oui, mais pour combien de temps? Dissimulé derrière un mur de barriques — à l'odeur, il dirait qu'elles contiennent du poisson séché — il observe le chargement d'un voilier qui semble prêt à appareiller. Il n'hésite pas, il monte à bord après avoir empoigné un lourd sac de grains.

Il ne fait pas dix pas. Il est aussitôt alpagué par un homme qui surveille les opérations.

— Tu cherches quoi, gamin?

— Un passage pour là où vous allez!

— Et tu sais où l'on va?

— Où que ce soit, ça me convient!

— Ailleurs vaut mieux qu'ici...

— En quelque sorte, oui.

L'homme a quelque chose qui inspire la confiance. Il doit avoir moins de trente ans, il a un visage franc, honnête.

— Tu as de bonnes raisons de t'enfuir?

— Excellentes, oui.

— Ceci est un bateau de patriotes...

Lilian hausse les épaules:

— Nous sommes tous des patriotes, citoyen capitaine.

— Je ne suis pas le capitaine, seulement son second.

— Alors vous avez l'autorité pour m'engager.

— Tu es de la fibre de marin, toi ?

— Mon père a traversé l'océan, il s'est battu aux côtés des Américains.

— Tu es le fils d'un héros !

— Non, d'un homme libre, et j'aimerais le rester aussi.

Le second est impressionné par l'aplomb du jeune clandestin. Il a deviné à qui il a affaire. Cet air de santé, cette manière de s'exprimer… Peut-être pas un fils d'aristo, mais sûrement pas de la graine de sans-culotte.

— Il faudrait ranger ma cabine avant d'appareiller… Tu te sens apte à le faire ?

Lilian acquiesce. Il ébauche un sourire. Le second pense qu'on ne peut pas laisser couper une aussi jolie tête sur un corps aussi puissant. La guillotine a mieux à faire. Par exemple, étêter l'ensemble de la Convention. Apparemment, c'est bien parti.

— Alors suis-moi.

Ils se dirigent vers l'arrière du bateau, là où le capitaine et son second ont leur cabine respective. Celle du second est plus petite que celle du capitaine, forcément. Lilian ne voit pas très bien ce qu'il y a à ranger, mais il s'en doutait un peu.

— Reste ici jusqu'à l'appareillage. Ne te fais pas remarquer.

— Et le capitaine ?

— S'il te trouve avant le départ, il te débarquera. Son frère est maire de Saint-Malo. En pleine mer, il n'osera pas te jeter aux poissons. Il te débarquera dans le prochain port.

— Qui est ?

— Lorient.

— Cela me conviendrait. Après tout, je n'ai pas envie de quitter la Bretagne.

— Nous faisons route ensuite vers Bordeaux, puis Lisbonne. Réfléchis-y, il vaut peut-être mieux pour toi te faire oublier en Bretagne.

Il ouvre la porte.

— Bon rangement!

Quelques heures après l'appareillage, Lilian sort de sa cachette. Il parvient à se glisser dans la cale. Là, il attend patiemment de se faire surprendre.

On le traîne devant le capitaine. Celui-ci n'a pas l'air commode, en effet. Sa première réaction est de gifler Lilian, et il ne fait pas semblant. Le garçon, piqué au vif, bondit sur ses pieds, prêt à en découdre, mais deux marins le saisissent aussitôt. Il se calme, il sait qu'il n'aura pas le dessus. La seule solution, c'est de subir la punition, en espérant qu'elle sera la plus indulgente possible.

— Dix coups de fouet, décrète le capitaine.

Excités à la perspective d'une distraction alors que l'on n'est en mer que depuis quelques heures, les deux marins s'empressent de lui ôter sa chemise et de l'attacher au mât. Le capitaine demeure surpris en découvrant le dos musclé à la peau intacte de son passager clandestin. Il a rarement vu, même chez quelqu'un d'aussi jeune, une peau aussi lisse, aussi vierge de cicatrices ou de traces de coups. Il hésite. Le second, qui ne perd rien de la scène, en profite. Il s'approche.

— Je crois qu'il est très jeune, citoyen capitaine. On pourrait peut-être l'épargner…

— Pour quoi faire? demande le capitaine, qui s'est ressaisi.

Le second insiste:

— Voyez comme il est costaud pour son âge… Si on le fouette, il ne sera bon à rien pendant plusieurs jours, le temps d'arriver à Lorient... Alors que si on le met à la manœuvre... Avec double charge pour le punir !

Le capitaine hoche la tête. Oui, obliger ce gamin à travailler pendant deux quarts de suite, c'est sans doute une meilleure affaire que le fouetter sur-le-champ.

— J'ai une meilleure idée, tranche-t-il. Tu vas participer à la manœuvre. Et si tu ne te montres pas à la hauteur, ce sera le fouet !

Le capitaine en est pour ses frais. Le père Vivian a bien exercé ses recrues. Malgré son jeune âge, Lilian se montre d'une résistance, et surtout d'une efficacité, impressionnantes. En fait, très vite, il aime ça. Se retrouver au grand air à carguer des voiles ou border des écoutes, il ferait bien ça toute sa vie. Dans un moment d'enthousiasme, il s'interroge pour décider s'il va continuer ou non jusqu'à Lisbonne.

Mais la nuit venue, il se retrouve dans la cale avec les hommes d'équipage. Certains lui portent déjà un vif ressentiment : ils ont été privés d'un spectacle de choix pour démarrer ce voyage sous d'excellents augures. Ils le repoussent dans un coin où sont installés trois types parmi les plus vieux. Ceux-ci ont la tête de qui passent sa vie à éviter les histoires, à savoir les disputes et les bagarres. Ils font volontiers de la place à celui qu'il considère comme le moussaillon.

Mais moins d'une heure après l'extinction des feux, alors que dans l'autre partie de la cale, ça ronfle, ça grince des dents et ça parle en dormant, deux des aînés s'approchent du jeune passager clandestin, chacun d'un côté, et entreprennent de lui montrer le sort habituellement réservé au benjamin de l'équipage.

Lilian se réveille en sursaut et sa réaction est prompte. Il assomme carrément l'un des deux hommes qui l'ont agressé. À cet instant, le troisième entre sournoisement en jeu et profite que Lilian lui tourne le dos pour le ceinturer. Lilian est fort, mais l'homme aussi. Lilian ne parvient pas à se dégager de cette prise, laissant l'autre homme lui arracher ses vêtements pour avoir accès à cette chair musclée et cette peau tendre qui le font rêver depuis qu'il les a entraperçues sur le pont. Bientôt, les deux hommes sont sur lui et leurs mains aussi. Lilian a beau se débattre, il ne peut rien contre ces hommes qui l'écrasent de tout leur poids. Il sent leur bouche puante embrasser et lécher tout son corps. L'une d'elles s'est même refermée sur sa verge et la suce avidement. Lilian éprouve une sensation étrange, loin d'être désagréable. Il sent que sa queue commence à s'émouvoir sous cette caresse gloutonne, mais efficace. Il est horrifié par sa réaction. La honte l'envahit et lui donne une énergie supplémentaire. Au moment où l'un des deux hommes dit à l'autre : « Dis donc, il bande, le petit salaud ! », il se met à hurler et à repousser les hommes.

Dans la cale, il y a déjà un bon moment que le reste de l'équipage a deviné ce qui se tramait dans le coin des vieux. Ils n'approuvent pas, mais ils laissent faire. C'est le sort des plus jeunes. Leur petit cul ne ressort jamais intact d'une première traversée. Après, ils s'habituent, et un jour ce sont eux qui font payer aux plus jeunes le prix de l'apprentissage.

Ce n'est pas la première fois que cela se produit, et sûrement pas la dernière.

Seulement cette fois, il se passe quelque chose d'inhabituel : le second surgit dans la cale, attiré par le bruit.

Il devine très vite ce qu'il se passe. D'ailleurs, n'est-ce pas pour l'empêcher qu'il est descendu à la cale, où il n'a rien à faire une fois la nuit tombée ? Il se dirige vers le groupe de trois hommes — le premier est revenu à lui entre-temps et réclame sa part de chair fraîche. L'officier tient une garcette en main. Quelques coups suffisent à interrompre le viol qui s'annonce. Soulagé, il constate que le garçon a encore ses chausses, l'un des hommes était justement en train d'essayer de les lui ôter. Mais le gamin s'est bien défendu, il a résisté jusqu'à l'arrivée des secours.

Les vieux, d'ordinaire paisibles, sont enragés comme des chiens de se voir dérober leur proie si près de la curée. Ils montrent les dents, par dépit plus que par rage, et regagnent à contrecœur leur bat-flanc. Le second aide Lilian à se relever et l'emmène avec lui.

Il le conduit dans sa cabine. À la lumière d'une bougie, il constate les dégâts. Les vêtements sont déchirés, en lambeaux ; les ongles des trois hommes ont laissé des traces sur la peau tendre ; à part ça, le garçon n'a rien. Il n'a même pas l'air terrorisé de ce qui a failli lui arriver ; il paraît plutôt en colère devant son impuissance à se défendre seul avec succès contre ses agresseurs.

— Je vais nettoyer ces marques de griffes, dit le second. Ôte ta chemise.

Le second s'appelle Floris. Il a vingt-sept ans et il est célibataire. Comme il n'est pas vilain garçon, on lui prête une vie de plaisir avec toutes sortes de femmes, qu'il cache soigneusement au regard des autres.

La vérité est ailleurs, évidemment.

Floris a la gorge sèche tandis qu'il passe un morceau de tissu de coton sur les traces ensanglantées. La douleur incite le jeune matelot à se contracter, ce qui dessine superbement les muscles de son ventre. Il n'y a rien entre la peau et le muscle, Floris voit leur dessin comme sur une gravure d'anatomie.

Bientôt, Lilian se détend. Floris lui a donné un petit coup de gnole à boire pour le décontracter et il commence à se sentir bien. Le passage délicat du coton sur sa peau soulage la brûlure. Il se laisse aller doucement en arrière.

Est-il conscient de ce qu'il fait ? Comprend-il qu'à s'allonger ainsi à demi sur la couchette de Floris, il met tout son corps en valeur ? Les chausses à demi déchirées ont légèrement glissé sur son ventre et sur ses hanches. On peut déjà apercevoir les premiers poils qui annoncent la proximité de sa verge. Sa verge qui dessine une bosse que le regard ne peut éviter. Le vieux avait raison qui avait annoncé à ses complices que le « petit salaud » commençait à bander. Il reste un vestige de ce début d'érection.

Brusquement, oui, Lilian a conscience de l'ambiguïté de la situation : il est allongé sur la couche d'un homme qui n'en finit pas de nettoyer des plaies depuis longtemps propres, presque entièrement nu, et la verge gonflée par un plaisir dont il ne voulait pas, mais qu'il a tout de même frôlé, au point d'en être encore bouleversé.

Il lève les yeux vers Floris et rencontre les siens, fixés sur lui. Les regards se parlent. Ils tombent vite d'accord. Tout est dit en quelques secondes. Alors Lilian se laisse complètement aller sur la couchette et, quand Floris fait glisser ses chausses le long de ses cuisses, il ne dit rien. Sans le voir, il sent sa verge vulnérable offerte à une caresse qu'elle espère. Une caresse qui vient. Lilian sent la bouche de Floris se refermer autour de son membre.

Il a quinze ans — enfin, dans quelques jours — tout se passe donc très vite. À peine Floris a-t-il commencé à aller et venir le long de la verge bandée que Lilian se met à gémir, puis étouffe ses gémissements en réalisant que la cabine du capitaine jouxte celle de son second. Il serre les dents, plisse les lèvres, tandis que la bouche adroite de Floris fait monter dans sa verge une provision de foutre à engrosser toute la

Basse Bretagne. La jouissance est là et Lilian s'y abandonne, juste désespéré de ne pouvoir crier haut et fort son plaisir. Il ne voit pas qu'au même moment, sans se toucher, Floris a souillé son pantalon de toile. Lui aussi, il a pu aisément étouffer son cri de plaisir en refermant vigoureusement ses lèvres sur la colonne de chair qui n'en finit pas de dégorger sa semence, que Floris a du mal à avaler à présent. Puis le volcan s'apaise, l'éruption s'achève, et les deux hommes restent affalés un long moment, l'un agenouillé entre les cuisses de l'autre, tous deux épuisés, éblouis, entamant leur lent travail de résurrection.

5

Dix jours plus tard, ils atteignirent Lorient, à cause de vents contraires qui avaient ralenti la course du bateau. Floris avait béni ce caprice du temps grâce auquel, chaque nuit, il voyait se glisser dans sa cabine ce délicieux mousse qui avait si peu l'air d'un enfant, et déjà tout d'un homme.

La deuxième nuit, Lilian était allé dormir à la cale, parmi l'équipage. Il s'était tenu à l'écart du groupe des trois vieux, qui déjà ne faisaient plus attention à lui. Ils s'étaient facilement fait une raison. Il viendrait bien un autre moussaillon, moins costaud, moins farouche…

Une bonne partie de la nuit, Floris avait attendu, puis espéré la visite de Lilian. En vain. Aussi, le lendemain, profitant d'une manœuvre, il s'était approché du garçon et lui avait demandé s'il avait bien dormi.

— Moins bien que la nuit précédente, avait murmuré Lilian, avec un regard qui avait rallumé le feu dans le ventre du second.

— Il n'est pas raisonnable de mal dormir quand on doit accomplir des manœuvres ardues et périlleuses… chuchota-t-il à son tour.

— Votre couche est sans aucun doute plus confortable que le plancher de la cale, même adouci par une paillasse…

— Si tu le souhaites, la nuit prochaine, attends que chacun soit endormi et viens gratter à ma porte…

— Peut-être… concéda Lilian, avec une perversité qui n'était pas de son âge, mais peut-être déjà de ses mœurs.

Floris s'éloigna, le cœur tremblant d'espoir.

Il ne fut pas déçu. Une heure après le coucher de l'équipage, il entendit gratter à sa porte. Il entrebâilla la porte et laissa entrer Lilian. À peine cinq secondes plus tard, il était à genoux devant le garçon, le visage enfoui dans ses chausses à la hauteur de son bas-ventre.

Cette nuit-là encore, et toutes les suivantes, il se contenta de le sucer, sans jamais exiger la même chose en retour, ou sans tenter d'obtenir davantage. Lilian le laissa aventurer sa langue, une nuit, entre ses fesses, mais Floris n'essaya pas de pousser son avantage. Il était trop excité d'entendre le garçon étouffer ses gémissements de plaisir contre la courtepointe de la couchette tout en se branlant. Il n'eut que le temps de se glisser sous l'entrejambe quand Lilian éjacula son foutre, toujours aussi abondant, dont il se délecta.

Il aurait peut-être — sans doute — pu obtenir davantage. Lilian, il le pressentait, était un chaud luron que la perspective, et surtout l'approche du plaisir mettaient dans un état où les principes et les scrupules n'ont plus leur mot à dire. Mais il y avait chez cet homme jeune une pudeur innée qui lui interdisait de profiter du bouleversement des sens d'un garçon de quinze ans. Si Lilian avait eu dix-huit ans, ou peut-être même seize, comme déjà deux jeunes engagés avant lui, sans doute Floris aurait-il pris son plaisir entre ses reins. Il aimait les garçons jeunes, mais quinze ans lui paraissait un âge qui appartenait encore à l'enfance, même si certains, à cet âge, étaient déjà pères. De plus, physiquement, Lilian aurait pu prétendre en avoir seize, peut-être même dix-huit. Il était costaud comme un garçon de cet âge. Certes, il n'avait de poil ni sur le menton, ni sur la poitrine, mais autour de la verge, oui. Il n'empêche, c'était probablement un scrupule d'origine religieuse, Floris sut se contenter de boire chaque nuit la semence riche du jeune mousse.

Finalement, Lilian décida de débarquer à Lorient. Satisfait de lui, le capitaine lui avait proposé de l'engager jusqu'à Lisbonne, d'où le bateau appareillerait peut-être pour les Antilles. Mais Lilian décréta qu'il était plutôt un terrien qu'un marin. Il prit congé de Floris et, sans que celui-ci lui eût rien demandé, il lui offrit le même genre de plaisir dont Floris s'était montré si peu avare pendant la traversée. Le second avait les larmes aux yeux quand il vit le garçon descendre la passerelle de coupée.

Lilian, lui, n'éprouvait aucun regret. Il avait l'impression d'avoir beaucoup mûri pendant ces dix jours de mer. D'abord, sur le plan physique, il s'était encore renforcé. Il se demanda même s'il n'avait pas grandi d'un ou deux pouces à son insu, tant il se sentait plus costaud et plus élancé. Ensuite, sur le plan sexuel, il avait pris conscience que son plaisir se trouvait davantage dans le lit des gars que dans celui des garces. Même s'il n'envisageait pas de renoncer à ces dernières. Il lui semblait simplement qu'une relation avec un homme ou un garçon recélait plus de diversité. Ainsi, pendant toute la durée de la traversée, il avait apprécié de se faire sucer par Floris. Il avait rapidement éprouvé un sentiment de supériorité à voir cet homme qui avait le double de son âge s'agenouiller devant lui pour le prendre dans sa bouche et avaler son jus. Puis, quand Floris s'était enhardi à enfouir son visage entre ses fesses et à laisser sa langue jouer longuement avec son trou, il avait ressenti des sensations inconnues, diverses, parfois contraires. Il avait eu l'impression, par instants, d'être totalement à la merci de Floris, victime impuissante à se soustraire à sa langue conquérante, et il avait eu du mal à se retenir de l'encourager à aller plus avant — qu'entendait-il par « plus avant », il n'en avait aucune idée.

La dernière nuit, quand il s'était à son tour agenouillé devant Floris, il avait éprouvé un sentiment de soumission qui n'existait que dans son esprit. Car la première réaction de Floris, quand il s'était mis à genoux pour prendre sa verge dans la bouche, avait été de le repousser et de le faire se relever. Puis il avait cédé, et là il avait eu un geste qui avait enivré Lilian : il lui avait empoigné les cheveux et l'avait forcé à faire des allers-retours sur sa queue, comme si Lilian s'y refusait. S'il n'avait pas eu la bouche occupée par ce qu'il faisait, il aurait probablement lâché des mots et des expressions dont l'écho l'emplissait à présent de honte.

Il ne se passait rien de tout cela dans son esprit quand il troussait une garce. Il jouait le même rôle du début à la fin : il la culbutait, lui écartait les cuisses, la pénétrait, jouissait dans son ventre, puis se retirait. Sans que rien n'évolue dans son esprit. Il n'entretenait aucun dialogue intime avec lui-même, il ne lançait aucun ordre silencieux à sa partenaire afin qu'elle profite de sa passagère supériorité physique sur lui — d'ailleurs, elle ne bénéficiait d'aucune supériorité d'aucune sorte envers lui.

Bref, Lilian posa le pied sur le quai de Lorient avec la ferme conviction qu'il était à présent un homme.

Et maintenant, qu'allait-il faire ?

Il se trouva tout couillon une heure après avoir mis pied à terre. En fait, pendant ces dix jours, il avait longuement hésité entre continuer à bord du bateau ou descendre à quai, sans imaginer une seconde ce qu'il ferait une fois qu'il aurait opté pour la deuxième solution.

Mais c'était un garçon chanceux : le hasard choisit pour lui. Comme il s'enfonçait dans le dédale des rues étroites qui prolongeaient le port, il tomba sur une scène qui émoustilla le vaurien en lui : on avait mis la main au collet d'un voleur.

L'affaire semblait s'être déroulée chez un prêteur sur gage, un Juif probablement, dans une maison sombre sur une place encombrée. La populace s'entassait là, discutant et affirmant sans savoir, tandis qu'à l'intérieur de la maison, on entendait des cris et des hurlements, certains de douleur, semblait-il. Brusquement, deux gardes municipaux émergèrent d'un couloir aveugle, précédant deux autres gardes qui tenaient un énergumène qui ne se laissait pas emmener de bonne grâce.

— Ah ! s'écria une mégère. Ils l'ont attrapé, c'est bien lui !

— Oui, renchérit un bonhomme, c'est bien lui, c'est le Tranchant !

— Ah, le Tranchant ! ajouta un homme bien mis. Ce voleur ! Cette canaille !

— La ville et la région seront plus sûres avec ce ruffian sous les verrous, commenta une commère à la voix aigre.

— Qu'on le pende sur-le-champ ! proposa un amateur de distractions publiques.

Sa suggestion fit florès.

— Qu'on le pende! s'écria-t-on de toutes parts.

— Qu'on l'écartèle! conseilla un amateur du temps d'avant.

— Qu'on le décapite! souffla une femme moins inspirée.

Bref, ils n'étaient pas tous d'accord, sauf sur un point, il fallait l'envoyer en enfer par le plus court chemin.

À cet instant, l'énergumène se débattit une fois de plus, prenant ses gardiens par surprise, et tenta de fuir. Mais il y avait trop de monde devant la maison, aucune issue possible. Les quatre gardes eurent tôt fait de le récupérer.

Lilian, qui avait réussi à s'avancer jusqu'au premier rang, le reconnut alors: c'était Luc.

Luc. Son frère. Ou plutôt, son demi-frère.

Bouleversé par cette rencontre, Lilian emboîta le pas à la foule qui s'était mise à suivre les quatre gardes et leur prisonnier. Il trépignait sur place tandis qu'il tentait d'avancer jusqu'au premier rang. Il y parvint en jouant des coudes et en faisant un croc-en-jambe. Il tenta d'attirer l'attention de Luc en criant son prénom à mi-voix, assez fort pour qu'il l'entende, mais pas trop, afin qu'on ne le remarque pas.

Luc l'entendit. Il tourna la tête vers l'arrière, en direction de la foule qui les suivait. Il ne reconnut pas Lilian tout de suite. Le petit frère avait changé. Et pour commencer, il n'était plus petit.

Il n'eut le temps de rien dire. Les gardes, qui à présent le tenaient serré, l'obligèrent à marcher en regardant devant lui.

Lilian réfléchit à toute allure. Il devait agir. Il ne pouvait laisser le seul membre restant de sa famille finir la corde au cou. Il regarda autour de lui. Peu à peu, la foule s'éparpilla. Elle avait compris qu'on n'allait pas pendre le prisonnier tout de suite. On n'était plus à l'époque de la Terreur. Il serait bien temps de se précipiter sur le lieu du supplice quand le jugement serait rendu.

Bientôt, derrière les quatre gardes et Luc, il n'y eut plus que Lilian et deux ou trois irréductibles. Il sembla à Lilian qu'il devait être possible d'agir. Mais comment ? Déjà ils arrivaient sur la grand-place, où se trouvait la caserne, dans laquelle on allait enfermer Luc. Il n'y avait plus de temps à perdre.

Brusquement, Lilian vit l'occasion se présenter devant lui. Un cavalier venait d'accrocher les rênes de son cheval à une borne, au coin de la place. Lilian ne réfléchit pas davantage. Il bondit vers le cheval, dégagea les rênes, monta en selle et piqua des deux en direction du groupe.

— Luc ! Luc ! cria Lilian.

Voyant ce cavalier fou foncer sur eux, les gardes se débandèrent, laissant leur prisonnier seul au milieu du passage, les mains toujours ligotées. Souplement, ralentissant à peine, Lilian se pencha vers lui et glissa sa main sous son bras droit. Luc, avec énergie et souplesse, prit son élan, courut quelques mètres à côté du cheval, puis bondit en selle derrière Lilian.

Le temps que les gardes réagissent et se souviennent qu'ils avaient un fusil, les deux fuyards avaient déjà tourné le coin de la place.

Lilian se retourna vers Luc :

— Tu es sauvé, Luc !

— Je m'appelle Tranchant, répondit Luc sans la moindre émotion.

CHAPITRE CINQ

Les métamorphoses d'Aubin

1

Depuis deux jours, Lilian paraissait prostré. De temps à autre, il sortait de sa torpeur, regardait autour de lui, semblait mettre quelque temps à reconnaître l'endroit où il se trouvait. Puis il disait quelque chose comme : « On devrait peut-être aller souper… » alors qu'il n'était que dix heures du matin. Nicolas lui signalait son erreur. Lilian s'excusait, hochait la tête, puis replongeait dans le silence.

La deuxième nuit après la mort de Tranchant, il se produisit quelque chose de totalement inattendu.

Les deux garçons étaient allongés dans la pénombre. Ils avaient trouvé à se loger chez un couple de personnes âgées. En échange de quelques travaux dans la maison et le jardin, les deux vieux leur consentaient un prix de pension assez bas. Le principal avantage, c'est que les deux vieux étaient durs d'oreille, mais jusqu'à présent les deux garçons n'en avaient pas profité. Depuis la mort de Tranchant, ils ne s'étaient pas touchés. Nicolas avait vérifié : Lilian ne se réveillait même pas avec cette érection matinale qui semble naturelle, notamment chez les garçons de leur âge. Quand

Nicolas le prenait dans ses bras, il se laissait faire, mais ne lui rendait pas ses caresses. S'il l'embrassait, une fois sur deux il omettait de mettre la langue.

Au cœur de la nuit, Nicolas fut réveillé par Lilian qui le secouait doucement. Quand il vit que son jeune compagnon était réveillé, Lilian le serra très fort contre lui. Nicolas sentit aussitôt l'érection contre sa hanche. Son cœur s'emballa aussitôt : Lilian avait retrouvé le chemin du désir ! Il éprouva une envie terrible de se donner. Mais ce que lui dit Lilian à l'oreille, comme s'il redoutait lui-même de l'entendre, le renversa :

— J'ai envie que tu me prennes... Dis, tu acceptes de me baisoter ?

Il s'exprimait sur un ton et avec une voix qui ne lui étaient pas familiers, comme s'il parlait dans son sommeil, ou comme s'il avait la fièvre. Il y avait presque une note de supplication. Craignait-il que Nicolas lui refuse ce plaisir — ou ce caprice ?

Sur le coup, en effet, Nicolas ne pensa qu'à refuser. Depuis le début, Lilian tenait le rôle du bougre et lui celui du bardache, et il n'y trouvait rien à redire. Cela lui paraissait dans l'ordre des choses : Lilian était plus âgé que lui, plus viril et mieux membré aussi ; qu'aurait-il pu faire d'autre que recevoir son aîné ? Cela correspondait aussi à ce qu'il éprouvait envers Lilian. Il se sentait dominé par lui, et quand Lilian, de temps à autre, dans l'intimité voluptueuse de leur chambre, l'avait appelé « ma petite femme », il n'y avait rien entendu de blessant. Oui, la nuit, dans leur chambre, il était la petite femme de Lilian. Ce qui ne l'empêchait nullement, le reste du temps, d'être un garçon, et fier de l'être.

— Je t'en prie, baisote-moi, je veux sentir ta pine en moi... continua de plaider Lilian.

S'il s'était exprimé avec sa voix et son autorité habituelles, Nicolas n'aurait sans doute pas accepté. Mais il y avait de la soumission dans sa façon de demander, une soudaine passivité qui, après lui avoir paru incongrue, lui semblait de plus en plus excitante. Il s'aperçut bientôt qu'il avait envie de faire à son tour de Lilian « sa petite femme », même si cette expression ambiguë lui convenait encore moins qu'à Nicolas, tant sa virilité était manifeste.

Alors, dans l'obscurité, Nicolas se glissa sur lui et lui écarta les cuisses à l'aide de son genou.

— Allume une bougie, je t'en prie, demanda Lilian, j'ai envie de te voir, j'ai envie de voir ta pine se glisser en moi...

Encore quelque chose qui, une heure plus tôt, aurait paru inconcevable à Nicolas, mais qui à présent aiguisait son désir. Il se leva. Son caleçon était déformé par l'érection qui tendait sa queue. Il se sentit fébrile ; il eut du mal à trouver le briquet, à le battre, à en arracher une flamme pour allumer la bougie.

Quand ce fut fait, il se retourna vers Lilian, allongé sur le lit. Il terminait de se débarrasser de sa camisole de nuit. Il était nu. Incroyablement nu. Tout en muscles, sur lesquels la lueur tremblotante de la bougie créait des ombres vivantes. Il bandait également. Il le regardait en se caressant la queue. Il avait glissé sa main gauche entre ses cuisses, entre ses fesses, comme s'il se préparait déjà à se donner. Il ressemblait pourtant comme deux gouttes d'eau au Lilian qui, d'ordinaire, le fourrait nuit après nuit après l'avoir obligé à le sucer longuement. Mais là, c'était lui qui commençait à écarter les cuisses, à prendre appui sur ses épaules pour bien cambrer les reins, sans jamais quitter Nicolas du regard, comme pour le persuader que ce n'était pas un caprice déjà évanoui.

On dirait qu'il cherche à m'aguicher, pensa Nicolas, un peu comme une putain.

L'emploi de ce mot le couvrit de honte avant de le submerger d'une excitation trouble. Il songea : oui, je vais te baiser, tu vas devenir ma putain.

Nicolas s'approcha du lit, ivre de désir et de confusion. Il ignorait si les reins de Lilian avaient déjà connu le passage d'une verge. Ils n'en avaient jamais parlé quand ils avaient évoqué leurs expériences passées. Il avait cru comprendre que Lilian s'était contenté, comme lui, de jeux de mains et de bouche. Il s'agenouilla entre les jambes largement écartées. Il humecta son majeur et, sans quitter Lilian du regard, pour bien lui montrer à quel point il était conscient de ce qu'il faisait, il glissa sa main entre les cuisses, entre les fesses. Lilian lui facilita l'accès à son trou en écartant lui-même ses fesses à l'aide de ses mains. Il voulait être baisé, c'était évident. Nicolas répéta le geste qu'il avait vu Lilian faire tant de fois : il humecta le bout de son index, puis lui frotta la rosette, jusqu'à ce qu'il la sente s'ouvrir doucement, bâiller paresseusement, puis absorber la première phalange de son index. Il comprit alors que Lilian s'était déjà donné à un autre garçon. Il en éprouva un bref dépit ; il aurait aimé être le premier ; mais, se souvenant de ce qu'il avait souffert quand Lilian l'avait défloré, il fut satisfait de n'avoir pas à revivre cette expérience.

Bientôt l'index tout entier fut dans le ventre de Lilian. Les deux garçons s'embrassaient éperdument tandis que Nicolas agitait son doigt pour amadouer le trou. Il sentit les reins de Lilian se mouvoir doucement, comme pour venir à sa rencontre. Il en voulait davantage. Nicolas retira son doigt.

Il s'approcha du visage de Lilian et, le tenant par la nuque, il lui glissa sa verge dans la bouche, afin qu'il la mignote de sa propre salive. Lilian coopéra volontiers. Il paraissait très excité à l'idée de se faire pénétrer par son jeune amant, d'ordinaire passif. Il respirait bruyamment, rapidement, en lâchant à chaque expiration un gémissement exaspéré.

— Viens ! chuchota-t-il à Nicolas.

Nicolas reprit place entre les cuisses de Lilian. Il les écarta encore un peu, savourant la douceur de leur peau et la souplesse de ses muscles. Puis il lui glissa les deux mains sous les fesses, le souleva légèrement et l'ajusta à la hauteur de sa verge. Lilian s'en empara. Nicolas comprit qu'il avait l'intention de se la fourrer lui-même dans le cul et il fut traversé par un vertige qui s'exprima par un profond soupir.

Le gland de Nicolas trouva aussitôt le trou complice de Lilian. Il s'enfonça légèrement, mais Lilian veilla à ce qu'il ne le fît pas trop profondément et trop vite. Il ouvrit la bouche, lâcha de longues expirations haletantes, comme quelqu'un qui souffre mais s'efforce de surmonter sa douleur, car il la sait passagère. Puis, quand ce fut fait, il expira longuement et, quand il aspira, la verge de Nicolas sembla entrer d'elle-même et d'un seul coup dans le conduit qui l'espérait.

« Je suis tout en lui ! songea Nicolas. Je le baise ! Je le fourre ! Je le serre ! »

Il manquait de vocabulaire pour décrire ce qu'il faisait et il regretta de ne pas connaître plus de mots, comme si chaque mot eut été une preuve supplémentaire qu'il faisait bien ce qu'il était en train de faire.

Lilian, lui, ne disait rien, mais il soufflait fort, et certaines de ses expirations sonnaient comme des « Oh » et des « Ah ». Il appréciait le mouvement régulier de la queue de Nicolas dans son ventre. Il commença à se caresser la poitrine, à se pincer les pectoraux, puis à s'agacer la pointe des seins. Brusquement, il murmura à Nicolas :

— Mignote-moi les tétons !

Nicolas lui souleva les reins encore plus en hauteur, afin de pouvoir atteindre son torse. Il parvint à attraper la pointe du sein droit et il la suçota comme un enfant à la tétée.

— Mordille-le… suggéra Lilian et, dès que Nicolas lui eut obéi, il se mit à gémir vraiment plus fort, comme s'il subissait à la fois une torture insupportable et une caresse délicieuse.

Dans cette position, les reins de Lilian recevaient mieux la queue de Nicolas, qui se mit à le pilonner avec énergie. Lilian approuva l'initiative. Il noua ses jambes autour des reins de Nicolas, comme pour l'empêcher de se retirer et de le priver de ce plaisir intense.

— Oh oui ! approuva-t-il. Oh, comme tu me bourres bien, mon gamin ! Ah que tu y vas bien ! Ah comme tu me baises ! Comme une pute ! Tu me baises comme une pute ! Ah bougre, que je t'aime !

C'en fut trop pour Nicolas, incapable de se retenir plus longtemps. Il abandonna le téton de Lilian tandis qu'il accompagnait sa jouissance en ahanant, se servant de sa queue comme d'une cognée pour fendre en deux le cul éclaté de Lilian. Il se mit à jouir, d'abord par des cris, puis en lâchant son foutre par lourdes giclées dans le ventre de Lilian. Celui-ci, inspiré par l'orgasme de son partenaire, n'eut même pas besoin de branler sa queue pour la faire éjaculer. Elle cracha seule tout son jus sur son ventre, et leurs cris mêlés, confondus, emplirent la chambre ardente d'une véhémence animale.

2

Nicolas avait anticipé au réveil un sentiment de malaise, de trouble, comme lorsque, sous l'effet de l'alcool, on s'est livré à des actes, des gestes, des privautés que la sobriété retrouvée nous fait regretter. Mais il était dans l'erreur. C'est un Lilian totalement transformé qui s'éveilla à côté de lui. Dès qu'il aperçut Nicolas, il lui sourit, puis l'attira vers lui pour l'embrasser sur la bouche. Ils s'étreignirent un long moment, chacun s'enivrant de sentir le corps nu et chaud de l'autre contre le sien. Déjà leurs queues, comme deux jeunes chiens hardis qu'aucun jeu n'épuise, durcissaient. Ils continuèrent de s'étreindre, laissant leurs hanches et leurs reins entrer lentement en action. Bientôt, ils devinèrent qu'ils étaient allés trop loin pour s'arrêter en si bon chemin et ils éjaculèrent ensemble, l'un sur l'autre, et restèrent ainsi enlacés jusqu'à ce que leur foutre sèche. Ils durent presque s'arracher l'un à l'autre pour se lever.

— Il nous faut un bain, décréta Lilian.

Mais la vieille était moins accueillante que les servantes ou les patronnes d'auberge. Elle ne leur laissait prendre leur bain que dans le vieil abreuvoir dans la cour, vestige d'une époque où le couple avait encore un cheval.

Lilian se dressa sur le lit, nu et triomphant, la verge encore enflée, mais déjà en train de plonger paresseusement vers le sol.

— Viens, allons nous baigner !

Nicolas s'apprêta à enfiler ses chausses, mais Lilian l'arrêta :

— Laisse, allons-y ainsi, et tant pis pour la vieille !

Puis en riant il ajouta :

— Ou tant mieux pour elle, plutôt !

Si la vieille fut offusquée de voir folâtrer ces deux godelureaux dans son abreuvoir inutilisé, l'histoire ne le dit pas.

Après déjeuner, ils se mirent en route pour quitter Lorient.

Ils ne savaient point trop vers où diriger leurs pas. Ils prirent la première route un peu large qu'ils rencontrèrent à l'est de la cité. Ils s'enquirent auprès d'un citoyen qui les dépassa dans sa désobligeante, cette voiture attelée à une place, ainsi appelée parce qu'elle dégageait le conducteur de l'obligation de faire monter un ami rencontré en chemin.

— Si vous la suivez tout du long pendant un nombre de jours suffisants, vous parviendrez à Rennes ! Et si la ville ne vous plaît pas, continuez tout droit et, dans quelques semaines, vous atteindrez Paris, la capitale de notre beau pays !

L'homme semblait de fort belle humeur. Sans doute avait-il fait de bonnes affaires à Lorient. Les deux garçons lui souhaitèrent bonne route. Pour marquer sa satisfaction, l'homme leur lança une petite pièce d'argent.

— Pour qui nous prend-il ? demanda Lilian, qui agita son sac dans lequel tintèrent les pièces qu'il avait obtenues en revendant une partie du trésor de Tranchant.

Brutalement, le souvenir du visage souvent sévère de son frère revint le visiter, mais il n'éprouva plus la mélancolie et le chagrin qui l'avaient prostré deux jours durant.

— Tout de même, fit-il, quel dommage que Tranchant ne m'ait pas révélé ses cachettes ! On en aurait fait le tour et on aurait gagné Paris en calèche !

Nicolas éclata de rire.

— Que tu crois ! Nous n'aurions pas parcouru une lieue sans qu'on nous arrête comme les voleurs que nous sommes ! Nous sommes trop jeunes pour être riches ! Nous n'avons pour nous que notre belle mine et la force de nos membres!

— À commencer par celui-ci! déclara Lilian en lui empoignant la verge à travers ses chausses.

Nicolas poussa un cri de surprise.

— Dieu que tu m'as bien baisé la nuit dernière! s'écria Lilian avec un aplomb qui stupéfia Nicolas. Il faudra que tu recommences, gamin!

— Pas si tu continues à m'appeler gamin! Quel genre d'homme es-tu pour te laisser baiser par un gamin?

— Tu as raison! Comment veux-tu que je t'appelle désormais?

— Mon frère!

— Soit, c'est le plus beau nom du monde… mon frère!

Ils se piquèrent un baiser sur la bouche et se remirent en route.

Le troisième jour, ils croisèrent le chemin d'Aubin. Ils se trouvaient sur la route de Josselin, qu'ils doutaient d'atteindre avant la nuit. Mais le temps était clair, la pluie ne menaçait pas. Ils avaient donc décidé de s'enquérir d'un gîte et d'un couvert dès qu'ils croiseraient un hameau, ou même une maison isolée.

Ils longeaient un petit bois quand ils entendirent une voix disant:

— Hé, gentils voyageurs!

Ils regardèrent autour d'eux, ne voyant personne qui aurait pu les interpeller ainsi. S'agissait-il d'un faune?

— Je suis là, dit la voix, sans pouvoir s'empêcher de ponctuer sa phrase par un petit rire réjoui.

Ils finirent par apercevoir, dépassant à peine d'un buisson, la tête d'un tout jeune homme qui les regardait avec un sourire engageant, comme quelqu'un qui a un service à demander et qui ne doute pas d'être exaucé.

— C'est une chance de vous rencontrer, charmants jeunes gens ! Vous allez peut-être pouvoir m'aider…

Il semblait poser une question, mais en fait il n'en doutait pas, ils allaient tout faire pour le sortir d'embarras.

— Pourquoi restez-vous caché derrière ce buisson ? lui demanda Nicolas.

— C'est que… fit l'autre, en jouant la gêne, je ne suis guère visible !

— Pourquoi cela ? Tu es nu ? demanda Lilian, qui ne s'embarrassait jamais de circonlocutions.

— Exactement. Enfin, presque.

Là, il fit deux pas sur le côté et apparut de plain-pied devant les deux voyageurs.

Il était nu. Enfin presque. Il ne portait qu'un caleçon blanc de toile grossière.

— Vous n'avez vraiment rien à vous mettre sur le dos ? s'enquit Nicolas.

— Si fait, j'ai cela.

Il se pencha et récupéra dans l'herbe un vêtement noir qui s'avéra être une soutane.

— Vous êtes curé ? demanda Lilian, repassant automatiquement au vouvoiement.

— Point tout à fait. Séminariste. À deux doigts de devenir prêtre. Ce qu'à Dieu ne plaise !

— Tu ne veux pas devenir curé ? continua Lilian, repassant au tutoiement.

Comment pourrait-on vouvoyer longtemps quelqu'un d'aussi jeune et d'aussi dévêtu ?

— Ah certes non ! Je n'ai pas l'intention de laisser inemployée la seule partie de moi-même que vous ne voyez pas !

— Depuis quand cela embarrasse-t-il le clergé? ricana Lilian.

— Il y a d'autres détails, que vous ne connaissez pas, mais qui dérangeaient fort le père abbé du séminaire où l'on m'avait placé. Vous m'obligeriez en n'exigeant pas que je vous en parle.

— Et que peut-on faire pour vous aider? demanda Nicolas, allant droit au but. Il trouvait que l'on perdait beaucoup de temps à bavarder ainsi au bord de la route. Il y avait encore du chemin à faire. À chaque minute, il était de plus en plus évident qu'ils ne parviendraient pas à Josselin avant la nuit.

— Auriez-vous des vêtements moins visibles à me prêter? Je vous les rendrai dès que nous atteindrons une ville où je pourrai trouver un fripier.

— Qu'est-ce qui vous empêche de poursuivre votre route vêtu de votre soutane? Vous en changerez en trouvant le fripier.

— C'est que je me suis enfui du séminaire et, à cette heure, on doit me chercher partout dans la contrée. Une soutane donnera l'alerte. Habillé comme vous, et qui plus est en votre compagnie, je passerai inaperçu.

Sa situation était problématique, en effet, mais il ne semblait pas le moins du monde désemparé. Il émanait de lui la conviction qu'il y avait toujours une solution bienveillante à sa disposition. Dieu — auquel il n'entendait pas consacrer le reste de ses jours — y pourvoirait.

— Je pourrais lui prêter une paire de chausses, avança Nicolas en regardant Lilian.

— Et moi une chemise... Mais mince comme il est, il va flotter dedans!

Le garçon était effectivement très mince. Pas maigre, ni chétif. Mince comme une fille. Comme une très jolie fille. Il n'avait pas un poil sur tout le corps. Il ne devait pas avoir plus de seize ans. Sans doute même moins.

Il était très beau. D'ailleurs, plus on le regardait — notamment quand il consentait à se taire — plus on le trouvait beau. Nicolas était proprement fasciné. Il avait des cheveux noirs très bouclés et très longs, retenus par un ruban rose. Ses yeux étaient de la même couleur que ses cheveux, d'un noir brillant comme le café. Ils étaient ourlés de longs cils drus, qui approfondissaient son regard et rendaient ses sourires irrésistibles. Il souriait d'ailleurs beaucoup, ce qui étirait sa bouche très rouge, plutôt petite. On aurait pu croire qu'il avait enduit de crème ses lèvres tant elles brillaient. Il avait un point de beauté le long du nez, et un autre au coin de la bouche, si ronds et si élégants qu'on les eût pris pour des mouches. Oui, il était ravissant, avec quelque chose de très féminin, qu'une virilité diffuse, provenant on ne sait d'où, évitait de virer à l'effémination.

Nicolas songea qu'il aimerait le tenir dans ses bras et le caresser longtemps, comme une poupée. Lilian, lui, se dit que s'il pouvait lui retirer son caleçon, il insinuerait volontiers sa langue entre ses fesses, pommelées comme de beaux fruits mûrs, avant de les ravager à coups de queue.

Mais pour l'heure, c'étaient de vêtements, et non de caresses ou de privautés, que le jeune homme avait besoin.

— Vous êtes mes sauveurs ! s'exclama Aubin.

Il leur avait révélé son prénom tout en enfilant les vêtements.

— Que grâces vous soient rendues !

Il s'exprimait volontiers d'une manière exaltée qui aurait pu le faire passer pour flagorneur ou hypocrite, mais on devinait bien qu'il n'était pas très sérieux en remerciant d'une manière aussi excessive. Il s'amusait beaucoup, de la vie, des gens, des situations incongrues dans lesquelles il se trouvait plongé, et cela se sentait à chaque fin de phrase.

Il avait une allure un peu étrange, avec ces chausses et cette chemise. Il semblait avoir dépouillé en chemin un épouvantail afin de se vêtir. Nicolas lui prêta un gilet dans l'intention de dissimuler les pans de la chemise qui flottaient autour de lui comme une voile qui n'arrive pas à prendre le vent. Il était probablement plus à son affaire en séminariste. Il aurait fait un redoutable abbé de cour. Il avait dû être un ravissant jeune serviteur de Dieu, le genre qui fait soupirer les pucelles qui vont à la messe et qui suivent des yeux un jeune diacre bien tourné, tout en pensant que Dieu pourrait bien se contenter de serviteurs de second choix.

Il était aussi très bavard, et parlait surtout pour ne rien dire. Lilian finit par le faire taire, ce qu'il fit, sans paraître outragé le moins du monde, pendant quelques minutes. Il avait eu le temps de leur raconter qu'il était le fils d'un riche négociant en grains, qui avait failli perdre plusieurs fois la vie depuis le début des événements, car il ne se passait pas une récolte sans qu'on l'accusât d'être un accapareur et de dissimuler des réserves de grains afin de faire monter les cours et de s'enrichir. Ce qui, à en croire Aubin, était tout à fait exact. Son père était une véritable crapule, et c'était en partie pour faire absoudre ses terribles péchés qu'il avait décidé de donner l'un de ses fils à l'Église. Malheureusement sans lui demander son avis. Et au grand désespoir de sa mère, qui s'était mis en tête de le marier à une promise de choix. Beau et riche comme il était, même la fille du duc du Maine aurait voulu de lui. Enfin, dans l'absolu, car l'intéressée se trouvait pour l'heure à Coblence.

La nuit tomba alors qu'ils étaient encore à trois lieues de Josselin. Ils avaient dû ralentir le pas car Aubin avait du mal à marcher avec ses chaussures de séminariste, conçues pour faire de petits pas autour du cloître. Ils trouvèrent avisé de chercher un gîte et un couvert quelque part sur le bord de la route. Par chance, ils tombèrent sur une auberge dont ils distinguèrent bientôt l'enseigne, éclairée par un flambeau. Ils avaient un petit pécule, ils pouvaient envisager d'y prendre une chambre. S'il s'en trouvait une de libre. Car, si l'on en croyait le nombre et la qualité des voitures garées dans la cour, cette auberge devait constituer une halte de choix.

Mais Aubin trouva qu'il était stupide de dépenser son argent quand tant de gens sont prêts à rendre gracieusement service. Il conseilla aux deux amis de l'attendre dans la grande salle de l'auberge devant un pichet de vin du pays tandis qu'il allait faire un tour du côté des cuisines. Il en revint bientôt accompagné d'une matrone qui s'essuyait les mains à un torchon. Elle jeta sur Lilian et Nicolas un regard soupçonneux, puis se tourna vers Aubin.

— Vous ne vous ressemblez guère pour des frères, remarqua-t-elle sur un ton soupçonneux.

— Voilà une remarque bien désobligeante pour notre sainte mère, qui vient d'être rappelée à Dieu, s'exclama Aubin en se signant, avec une expression très crédible d'amour-propre filial bafoué.

L'hôtesse s'excusa aussitôt, essuyant énergiquement ses mains à son tablier. Elle parut avide de se faire pardonner.

— Croyez-moi, nous le sommes, chère hôtesse, reprit Aubin, prompt à profiter de cette disposition. La preuve, nous disposons tous trois de la même tache de naissance.

Malheureusement, placée en un tel endroit, que vous la montrer, je ne le puis, et mes frères non plus !

Il chuchota à l'oreille de l'hôtesse quelques mots qui la firent pouffer.

— Permettez-moi de vous présenter ma fratrie : Lilian, notre aîné. Et Nicolas, le petit dernier. Moi, entre les deux, pour vous servir, Madame !

Il mit suffisamment d'esprit dans sa salutation pour que la patronne n'en prît pas ombrage.

— Trois frères, ou plutôt trois orphelins, en route vers Rennes pour arracher à un oncle chicaneur un misérable bout de l'héritage de leurs parents.

— Ah, soupira la bonne femme, il n'y a rien de pire que la famille. Rien de meilleur aussi, si l'on a de la chance !

— Ce qui ne fut pas notre cas. Mais peut-être cela changera-t-il ce soir ? avança-t-il sur un ton débordant de confiance aveugle.

L'aubergiste haussa les épaules, puis dit :

— Une chambre, je ne puis, elles sont toutes occupées. Mais il y a au grenier un large lit qui boite un peu. Le matelas est encore bon. De toute façon, à votre âge, on dormirait sur la margelle d'un puits.

— Vous avez mille fois raison, généreuse hôtesse ! À notre âge, on a le dos moins sensible et plus facile à caler que l'estomac !

Il lui lança un regard appuyé qui la fit éclater de rire.

— Ah, roublard ! Petite vipère au venin sucré ! Langue de jésuite ! s'exclama-t-elle. Eh bien soit, si vous ne dédaignez pas de dîner à la cuisine, vous y serez les bienvenus !

— Et voilà le travail ! claironna discrètement Aubin quand la patronne s'en fut retournée vers ses fourneaux.

— Quel dommage que tu aies quitté l'habit, remarqua Lilian. Tu serais devenu cardinal avant d'avoir vingt ans!

Le lit était bancal, mais il était large et capable d'accueillir trois gaillards. Ou au moins deux et demi. Fatigués par leur journée de marche, Nicolas et Lilian se dévêtirent, ne conservant que leurs chausses, et s'allongèrent sur le lit. Pendant ce temps, Aubin fouillait le grenier, poussant un cri de joie chaque fois qu'il faisait une découverte. Il faisait songer à un enfant quand il ne parlait pas. Il en avait la spontanéité et la bonne humeur toujours renouvelée. Tout semblait être source de réjouissance à ses yeux. Il réapparut, tendant devant lui une longue robe noire bordée de dentelle.

— Il m'est avis que notre généreuse hôtesse se trouva veuve de fort bonne heure, à une époque où elle était encore aussi mince que moi. Par Dieu, cette robe m'irait comme un gant!

Il l'étala contre son corps et fit deux pas de danse.

À cet instant, il aperçut ses deux compagnons de voyage à demi nus, allongés sur le lit. Il se figea, puis lâcha un long sifflement admiratif.

— Par le pucelage de Marie, mes agneaux, que vous voilà belle stature et belle carrure! Quel corps magnifique vous avez l'un et l'autre! Les pucelles doivent vous harceler tout au long du chemin! Que n'en avez-vous trouvé une paire pour vous accueillir cette nuit en leur couche?

Il entreprit de se déshabiller à son tour. Il était mince comme une fille, il avait sans doute raison au sujet de la robe, elle lui irait comme un gant. Il était néanmoins fort appétissant, même comme garçon. Quand il se retrouva dans la même tenue qu'eux, Lilian et Nicolas le détaillèrent sans songer à dissimuler le désir que leur procurait le spectacle qui leur était offert.

— Oh, mes jeunes loups! déclara Aubin à voix basse. Que j'aime ces regards lourds d'un appétit qui fait briller vos yeux! Est-il possible que vous aimiez autant la chair des gars que celle des garces? Parce que si c'est le cas, mes amours, j'ai tous les talents et tous les orifices pour vous satisfaire! Allons, ôtez-moi ces chausses disgracieuses et aveuglez-moi de vos dards, aussi majestueux et raides que ces poutres au-dessus de nos têtes!

Pour les encourager, il ôta lui-même son vêtement de corps. Il apparut nu. Il était doté d'un membre étonnamment puissant pour un corps aussi mince. À moins que ce ne fût son extrême minceur qui fît paraître le sceptre aussi royal. Sans doute n'était-il pas mieux membré que Lilian, ou même que Nicolas, mais planté au centre de ses hanches étroites, sa verge à demi tumescente prenait des proportions d'appendice divin.

Il s'agenouilla entre les deux garçons et s'empara de leurs verges, une dans chaque main, puis les branla jusqu'à les faire bander comme des pendus. Il ne lui fallut que quelques secondes pour leur faire atteindre une érection totale.

— Je vois là de quoi réjouir ma bouche et mon cul toute la nuit, mes vaillants!... Eh bien, que la fête commence!

Et, se penchant vers la gauche, il entreprit de s'étouffer avec la queue frémissante de Lilian.

Quand tout fut fini — du moins le premier acte — Lilian et Nicolas eurent un peu l'impression d'avoir été abusés comme des vierges séduites par un satyre. Aubin avait pris en main — le plus souvent au sens littéral du terme — tous les épisodes de leur coït, ne leur laissant que très peu d'initiatives et mettant en scène leur participation avec un sens aigu de l'improvisation.

Lilian et Nicolas pensaient être, l'un et l'autre, relativement affranchis en matière de sensualité et de caresses. Ils auraient juré qu'ils n'avaient, en ce domaine, pas grand-chose à apprendre. Mais quand ce fut fini, ils furent bien obligés d'admettre qu'Aubin leur en avait bouché un coin — là encore, parfois au sens littéral du terme. Le plus étrange fut qu'ils eurent l'impression de n'avoir rien fait, de s'être laissé guider tout du long. Après s'être emparé de leurs verges, Aubin les avait longuement sucées, à tour de rôle, menant l'un puis l'autre à deux doigts de l'éjaculation, mais interrompant chaque fois le processus en appuyant son pouce juste en contrebas du gland. Puis il avait choisi, pour un premier empalement, la verge de Nicolas, qui était juste un peu moins épaisse que celle de Lilian. Il l'avait soigneusement humectée de sa salive et n'avait eu aucune peine à s'enfoncer dessus. Il n'avait pas ménagé tout du long ses commentaires élogieux. En fait, il semblait avoir parlé tout le temps. Quand il ne commentait pas, il s'extasiait. Tout le ravissait et l'enthousiasmait. Il marquait chaque fois la fin d'une pénétration par quelques applaudissements, comme si celle-ci lui avait coûté un louable effort, alors qu'il donnait l'impression d'être capable de s'embrocher sur n'importe quelle verge, fût-ce celle d'un géant.

Après celle de Nicolas, il avait essayé celle de Lilian, et il s'en était déclaré tout aussi satisfait. Tandis qu'il allait et venait, ébloui, sur le membre de Lilian, il avait incité Nicolas à le sucer, et Nicolas s'était alors aperçu que, sur ce plan, Aubin n'avait rien à leur envier. En fait, pour être tout à fait franc, il était probablement le mieux membré des trois. Nicolas avait cru s'étrangler quand Aubin lui avait appuyé rudement sur la nuque afin de plonger sa verge plus avant dans sa gorge.

Mais un peu plus tard, alors que Nicolas le baisotait, il avait refusé de pénétrer Lilian, qui commençait à avoir mal à la mâchoire à force de le sucer.

— Cette queue n'est que pour les dames ! s'exclama-t-il. Pour les hommes, ma bouche et mon cul, ma queue pour les femmes, mes mains pour tout le monde !

Puis il avait ajouté :

— Maintenant, si tu tiens vraiment à te faire mignoter, je peux descendre aux cuisines et mettre la main sur un cornichon, une courgette ou un concombre, c'est selon ce que tu peux prendre !

Outré par ces propos, Lilian s'était écarté, se contentant de regarder Nicolas baiser Aubin. Mais il était vite revenu dans la partie : le spectacle de cette belle queue bandée qui s'agitait à chaque coup de reins de Nicolas ne le laissait pas indifférent.

Brusquement, quasiment sans prévenir, Aubin s'était dégagé de Nicolas et avait repoussé Aubin, puis il avait redistribué les rôles selon son humeur. Il avait tendu sa croupe à Lilian et avait pris Nicolas dans sa bouche en disant :

— Allez, nobles garçons, emplissez-moi de votre semence, qu'elle me donne la force de créer un empire !

Dès lors, ce n'avait plus été que gémissements et extases, cris d'admiration et encouragements. Entrelardés de commentaires pour un public invisible :

— Oh, comme elle me fouille bien, cette queue !... Mon ventre est une grotte qui pourrait servir de tanière à un ours !... Ah, Révolution, amène-moi tes fils et laisse-les ravager mes entrailles réactionnaires !... Et vous, jeunes royalistes, défenseurs de Dieu et du Roi, emplissez mon cul et sabrez-moi de vos ardentes verges!... Ah, quel péché c'eut été de renoncer à tout cela!

Et ainsi de suite jusqu'à ce qu'il jouisse, ce qu'il fit abondamment sur ses deux partenaires qu'il avait fait coucher l'un contre l'autre tandis qu'il se branlait au-dessus d'eux en les regardant avec un sourire extatique. Puis, à peine repu, il avait désiré se laver. Il avait disparu et une demi-heure plus tard, il avait réapparu, propre comme un sou neuf, la peau lisse et innocente, la verge molle et le trou ratatiné, comme s'il ne s'était livré à aucune débauche. La licence ne semblait laisser aucune trace sur son visage et son corps. On lui aurait donné l'absolution et, dans la foulée, le bon Dieu sans confession.

Sans leur demander leur avis, il s'était glissé entre eux, au mitan du lit, et leur avait déclaré:

— Bien, il est temps de dormir... Je vous fais confiance, j'espère que vous n'abuserez pas de ma jeunesse et de mon innocence pour me violer durant mon sommeil... Mes deux mignons, je vous souhaite la bonne nuit!

Et moins de cinq minutes plus tard, il dormait.

Il les accompagna jusqu'à Josselin. Non sans mal. Il n'était pas habitué à se déplacer à pied. Les deux autres auraient bien continué, mais Aubin déclara qu'il ne ferait pas un pas de plus. Là, avec son entregent habituel, il négocia avantageusement avec un restaurateur la location d'une soupente, tout en haut de sa maison, sur la place de la mairie, face au relais de poste. Plusieurs fois dans la journée, il fit la réflexion qu'ils iraient plus vite en calèche ou en voiture de poste. Mais Lilian lui fit remarquer que les voyages coûtent cher et que les autorités sont plus curieuses avec ceux qui se déplacent en voiture ou à cheval qu'avec ceux qui cheminent à pied. Pas plus qu'eux, il n'avait probablement envie de répondre à des questions embarrassantes. Il en convint du bout des lèvres.

La nuit venue, le cirque recommença. Cette fois, il était assoiffé de tendresse et exigea des deux garçons qu'ils le câlinent et le caressent avec tendresse et affection, avant de le baiser tout en douceur. Il fit apparaître un pot plein d'une crème onctueuse qui fleurait l'amande douce et en enduisit toutes les parties du corps susceptibles de s'emboîter les unes dans les autres. Le jeune succube de la veille avait disparu. Et de nouveau, il se montra intransigeant : il les laissa jouer, de la bouche et de la main, avec son formidable vît, mais ne les autorisa, ni à en avaler le foutre, ni à l'introduire au fond de leur anatomie.

Quand Nicolas s'éveilla, à la pointe du jour, Lilian dormait toujours à côté de lui, mais Aubin n'était plus là. En revanche, il remarqua tout au fond de la soupente une créature tout de noir vêtue qui finissait de préparer son bagage.

— Qui êtes-vous ? demanda Nicolas à voix basse pour ne pas réveiller Lilian.

La jeune femme s'approcha d'un pas lent, majestueux. Elle portait une longue robe noire, avec de la dentelle aux poignets et au col. Ses cheveux disparaissaient sous une longue mantille noire, qui masquait en partie le haut de son visage. Elle jouait avec un éventail qui lui servait à en dissimuler le bas. Puis la jeune femme releva la mantille et écarta l'éventail.

Brusquement, Nicolas la reconnut : c'était Aubin !

Nicolas en demeura confondu. L'illusion avait été parfaite. Seuls le sourire et le regard d'Aubin l'avaient trahi. Il avait couvert son visage d'une fine pellicule de poudre et l'éclat naturel de ses lèvres était rehaussé d'une pointe de rouge.

Qui pourrait deviner que cette jeune veuve éplorée cachait en fait un jeune mâle redoutablement membré ?

— Je voulais partir sans vous réveiller, dit Aubin.

— Sans nous saluer ?

Aubin haussa les épaules. Il était de ceux qui passent et qui ne s'arrêtent que brièvement. Nicolas s'aperçut qu'il allait le regretter.

— Où t'en vas-tu ?

— Je vais tenter d'en appeler à la charité des hommes et de trouver une place dans une des voitures qui ne vont pas tarder à partir. Accompagne-moi, veux-tu ? On dira que tu es mon frère. On va leur servir une farce à ma façon, tu verras, ce sera très amusant !

Nicolas était encore jeune, il demeurait de l'enfant en lui. La proposition d'Aubin attisa sa curiosité. Il se vêtit en silence, veillant à ne pas réveiller Lilian. Quand il fut prêt, il rejoignit Aubin au fond de la chambre.

— Je m'appelle Albina de Bassompierre. Tu me laisses faire, d'accord ?

Ils descendirent sur la place. Dans l'escalier, Aubin donna à Nicolas quelques indications sur le rôle et le dialogue qu'il allait devoir jouer.

Trois voitures s'apprêtaient à partir. L'une d'elles était la malle de poste, Aubin l'ignora, il ne paierait son passage qu'en tout dernier expédient, dit-il. L'une des deux autres ne comptait que deux places et un vieux couple se trouvait déjà à l'intérieur. Ne restait plus que la troisième, à quatre places. Aubin compta :

— Trois personnes… Parfait… Sans doute les parents et leur fille… Raconte-leur ce que je t'ai dit…

Ils s'approchèrent du couple qui s'apprêtait à monter dans sa voiture. Nicolas toussota.

— Pardonnez-moi, Madame, Mademoiselle, Monsieur… Voici ma sœur, Albina de Bassompierre, qu'un sort funeste vient de rendre veuve d'un officier de l'armée d'Italie. Elle doit se rendre impérativement à Paris et la malle de poste vient de partir. Serait-ce par hasard votre route?

— Nous n'allons que jusqu'à Rennes, confia l'homme en ôtant son chapeau.

— Oh, Monsieur, intervint Aubin en s'exprimant d'une voix flûtée qui ressemblait à s'y méprendre à celle d'une jeune veuve dans la détresse. Me feriez-vous la bonté de me prendre avec vous? Là-bas, je trouverai assurément une malle de poste pour Paris, où l'État-major m'assurera un passage vers l'Italie, afin que je rejoigne la dépouille de mon cher époux…

Le reste de sa phrase fut perdu dans un sanglot vite contenu.

— Il venait d'avoir vingt ans et ses galons de capitaine! lâcha-t-il avant de s'évanouir à moitié sur l'épaule solide de son frère.

L'homme semblait hésiter, mais la femme intervint:

— Bien sûr, mon enfant, voyons… Il nous reste une place à côté de notre fille, que nous menons à Rennes pour la marier… Oh pardon, je suis d'une impardonnable indélicatesse!

— Ce n'est rien, Madame. Voyager aux côtés d'une ravissante jeune fille que l'on conduit vers son bonheur adoucira un peu ma peine… Vous êtes trop aimable!

Puis, avant de monter dans la voiture, Aubin — ou peut-être était-ce désormais Albina, allez savoir! — se tourna vers son frère et lui dit:

— Prenez garde à vous, monsieur mon frère. Si Dieu le veut, nous nous retrouverons bientôt. Votre souvenir fera route avec moi.

Puis, se penchant tout près de son oreille comme pour l'embrasser, Aubin — là, c'est sûr, c'était Aubin, pas Albina — ajouta :

— Le souvenir de ta bite sera aussi du voyage, mon joli !

Là-dessus, la jeune veuve monta avec beaucoup d'afféterie et de manières à bord de la voiture. L'aide-cocher replia le marchepied et referma la porte.

Une main gantée de noir s'agita un bref instant à la portière. Puis la voiture s'éloigna. Nicolas attendit qu'elle eût disparu au coin de la place pour éclater de rire.

Puis il leva les yeux vers la soupente où dormait le garçon qu'il aimait et qu'il lui tardait de rejoindre et il murmura :

— Allez, mon frère, lève-toi, Paris nous attend !

Achevé d'imprimer en novembre 2015
par l'imprimerie Nørhaven
pour le compte de H&O éditions
10 rue du parc des garrigues
34380 Saint-Martin de Londres
Tél. 04 67 58 14 73
Courriel : heto1@wanadoo.fr
Internet : www.ho-editions.com

Dépôt légal : décembre 2015
Imprimé au Danemark.